그날, 서울에서는 무슨 일이

• 작가 인터-뷰 전격 수록! •

그날, 서울에서는 무슨 일이-

정명섭
최하나
김아직
콜린 마샬

차례

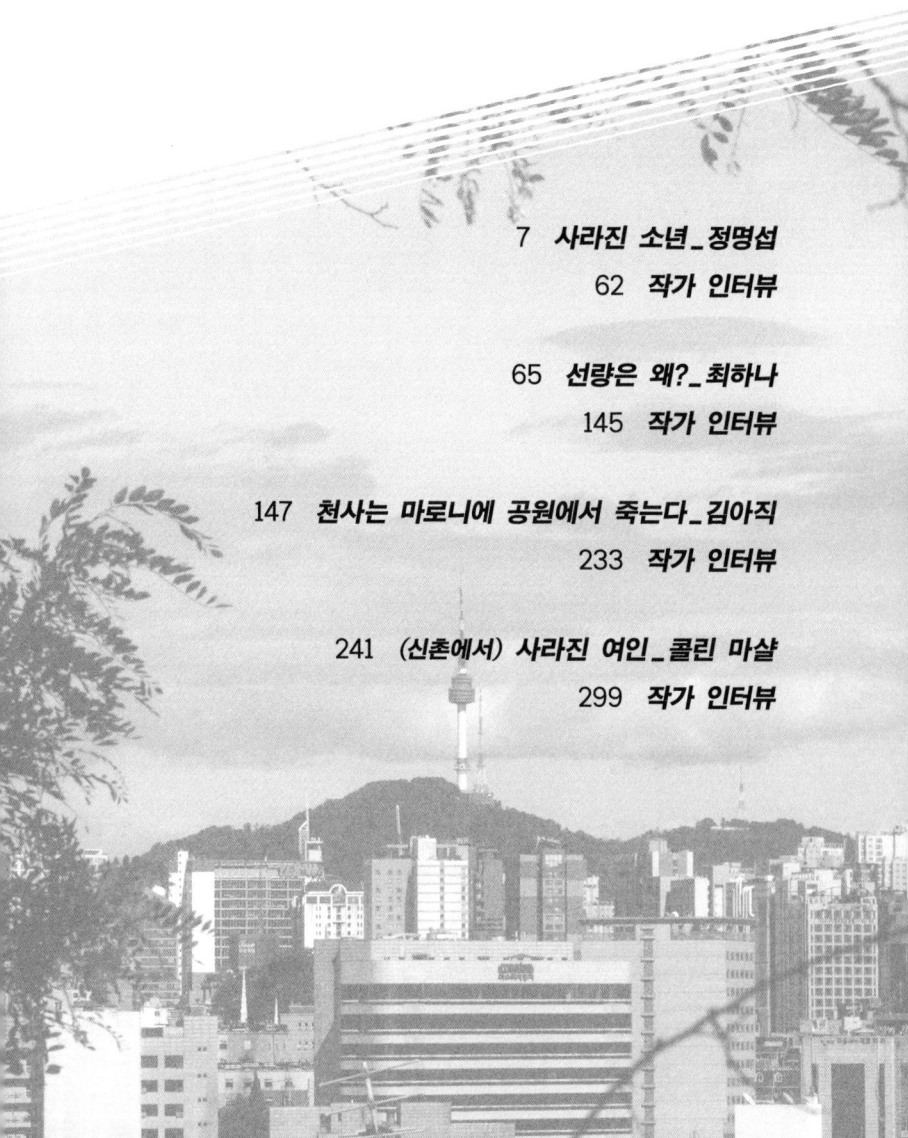

7 사라진 소년_정명섭
62 작가 인터뷰

65 선량은 왜?_최하나
145 작가 인터뷰

147 천사는 마로니에 공원에서 죽는다_김아직
233 작가 인터뷰

241 (신촌에서) 사라진 여인_콜린 마샬
299 작가 인터뷰

사라진 소년

정명섭

1987년 개웅산

가파른 오르막을 오르던 네 명의 소년 중 두 번째로 올라가던 소년이 넓적한 돌에 걸터앉았다.

뽀빠이 바지를 입은 소년의 하소연에 앞장서서 걷던 소년이 코를 훌쩍거리며 돌아섰다.

"거의 다 왔어."

"거의 다 오긴, 아까도 그 얘기 했잖아. 오늘 선동열이랑 최동원이 붙는다고 했어, 빨리 내려가서 라디오 들어야 한단 말이야."

뽀빠이 바지를 입은 소년이 짜증을 내자 앞장섰던 소년이 손등으로 코를 쓱 닦으며 대꾸했다.

"저기만 올라가면 군부대가 나와. 레이더 기지 말이야."

"거짓말이면 다신 안 놀 테야."

뽀빠이 바지를 입은 소년이 미심쩍은 표정으로 묻자 대열의 제일 마지막에 있던 뿔테 안경을 쓴 소년이 대신 대답했다.

"형우 말이 맞아. 저기만 올라가면 철조망이 나올 거야."

"진짜지?"

"믿고 싶지 않으면 여기 남아 있어. 우리끼리 가볼게."

뿔테 안경을 쓴 소년의 말에 뽀빠이 바지를 입은 소년이 얼른 일어났다.

"이번이 마지막이야. 어서 가보자고."

잠깐의 소란이 끝나고 네 명의 소년은 다시 가파른 오르막을 올라갔다. 마침내 꼭대기에 도달하자 소년들은 아래 펼쳐진 광경을 보고 감탄했다. 앞장서서 걷던 소년이 코를 훌쩍거리며 중얼거렸다.

"진짜 개봉동이 다 내려다보이네."

그러자 옆에 선 뽀빠이 바지를 입은 소년이 손가락으로 멀리 앞쪽을 가리켰다.

"저기 개봉역으로 전철이 들어가고 있어. 참말로 개봉산에 올라오니 다 보이는구나."

신나게 떠들던 소년들은 조금 더 깊숙이 들어가 보았다. 거기에는 뿔테 안경을 쓴 소년의 말대로 접근 금지라는 나무 팻말이

붙은 철조망이 쫙 이어져 있었다. 그걸 본 뽀빠이 바지를 입은 아이가 호들갑을 떨었다.

"이야. 진짜로 있구나. 거짓부렁인 줄 알았는데."

뿔테 안경의 소년이 대꾸했다.

"주말에 휴가 나가는 군인들이 줄지어서 내려오는 걸 나랑 형우가 직접 봤다고 했잖아. 왜 그렇게 우리 말을 못 믿어."

"아이 참. 정말 미안하다. 앞으로 뭐든 말만 해. 다 믿을라니까."

뽀빠이 바지를 입은 소년의 말이 길어지려고 하자 지금까지 잠자코 있던 키 큰 소년이 말했다.

"그만 얘기하고 어서 가자. 해 떨어지기 전에 내려가야 하잖아. 이다음에 어디로 가야 하는 거야?"

키 큰 소년의 재촉에 뿔테 안경을 쓴 소년이 철조망을 가리키며 말했다.

"따라서 쭉, 가다 보면 언덕이 하나 나오는데 거기서 잘 보여."

설명을 들은 뽀빠이 바지를 입은 소년이 두 팔로 어깨를 감쌌다.

"이러다가 간첩이라고 오해받게 생겼는걸. 잡혀가면 어쩌지."

"겁나면 내려가든가."

코를 훌쩍거리던 소년이 퉁명스럽게 말하자 뽀빠이 바지 소년은 금방 풀이 죽은 채 대꾸했다.

"칫. 지금 나 혼자 내려가면 겁쟁이라고 놀릴 거 아니야. 그냥 같이 가."

네 소년은 철조망을 따라가면서 이런저런 얘기를 나눴다. 그러다가 뽀빠이 바지를 입은 소년이 뿔테 안경을 쓴 소년에게 다시 물었다.

"근데 그게 사실이야? 실미도[1]에서 온 군인들이 총살당한 장소가 여기라고 하던데. 어른들이 얘기하는 걸 들었어."

"맞아. 우리 작은아버지가 공군 중령이잖아. 작년 추석 때 와서 소주를 잔뜩 마시고는 같은 얘기를 몇 번이고 반복했어."

"진짜로 실미도에서 탈출한 특공대가 맞아? 엄마한테 물어봤더니 거기 갇혀 있던 사람들 전부 다 죄수라고 하던데? 뉴스에 그렇게 나왔다고 했어."

"작은아버지가 그건 거짓말이고, 북한의 김일성을 제거하려고 전국에서 모집한 사람들이라고 했어. 그런데 너무 오래 훈련만 하고 갇혀 있으니까 열받아서 청와대로 가려고 나온 거라고 하시던걸. 탈취한 버스를 타고 가다가 대방동 유한양행 앞에서 가로수를 들이받아서 잡힌 거야."

"거기서 국군이랑 싸우다가 다 죽은 거 아니었어?"

"세 명인가 네 명이 살아남았는데 나중에 총살당했다고 했어. 여기에서."

뿔테 안경을 쓴 소년의 대답을 들은 뽀빠이 바지를 입은 소년이 고개를 갸웃거렸다.

"여기까지 데리고 와서 총살을 했다고?"

"실미도 부대가 공군 소속이라서 그랬대. 여기에 공군이 운영하는 레이더 기지가 있어서 데려온 거지."

뿔테 안경을 쓴 소년의 설명을 들은 키 큰 소년이 끼어들었다.

"우리 형이 밤중에 산에 올라갔다가 도깨비불을 본 적이 있다고 했어. 우리가 찾으면 대박이잖아."

"어디에 묻혔는지도 모르면서 어떻게 도깨비불을 찾는다는 거야?"

뽀빠이 바지를 입은 소년의 핀잔에 뿔테 안경을 쓴 소년이 대꾸했다.

"대충 들었어. 레이더 기지 뒤에 참호가 있는데, 그 근처 바위 아래 가묘를 만들었다고 말이야."

앞장서서 걷던 소년이 걸음을 멈추고 소리쳤다.

"저기 레이더 기지 보여!"

소년들이 걸음을 멈추고 한곳을 쳐다봤다. 녹슨 철조망 너머로 커다란 레이더가 빙빙 돌고 있는 게 보이자 뽀빠이 바지를 입은 소년이 호들갑을 떨었다.

"저거 〈배달의 기수〉[2]에서 봤어."

좋아하는 소년에게 코를 훌쩍거리던 소년이 짜증을 냈다.

"조용히 좀 해. 이러다 들키면 어쩌려고 그래. 다들 조용히 하고 따라와."

그의 말에 소년들은 입을 다물고 철조망을 따라서 걸어갔다. 산줄기를 따라 꼬불꼬불하게 이어진 철조망 옆을 한동안 걸어 레이더 기지를 빙 돌아갔다. 철조망 옆으로 구불구불한 참호가 보이자 소년들은 조금씩 흥분했다. 뽀빠이 바지를 입은 소년이 뿔테 안경을 쓴 소년에게 물었다.

"저기에 바위들이 있어. 니가 가자는 곳이 저기야?"

고개를 끄덕거린 소년이 어서 가자며 재촉했다. 네 소년들은 바위가 보이는 철조망 앞까지 걸어갔다. 고개를 길게 뺀 뽀빠이 바지를 입은 소년이 까치발을 들고 외쳤다.

"저기다!"

조용히 좀 하라는 키 큰 소년의 잔소리에 뽀빠이 소년이 발끈하려는 순간, 낯선 목소리가 끼어들었다.

"너희들 뭐야?"

목소리의 주인공은 민무늬 군복에 총을 든 군인이었다. 나무로 된 초소에서 나왔는데 초소가 나뭇가지로 덮여 있어서 알아차리지 못한 것이다. 코앞에서 군인을 본 소년들은 일제히 비명을 지르며 도망쳤다.

사라진 소년

현재, 개봉동

 개봉역 근처 상가의 2층 패스트푸드 가게 창가에 앉은 준혁 아저씨는 빨대로 콜라를 쪼르륵 들이켰다. 거슬리는 소음을 들은 안상태가 눈살을 찌푸렸다. 중학생인 안상태는 여러모로 40대 아저씨인 민준혁이 마음에 들지 않았다. 못생기고 뚱뚱한 데다가 상태를 잘 놀리기도 하고, 결정적으로 재미없는 아재 개그를 남발하기 때문이다. 탐정이자 추리소설가라고는 하지만 크게 활약한 적도, 베스트셀러가 된 책도 없었다. 하지만 고맙게도 상태를 조수로 채용해 주었고, 조사를 도와주거나 따라다니면 꼬박꼬박 돈을 줬다. 상태의 부모님은 사업에 실패한 후 집을 나갔고, 키워주시던 외할머니는 알코올의존증으로 병원에 입원했다. 친척들에게서 도움의 손길은 없었고, 오히려 더 빼갈 만한 벼룩의 간은 없는지 호시탐탐 노리는 눈빛이 징그러웠다. 여동생과 둘이 지내고 있던 안상태에게 준혁 아저씨는 그나마 돈을 주는 착한 어른이었다. 생각에 잠겨 있던 안상태에게 준혁 아저씨가 말했다.

 "그러니까 87년에 개웅산에 올라갔던 네 명의 소년 중 한 명이 실종되었다는 거 아니야."

 퍼뜩 정신을 차린 안상태가 얼른 대답했다.

 "네, 신웅섭이요. 개명초등학교 6학년이었고, 나머지는 같은 반 친구들이었어요."

"그때는 초등학교가 아니라 국민학교였어. 소년들이 왜 거기로 올라갔다고 그랬지?"

"거기 공군기지에서 총살당한 실미도 부대원들 무덤을 찾으러 갔다고 이미 여러 번 얘기했잖아요."

안상태가 짜증을 냈지만 준혁 아저씨는 아랑곳없이 얼음만 남은 컵을 아쉬운 표정으로 바라봤다.

"미안, 요즘 구상 중인 추리소설 때문에 신경이 쓰여서 말이야. 그런데 네 명 중에 왜 신웅섭이라는 아이만 돌아오지 못한 거지?"

"그 부분의 증언이 헷갈려요. 세 아이들은 한달음에 산 아래까지 달려왔는데 신웅섭만 해가 질 때까지 내려오지 않았대요. 그래서 부모가 경찰에 신고하고 대대적인 수사를 했지만 결국 찾아내지 못했어요."

"넷이 올라가서 한 명이 돌아오지 못했네. 개웅산이 엄청 높거나 험한 곳이 아닌데 왜 못 찾은 걸까?"

민준혁의 물음에 안상태가 어깨를 으쓱거렸다.

"모르죠. 경찰이랑 마을 주민들, 그리고 나중에는 군인들까지 동원되어서 찾았는데 아무 흔적도 안 나왔어요."

"내가 이 동네에 좀 오래 살았는데 어릴 때 엄마가 개웅산에 올라가지 말라고 하면서 그 얘기를 한 게 기억나긴 해. 옛날에 약수

터가 있었는데 거기 물 뜨러 갔다가 길을 잃어서 몇 시간 동안 헤 맨 적이 있었거든. 조심하라면서 이야기해 주셨지."

안상태는 속으로 이 아저씨는 예나 지금이나 길치라고 생각했다. 그런 안상태의 속마음을 꿰뚫었는지 준혁 아저씨가 쓱 쳐다봤다.

민준혁은 정말 바보 같은 아저씨인데 가끔 놀라운 촉을 발휘해서 상대방의 속마음을 간파하거나 나쁜 사람들이 만든 함정을 잘 빠져나가곤 했다. 돈을 꼬박꼬박 챙겨줘 조수 노릇을 하지만, 준혁 아저씨가 시키는 일은 대부분 번거롭고 귀찮은 일이었다. 이번에도 학교 수업이 끝나서 교문을 나서는데 카톡으로 조사할 사건이 있다면서 예전 신문 기사를 링크로 던져주었다. 열받긴 했지만 마침 찬장의 라면이 거의 떨어질 즈음이라 한편으로는 기쁜 마음이 들었다. 얼음만 남은 컵을 요란하게 흔들어댄 준혁 아저씨가 빨대로 얼음 사이에 낀 콜라를 쪽쪽 빨았다.

"그나저나 실미도 부대 생존자들이 이 동네에서 총살당한 줄은 몰랐네. 영화에서는 다 죽는 걸로 나왔는데 말이야."

"네 명이 생존했대요. 이름도 공개되었어요."

"진짜?"

"요즘이 어떤 세상인데요."

정말 세상 물정을 모른다고 속으로 투덜거리는데, 안상태를 힐끔 본 준혁 아저씨가 말했다.

"너 지금, 나보고 세상 물정 모르는 아저씨라고 생각하고 있지."

"그럴 리가요."

진짜 귀신같다고 생각하면서도 아닌 척하느라 등줄기로 식은 땀이 흘렀다. 그때 문이 열리는 소리가 들려 안상태는 반사적으로 문 쪽을 쳐다봤다. 'ROKA'라고 적힌 검정 티셔츠를 입고 머리가 반쯤 벗어진 아저씨가 입구에 엉거주춤 서서 주변을 두리번거렸다. 그걸 본 준혁 아저씨가 한 손을 높이 들었다.

"여깁니다. 형님."

방금 들어온 아저씨가 반가운 얼굴로 다가왔다. 의자에서 일어난 안상태가 공손하게 옆의 의자를 빼주었다. 거기에 엉덩이를 붙이고 앉은 아저씨가 안상태를 힐끔 보면서 준혁 아저씨에게 물었다.

"아들이니?"

순간, 충격을 받은 안상태는 입을 다물지 못했다. 준혁 아저씨는 몸매 관리라는 걸 전혀 하지 않아서 뱃살이 파도처럼 출렁거리고 얼굴의 볼살도 불도그처럼 축 늘어졌다. 늘 자기 나이를 서른일곱이라고 주장하는데 40대가 분명했다. 기분이 확 상한 안상태는 더 기분 나쁜 말을 들었다.

"아이, 형님. 이런 애를 왜 낳아요. 제 조수예요. 조수."

기분이 굉장히 상했지만 돈줄이기 때문에 꾹 참았다. 고개를 끄덕거린 아저씨가 준혁 아저씨에게 물었다.

"너, 탐정이라며?"

"자격증 같은 건 없지만 탐정으로 일하고 있어요. 경찰도 풀지 못한 여러 가지 사건들을 해결했죠."

"얘기는 들었어."

사실과는 거리가 좀 있긴 하지만 아주 틀린 말은 아니었다. 추리 소설가 지망생이라 그런지 아는 사건들도 많았고, 의외의 통찰력과 정의감을 바탕으로 여러 사건을 해결한 것은 사실이었기 때문이다. 민준혁을 따라다니면서 사건을 해결하는 재미도 쏠쏠하긴 했다. 위기에 처했을 때 도움을 받은 적도 있었고 말이다.

준혁 아저씨의 대답을 들은 아저씨가 감탄사를 내뱉었다.

"오 여사께서 칭찬을 많이 했어. 네가 진짜 똑똑하다고 말이야."

"아이, 그 정도까지는 아니고요."

준혁 아저씨가 손사래를 쳤지만 속으로는 흡족했을 거라고 상태는 추정했다. 이번에도 속마음이 들킬까 봐 서둘러 입을 열었다.

"그래서 하실 얘기가?"

안상태의 얘기를 듣고 정신을 차린 듯 아저씨가 고개를 끄덕거렸다.

"아, 내 정신 좀 봐. 깜빡했네. 오 여사한테 대충 들었지?"

들은 바가 전혀 없었지만 이럴 때는 분위기를 맞춰주는 게 좋아서 상태도 고개를 끄덕거렸다. 준혁 아저씨는 그사이에 컵 안에 녹은 얼음물을 쭉 빨아들였다.

"대충 듣긴 했어요. 그리고 신문에 나온 것도 봤고요. 그날 네 명이 개웅산 올라간 게 맞나요?"

"맞아. 산꼭대기 레이더 기지에 있다는 실미도 부대원의 무덤을 찾기 위해서였지."

"그러다가 초소에 있는 군인들을 보고 놀라서 도망쳐 내려갔다는 거죠."

"그래, 놀라서 운동화가 벗겨지는 줄도 모르게 뛰었지."

허탈하게 웃은 아저씨의 표정을 본 안상태는 오랜 세월 동안 쌓인 고단함을 느꼈다. 두 손으로 마른세수를 한 아저씨가 테이블에 있던 햄버거 포장지가 들썩거릴 정도로 크고 거센 한숨을 쉬었다.

"산을 다 내려온 다음에야 웅섭이가 없어진 것을 알아차렸지. 그리고 정말 난리가 났었어."

"저는 어릴 때라 기억이 안 나는데 어머니가 기억나신다고 했어요."

"군인이랑 경찰들은 물론이고 동네 주민들까지 온 산을 뒤졌어. 방송사에서도 찾아왔고 신문기자들도 엄청 몰려왔고 말이야. 그런데 어느 순간부터 차츰 오는 사람이 적어지고, 결국 찾는 일이 중단되었어."

"88 올림픽 때문이군요."

준혁 아저씨의 얘기에 아저씨가 숨을 들이쉬며 고개를 끄덕거렸다.

"올림픽을 치러야 하는데 나쁜 일을 계속 떠들어댈 수는 없다고 했어."

"이후에는 어떻게 되었어요?"

고개를 든 아저씨는 잠깐 눈알을 굴리며 생각에 잠겼다가 입을 열었다.

"웅섭이네 집은 얼마 후에 멀리 이사를 했지. 그리고 동네 사람들은 아무일 없었던 것처럼 지냈어. 마치 웅섭이는 처음부터 없었던 아이인 것처럼 말이야."

얘기를 들은 안상태는 팔뚝과 목덜미에 살짝 소름이 돋았다. 어른들은 툭하면 옛날 사람들은 착하고 성실했는데 요즘 젊은것들과 아이들은 싸가지 없고 게으르다고 말하곤 했다. 하지만 준혁 아저씨와 돌아다니면서 만난 어른 중 상당수는 성실하지도 착하지도 않았다. 학교에서 보는 애들도 다를 바 없긴 하지만. 상태는 나잇값 하는 어른을 본 적이 있나 싶었다. 약간 멀어진 마음으로 얘기를 듣던 안상태에게 준혁 아저씨가 말했다.

"가서 형님 드실 햄버거 좀 사 와."

그 말을 들은 아저씨가 손사래를 쳤다.

"괜찮아. 이따가 끝나고 감자탕집 가서 소주나 한잔하자."

"좋죠."

히죽 웃은 준혁 아저씨가 안상태를 쳐다봤다.

"살은 얘가 발라줄 겁니다."

속으로 이번에 학교에서 새로 배운 욕을 하는데 준혁 아저씨가 카드를 쑥 내밀었다.

"여동생 좋아하는 햄버거 포장해서 가져가. 소영이 이제 몇 학년이지?"

만날 때마다 물어봐서 너무 지겨웠지만 카드를 공손하게 받아 든 안상태는 더 공손하게 대답했다.

"국민, 아니 초등학교 5학년이요. 감자튀김 하나 더 시켜도 돼요?"

"내 콜라도 좀 리필해 달라고 해."

"네."

안상태는 잽싸게 키오스크로 가서 주문하고는 좌석 쪽을 힐끔 바라봤다. 오늘 처음 본 아저씨의 무표정한 얼굴엔 여전히 오랜 세월 동안 쌓인 상처 같은 게 보였다. 포장 주문한 감자튀김과 햄버거에 리필한 콜라까지 챙겨서 자리로 돌아온 안상태는 카드를 돌려주고 아까보다는 더 적극적으로 귀를 기울였다. 다 식은 감자튀김을 하나 집어 먹은 아저씨가 입을 열었다.

"진짜 귀신이 곡할 노릇이었어. 다 같이 돌아왔는데 왜 걔만 돌아오지 못했는지, 그리고 진짜 이 잡듯이 뒤졌는데 왜 흔적도 못 찾았는지도 말이야."

"그래서 온갖 소문이 돌았죠?"

준혁 아저씨의 물음에 아까와는 비교도 안 될 만큼 큰 한숨이 들렸다.

"별의별 소문이 다 돌았지. 외계인이 끌고 갔다는 얘기부터 군인들한테 잡혀서 총살당했다는 얘기, 그리고 우리가 걔를 죽이고 어디 묻었다는 소문까지 말이야."

"저도 학교 다닐 때 소문 들었어요. 같이 간 친구들이 죽여서 간을 빼 먹었다는…."

차마 말을 잇지 못하는 준혁 아저씨를 보면서 안상태는 웃프다는 표현이 생각났다. 잠깐 눈치를 본 준혁 아저씨가 물었다.

"그런데 저를 보자고 하신 이유가?"

아저씨는 잠깐 눈을 깜빡거리다가 입고 있던 점퍼 안주머니에서 편지봉투를 꺼냈다.

"언제 왔는지 모르겠는데 우리 집 우편함에 이게 꽂혀 있었어."

준혁 아저씨가 봉투를 열고 안에 있는 종이를 꺼냈다. 테이블 모서리에 놓아둔 편지봉투에 '오래전 친구에게'라고 적혀 있었다.

몹시 급하게 썼는지 알아보기 힘든 글씨를 유심히 보고 있는데 준혁 아저씨가 편지 내용을 소리 내서 읽었다.

"오랜만이다. 잘 지냈니, 찬규야. 나 기억하지, 웅섭이야. 여기 너무 추운데 나 좀 데리러 와줘. 안 그러면 찾아간다. 진짜로."

준혁 아저씨가 놀란 표정으로 편지지에서 눈을 떼고 찬규라는 이름의 아저씨를 바라봤다. 뺨을 긁적거리던 찬규 아저씨가 어깨를 으쓱거렸다.

"처음에는 그냥 무시했는데 말이야. 아무래도 신경이 쓰여서."

"그러긴 하겠네요. 경찰에 신고하신 건 아니고요?"

"이게 경찰에 신고할 문제인가 싶기는 해."

편지를 다시 들여다본 준혁 아저씨가 말했다.

"그건 그러네요. 편지 내용이 딱히 협박하는 것도 아니고, 요구하는 것도 없잖아요."

찬규 아저씨가 한숨을 푹 쉬면서 대답했다.

"외가 쪽에 경찰이 있어서 슬쩍 물어봤더니 이런 건 조사할 거리가 아니라고 하더라고, 그래서 이사를 가야 하나 고민하는데 오 여사가 너를 추천해 줬어."

안상태는 이 동네 사람들은 준혁 아저씨를 너무 믿는 거 아니냐고 속으로 투덜거렸다. 준혁 아저씨는 편지지를 펼쳐서 휴대폰으로 사진을 찍은 다음 돌려주었다. 안상태는 발 빠르게 글씨가 적힌 편지봉투도 건네주었다. 봉투에 적힌 글씨까지 다 찍은 준혁 아저씨가 찬규 아저씨에게 돌려주면서 정말 바보 같은 질문을 했다.

"누가 보냈습니까?"

"모르지. 나야."

상태는 그걸 알면 아저씨한테 연락을 했겠냐고 속으로 구시렁거렸다.

"언제 발견하셨습니까?"

"일주일 전에. 그런데 언제 왔는지는 모르겠어. 요즘 편지함을 보는 사람이 별로 없잖아. 고지서 올 때나 보지."

"지문 감정은 어려울 거 같네요. 저랑 상태까지 다 만져봤으니까요."

"그런 것도 할 줄 아니?"

찬규 아저씨의 질문에 준혁 아저씨가 어깨를 으쓱거렸다.

"그 정도는 할 줄 알아야 탐정이죠. 필적은 맞습니까?"

"누구랑, 아! 웅섭이랑?"

"네."

"잘 모르지, 벌써 40년 전인데."

"필적도 확인이 안 되는 거네요. 그런데 당사자가 보낸 게 아니면 크게 신경 쓸 필요가 없잖아요."

준혁 아저씨의 얘기를 들은 찬규 아저씨가 한쪽 눈을 찡그렸다.

"그렇긴 한데 며칠 동안 계속 생각이 나서 말이야. 뭐, 솔직히 말하면 공사 때문에 예민해져서 괜히 온갖 게 다 걱정되는 것일 수도 있고."

"공사요? 아! 남성빌라 사시죠? 거기 옆에 재건축하는 아파트 때문에 도로를 만들었던데요."

"맞아. 기존 도로는 너무 좁은데 확장이 안 되니까 아예 산 쪽으로 새로 만들더라고. 덕분에 거기 입구에 살던 지물포 사장님은 대박이 났지. 시세에서 두 배나 주고 팔았으니까."

"알아요. 거기가 산으로 올라가는 작은 길 옆이라서 아무도 거들떠보지 않았잖아요."

두 사람의 얘기를 듣던 안상태는 개봉동은 참 이상한 동네라고 생각했다. 서울이긴 한데 마치 시골처럼 옆집이랑 동네 사정에 빠삭했다. 준혁 아저씨가 사는 동네 골목길에 가면 요즘도 아이들이 나와서 놀고 있고, 할머니가 현관에 앉아서 구경했다. 준혁 아저씨도 오래 살아서 이런저런 동네 사정을 다 알고 있었다.

그 후로 몇 가지 더 물어본 준혁 아저씨가 편지를 찍은 휴대폰 화면을 확대해서 바라봤다.

"그러니까 이걸 누가 보냈는지 알고 싶으신 거죠?"

고개를 끄덕거린 찬규 아저씨가 조심스럽게 입을 열었다.

"혹시나…."

듣고 있던 안상태가 마른침을 너무 크게 삼키고 말았다. 동시에 돌아본 두 아저씨가 비슷한 표정으로 웃었다. 바보가 된 것 같아서 기분이 나쁘긴 했지만 종이봉투에 든 햄버거를 생각하면서 꾹 참았다. 웃음을 머금은 준혁 아저씨가 질문을 이어갔다.

"형님이 이 사건의 당사자라는 건 의외로 모르는 사람이 많잖아요."

"그렇긴 하지. 10년 전에 빌라들이 많이 지어질 때 이사 온 사람들은 모를 거야."

"당시 산에 같이 갔던 다른 두 명은요?"

"정운이는 호주인가 뉴질랜드로 이민했다고 하고, 범석이는 지금 평택 산다고 들었어. 어머니가 거기에서 크게 음식점을 하시거든."

"두 사람은 관련이 없을까요?"

"걔들이 왜?"

다소 놀란 표정의 찬규 아저씨에게 준혁 아저씨가 낮은 목소리로 대답했다.

"불가능한 것을 제외하고 나서 남는 것이 아무리 믿기 힘들다 해도 그것이 진실이다."

안상태는 지겹게 많이 들은 말이지만 찬규 아저씨는 처음 듣는

지 눈을 동그랗게 떴다. 그걸 본 준혁 아저씨가 씩 웃었다.

"셜록 홈스라는 명탐정이 한 말입니다. 그러니까 일단 터무니없는 가능성이라고 해도 하나씩 짚어가야 해요. 이 사건을 가장 잘 알고 있는 건 당연히 같이 갔다가 내려온 두 사람이잖아요."

준혁 아저씨의 설명을 들은 찬규 아저씨는 비로소 알겠다는 듯 고개를 끄덕거렸다.

"그렇구나. 사실 두 사람이랑은 연락이 끊긴 지 꽤 오래되었어. 걔들도 많이 시달려서 이 동네라면 정말 치를 떨 거야. 장난이든 아니든."

호흡을 고르며 잠깐 대답을 멈춘 찬규 아저씨가 편지지와 편지 봉투를 점퍼 안주머니에 넣으며 덧붙였다.

"걔들은 아닐 거야. 정말로."

찬규 아저씨의 말에 수긍한 건지 준혁 아저씨가 다른 걸 물었다.

"그러면 지금 동네에서 그 일을 아는 사람이 누구죠?"

"그게, 우리 엄마랑 오 여사랑 네 엄마, 너."

졸지에 용의자 아닌 용의자가 된 준혁 아저씨의 표정이 썩어가는 걸 본 안상태는 웃음을 참느라 힘들었다. 그 뒤로 모르는 사람들 이름이 몇 명 더 언급되었다. 가만히 듣고 있던 준혁 아저씨가 갑자기 입을 열었다.

"찬국이 형은 여기로 돌아왔어요? 동탄인가 어디에서 사업한다고 했잖아요."

"동탄에 있다가 송도로 갔었어. 거기서 가게를 열었는데 장사가 안돼서 접고 돌아왔어."

"저런, 장사 잘된다고 하지 않았어요?"

준혁 아저씨의 물음에 찬규 아저씨가 얼굴을 다시 찡그렸다.

"다 말아먹었지. 알고 보니까 엄마가 용돈을 모아서 보태준 모양이야."

"에구, 그러면 지금은 집에 있는 거예요?"

"응, 그냥 있지. 무슨 바람이 불었는지 자꾸 우리도 재개발하는 아파트 조합에 빌라를 팔자고 말하고 있어."

"남성빌라를요?"

"그래, 지금은 엄마도 편찮으시고 아파트가 완공되면 자연히 가격이 올라갈 건데 마음이 조급한가 봐."

찬규 아저씨의 얘기를 들은 준혁 아저씨는 뺨을 손가락으로 긁었다.

"그러고 보니 나머지 사람들도 그때부터 지금까지 쭉 개봉동에 사는 동네 사람들이네요?"

"그렇지. 이 동네가 참 재밌는 게, 있는 건 지겨운데 또 떠나기는 아쉬운 동네잖아."

"집값 때문이죠. 서울에서 공시지가가 가장 낮은 곳인데."

"그래도 난 여기가 좋던데."

찬규 아저씨의 말에 준혁 아저씨가 씩 웃었다.

"그래서 40년 동안 여기 사신 거잖아요. 우리 엄마보다 더 오래 사신 거죠?"

"그런 셈이지. 아픈 일이 있긴 하지만 떠나기 싫어. 이사 가기는 더 싫고."

몇 가지 더 물어본 준혁 아저씨가 오늘은 일단 이걸로 조사를 마치겠다고 하자 찬규 아저씨가 물끄러미 바라보다가 입을 열었다.

"진짜 웅섭이가 보냈을까?"

순간 준혁 아저씨가 얼음처럼 굳어버렸다. 그걸 보던 안상태는 저도 모르게 땡이라고 외칠 뻔했다. 다행히, 준혁 아저씨가 그전에 고개를 저으며 입을 열었다.

"아무리 생각해도 그럴 가능성은…."

"너도 소문 들었지?"

"무슨 소문이요?"

"웅섭이 어머니가 그때 집을 나간 상태였어. 걔네 아버지가 술만 마시면 닥치는 대로 때리고 부쉈거든."

"사람을 때렸다고요?"

듣고 있던 안상태가 놀란 표정을 짓자 준혁 아저씨가 담담한 표정으로 말했다.

"그때는 가정폭력으론 경찰이 출동하지도 않았어. 기껏 와도 왜 집안일에 경찰을 오라 가라 하냐고 혼이 났었고 말이야."

"정말이요?"

"학교에서 선생님이 학생한테 날아 차기를 하거나 대걸레 자루가 부러질 정도로 엉덩이를 때린 것도 그때고. 예전이 좋았다고 얘기하는 건 말도 안 되는 거짓말이야. 때리고 맞는 게 일상인 시대가 어떻게 좋은 시대겠어."

딱 잘라 말하는 준혁 아저씨의 모습에 속으로 감탄했다. 찬규 아저씨도 맞는 말이라면서 고개를 끄덕거리는 걸 보고는 상태는 두 사람을 다시 보게 되었다.

일단 조사가 끝났다는 사실에 홀가분해졌는지 찬규 아저씨는 감자탕을 먹으러 가자며 일어났다. 서둘러 감자튀김을 입에 넣는 안상태에게 준혁 아저씨가 물었다.

"소영이가 감자탕을 좋아하려나?"

"없어서 못 먹어요."

잘하면 내일 아침까지 해결할 수 있겠다는 생각에 안상태는 서둘러 말했다. 그 모습을 보고 피식 웃은 준혁 아저씨가 일어났다. 잽싸게 쟁반을 정리한 안상태도 햄버거가 든 종이봉투를 손에 들고 뒤따라 나갔다.

    사업에 실패하고 집을 나간 아버지는 항상 술을 마시고 나면 코가 삐뚤어지게 마셨다고 말하곤 했다. 안상태는 왜 술을 마시면 코가 삐뚤어지는 건지 이해할 수가 없었다. 그런데 두 아저씨가 술을 마시는 걸 보니까 이해가 갔다. 처음에는 준혁 아저씨가 술에 취해서 테이블에 얼굴을 박았고, 그다음에는 찬규 아저씨가 따라 하면서 둘 다 코가 삐딱해졌다. 둘이 술을 마시고 했던 얘기를 또 하는 건 정말 하품이 날 정도로 지루했다. 거기다 대부분은 안상태가 모르는 옛날 동네 얘기라서 더더욱 지루했다. 하지만 찬규 아저씨가 집안 사정을 듣고는 용돈도 만 원이나 주고 감자탕도 중으로 사줘서 상태는 다음 날 끼니까지 걱정을 덜었다.
    아침에 일어나서 소영이가 먹을 감자탕을 끓여준 안상태는 시간에 맞춰서 개봉동으로 향했다. 준혁 아저씨에게 의뢰가 들어오는 사건들은 상당수가 경찰에 신고하기는 애매하지만 당사자에게는 고통스러운 것들이었다. 그들에게는 준혁 아저씨가 정말 고마운 사람일지 모른다는 생각을 하는데 멀리서 이름을 부르는 목소리가 들렸다. 코가 삐뚤어지게 마셔서 아침 일찍은 못 나올 줄 알았는데 준혁 아저씨는 입이 찢어져라 하품을 하면서도 골목길에 나타났다. 살짝 비틀거리던 준혁 아저씨는 먼저 와서 전봇대 아래 서 있던 안상태를 보고는 가볍게 손을 흔들었다.

"짜식, 안 늦었네."

"늦는 건 항상 아저씨였어요. 제가 아니라."

안상태의 가벼운 항의를 새끼손가락으로 코를 후비면서 무시한 준혁 아저씨가 살짝 오르막인 골목길을 바라봤다. 골목길 끝에는 새로 재건축 중인 아파트 공사장이 보였다. 두 개의 타워크레인이 마치 수문장처럼 서 있는 공사장에서는 망치 두드리는 소리 같은 게 메아리처럼 들려왔다. 골목길엔 2층과 3층으로 된 빌라들이 어깨를 바짝 붙인 채 다닥다닥 서 있었다. 그리고 위로는 전봇대에서 뻗은 전선들이 거미줄처럼 이어졌다. 까치머리를 한 준혁 아저씨는 점퍼의 주머니에 두 손을 찔러 넣은 채 오르막을 천천히 걸어갔다. 골목길의 거의 끝자락에 붉은색 벽돌로 만든 오래되어 보이는 남성빌라가 있었다. 외벽에 세로로 붙은 남성빌라라는 글씨를 본 안상태가 준혁 아저씨를 쳐다봤다.

"여기예요?"

"어. 우리 집이랑 비슷한 시기에 지은 곳이야. 1990년대 후반쯤. 3층엔 찬규 아저씨가 엄마랑 살고 있고, 2층이랑 1층은 전세랑 월세야. 찬국이 형은 2층 201호로 들어왔나 봐."

"찬규 아저씨는 아저씨보다 나이가 더 많은데 왜 부모님이랑 사시는 거예요?"

"이혼해서 자식들은 전 아내 따라 갔고, 엄마가 아프니까 같이 사는 거지."

"어제 들어보니까 찬국이 아저씨도 이혼했다면서요."

"그래서 찬규 아저씨 엄마가 동네에서 고개를 못 들고 다녀."

"자식들 일인데 왜 엄마가 고개를 못 드는데요?"

"자식들 자랑을 엄청 많이 하고 다녔거든, 그런데 둘 다 시원찮아졌잖아."

안타까워하는지 고소해하는지 모를 준혁 아저씨의 표정이 흥미로웠다. 안상태는 준혁 아저씨를 따라 빌라 주변을 돌아봤다.

"CCTV가 하나도 없네요."

안상태의 말에 준혁 아저씨가 살짝 얼굴을 찡그렸다.

"어제 물어봤는데 귀찮아서 안 달았다고 했어. 어차피 협박 편지를 언제 가져다 놨는지 몰라서 있어도 지워졌을 거야. 저장 용량이 크지 않아서 며칠 지나면 없어지거든."

"자동차 블랙박스는요?"

골목길의 빌라 주차장에는 여러 종류의 차들이 나란히 서 있었다. 하지만 준혁 아저씨는 이번에도 고개를 저었다.

"저기도 영상이 오래 저장되어 있지 않아. 거기다 우리가 경찰도 아닌데 어떻게 보여달라고 해."

"그러면 조사는 어떻게 하게요?"

"전통적인 방식으로."

"우리에게 전통이 있었어요?"

안상태의 물음에 준혁 아저씨가 뒷걸음질로 물러나면서 남성빌라를 올려다봤다.

"편지 내용은 너도 봤지?"

"물론이죠."

"목적이 없었어."

뜬금없는 얘기를 들은 안상태가 바라보자 준혁 아저씨가 여전히 남성빌라에 시선을 고정한 채 덧붙였다.

"돈을 달라거나 뭔가를 요구하지 않았지. 뚜렷한 목적도 없이 들킬 위험을 무릅쓰고 편지함에 직접 편지를 넣었잖아."

비로소 준혁 아저씨의 말뜻을 알아차린 안상태도 따라서 남성빌라를 올려다봤다. 빌라 뒤에서 떠오르는 햇빛의 파편 때문에 눈이 좀 부셨다.

"찬규 아저씨를 괴롭혀서 무엇을 얻으려고 했을까요?"

"그게 관건이지. 찬규 형이 엮인 실종 사건에 대해서 아는 사람은 별로 없어. 실미도 부대원 생존자가 개웅산에서 총살당했다는 것은 알려졌지만 그 무덤을 보러 갔던 네 명의 소년 중 한 명이 실종됐던 건 아는 사람이 극히 적다는 거."

"이메일이나 전화가 아니라 편지를 써서 살고 있는 집 편지함에 넣었다는 건 이 동네 사람 중에 그 사건을 아는 사람, 그리고 거기서도 찬규 아저씨를 어떤 목적이든 괴롭히려고 한 사람이겠네요."

"그렇지. 역시 나를 따라다니더니 똑똑해졌네."

자랑스러워하는 준혁 아저씨를 보면서 속이 바짝 탔다. 원래부터 머리가 나쁘지 않았는데 아저씨를 따라다니면서 머리가 좋아진 아이가 되어버린 건 아들이냐는 물음보다 더 치욕적이었다. 하지만 어제 사준 햄버거와 감자탕, 그리고 이번 사건을 해결하고 받을 수고비를 떠올리면서 꾹 참았다. 준혁 아저씨가 사건 해결에 도움을 주면서 알게 된 강 형사에게 선물로 받은 형사 수첩을 꺼내서 펼쳤다.

"어제 찬규 형이 얘기한 용의자 중에 나랑 내 엄마, 그리고 오 여사는 일단 빼야 해."

"아저씨랑 아저씨 어머니는 그렇다 치고 오 여사라는 분은 왜요?"

"수전증이 있어서 글씨를 못 써."

"나머지는 누구누구예요?"

안상태의 물음에 수첩을 다시 들여다본 준혁 아저씨가 말했다.

"저기 골목길 입구에 있는 교회 옆에 사는 택시 아저씨랑 아줌마. 그리고 우리 옆집에 사는 엄마 친구인 고욱이 엄마. 그리고 저기 큰길 마을버스 정류장 옆에 있는 참기름집 할머니랑 그 옆 세탁소 아줌마 정도지."

"주로 여성들이네요."

"그러네."

"이 사람들이 찬규 아저씨를 괴롭힐 만한 이유가 있는지 알아봐야겠네요."

안상태의 얘기에 수첩을 닫은 준혁 아저씨가 다시 남성빌라를 올려다봤다.

"동네에 오래 살면 좋은 점도 있는데 나쁜 점도 있긴 해."

"뭔데요?"

"사소한 일에 감정이 쌓인다는 거야. 진짜 별거 아닌데, 옆집이 우리 집 앞에 음식물 쓰레기를 내놓는다든지 주차선을 넘어온다든지 아니면 우리 집 자식을 험담한다든지 하면 말이야."

"그런 적 있어요?"

"많지. 고욱이 엄마가 나보고 백수로 지내느니 공장에라도 취직해야 하는 거 아니냐고 말하는 바람에 우리 엄마가 1년 넘게 말을 안 걸었어."

속으로 맞는 얘기 아니냐고 생각하는데 준혁 아저씨가 쓱 쳐다봤다.

"너 혹시 맞는 얘기라고 생각하는 거 아니야?"

"아, 아니에요."

곧바로 부인하긴 했지만 준혁 아저씨는 다 알고 있다는 표정을 지었다. 그때, 남성빌라의 3층 창문이 열리면서 러닝셔츠 차림의 찬규 아저씨가 고개를 내밀었다.

"일찍 왔네. 엄마가 아침 먹으래."

"저희는 괜찮아요. 돈 받았으니까 조사 열심히 해야죠."

손을 가볍게 흔든 준혁 아저씨가 곧바로 발걸음을 옮겼다. 안상태는 서둘러 따라가면서 물었다.

"왜 안 먹어요?"

"찬규 형 어머니는 좋은 분이긴 하지만 음식 솜씨는 엉망이야."

곧바로 수긍한 안상태에게 준혁 아저씨가 말했다.

"가서 콩나물 해장국이나 먹자. 너는 휴대폰으로 실미도 부대원 사형 건이랑 실종 건 검색 좀 해봐."

"지난번에 싹 찾아봤잖아요."

"며칠 사이에 또 뭔가 나왔을 수 있잖아. 넌 다 좋은데 꼭 토를 달더라. 오늘이 토요일이라 그런 거야?"

경악할 만한 아재 개그에 입을 다물지 못한 안상태는 서둘러 알겠다고 대답했다.

개봉역 근처에 24시간 운영하는 콩나물 국밥집은 오전에도 사람들이 꽤 많았다. 다들 금요일 저녁에 술로 한참 달렸다가 오전에 해장을 하러 나온 것 같았다. 구석에 앉은 준혁 아저씨가 콩나물 해장국 두 개와 모주 한 잔을 시켰다. 그사이 안상태는 테이블에 있는 김치와 깍두기를 접시에 덜었다. 잠시 후 김이 모락모락 피어나는 콩나물 해장국 두 개가 나왔다. 숟가락을 들어서 국물을 떠먹은 준혁 아저씨가 얼굴을 확 찌푸리며 감탄사를 날렸다.

"아, 시원하다."

안상태는 작은 접시에 국물을 덜어서 조심조심 먹었다. 준혁 아저씨가 시원하다고 어서 먹으라고 재촉했지만 안상태는 전혀 믿지 않았다.

"이렇게 뜨거운 국물이 어떻게 시원할 수 있어요?"

"짜식이 반어법을 모르네. 뜨끈한 국물이 목구멍을 타고 들어가면서 느껴지는 시원함을 말하는 거지."

"전혀 안 그런데요."

"나중에 너도 술을 마시면 알게 될 거야."

잠시 후 모주도 한 잔 나왔다. 찰랑거리는 모주를 한 모금 마신 준혁 아저씨가 연신 시원하다는 거짓말을 하면서 밥을 먹었다. 식사를 마친 준혁 아저씨는 계산을 마치고 카운터 옆에 있는 미니 자판기에서 커피를 뽑아 밖으로 나왔다. 막판에 허겁지겁 먹느라 정신이 없었던 안상태가 한발 늦게 따라 나오면서 물었다.

"이제 어떻게 조사하실 거예요?"

"전통적인 방법이라고 했잖아. 현장 주변을 살펴봐야지."

"편지를 보낸 사람이 동네 주민이라고 생각하시는 거예요?"

안상태의 물음에 준혁 아저씨가 걸으면서 얼굴을 찡그렸다.

"믿고 싶지 않지만 그렇다고 봐야지. 외지 사람이 알기 어려운 일이고, 안다고 해도 어디 사는지도 모르잖아. 찬규 형님에 관한 정보는 인터넷에 직접적으로 나온 적이 없으니까."

"목적을 알아내는 게 가장 중요하겠네요."

"그래, 돈을 내놓으라고 하거나 뭔가를 가지고 협박을 한 건 아니긴 하지만 이유가 있겠지. 그걸 찾는 방법은 간단해."

근처 버스 정류장의 벤치에 앉은 준혁 아저씨는 휴대폰으로 여기저기 전화를 걸고 카톡을 남겼다. 잠시 후, 전화들이 여러 통 걸려오고, 카톡 알림음이 연달아 울렸다. 아저씨는 정신없이 오는 전화를 하나씩 받아 통화 내용을 수첩에 받아 적었고, 카톡으로 오는 것도 꼼꼼히 옮겨 적었다. 한참 준혁 아저씨가 수첩을 들여다보는 사이에 안상태는 실미도 부대 생존자의 처형에 관한 자료들을 인터넷에서 찾아봤다. 처형당하고 50년도 더 넘은 후에야 국방부에서 유가족들에게 사과를 했지만 여전히 유해는 발굴되지 않았다. 2006년에 개웅산 근처, 생존자들이 처형당한 공군 부대 기지를 조사했지만 시신이 발견되지 않았다는 뉴스까지 확인한 안상태는 수첩을 들여다보는 준혁 아저씨에게 물었다.

"뭐 알아낸 것 있으세요?"

"어머니 고향이 옥천인데 그 동네 사람 중에서 실미도로 갔다가 돌아가신 분이 있나 봐. 영화에서는 범죄자나 사형수들이라고 나오는데 실제로는 그냥 평범한 사람들이었대. 모집관이 다방 같은 곳에서 돈을 많이 준다고 하면서 사람들을 꼬드긴 거지."

"제가 알아본 정보로는 생존자들에게 국회진상조사단이 찾아왔을 때 모두 입을 다물었는데요. 알고 보니까 군 수뇌부에서 비밀을 지켜주면 베트남 파병을 시켜주겠다고 했나 봐요. 하지만 조사가 끝나자 곧바로 공군 부대로 끌고 가서 총살시킨 거라고…."

"젠장, 군인으로 입대할 때는 나라의 아들이고, 문제가 생기면 남의 자식이네. 진짜."

투덜거리던 준혁 아저씨가 수첩을 들여다보면서 생각에 잠겼다. 그사이에 여러 대의 버스가 정류장에 도착해서 사람들을 태우고 뱉어냈다. 한참 동안 수첩을 들여다보던 준혁 아저씨가 휴대폰을 켜 번호를 누르고 귀에 갖다 댔다.

— 찬규 형, 접니다. 식사는 하셨어요?

휴대폰을 귀에 바짝 댄 준혁 아저씨는 이것저것 물어봤는데 주로 재개발에 관한 내용들이 많았다. 실미도 부대의 처형과 사라진 친구와 그게 무슨 관계가 있는지는 모르겠지만 어쨌든 준혁 아저씨는 열심히 질문을 하고는 곧 만나자는 얘기와 함께 통화를 끝냈다. 휴대폰을 주머니에 넣은 준혁 아저씨가 수첩을 다시 꺼내서 빤히 들여다봤다. 안상태가 고개를 살짝 내밀어서 살펴보자 용의자들이라고 적힌 사람들 이름 옆에 깨알 같은 글씨가 적혀 있었다. 뭔가 추리를 할 때는 말을 안 거는 게 여러모로 좋다는 것을 아는 안상태는 휴대폰으로 게임을 시작했다. 하지만 시간이 오래 걸릴 것이라는 예측이 무색하게도 준혁 아저씨는 5분도 되지 않아서 일어났다. 서둘러 게임을 끝내고 따라 일어난 안상태가 물었다.

"이제 어디로 가요?"

"현장, 답이 있는 곳이잖아."

걸어서 다시 남성빌라가 있는 골목길로 돌아온 준혁 아저씨는 현관문 안에 있는 편지함을 살폈다. 숫자가 적힌 편지함은 낡고 녹슬었다. 위쪽에 손가락을 대고 쓱 문지른 준혁 아저씨가 손가락에 짙게 묻은 먼지를 보고는 눈살을 찌푸렸다.

"찬규 형 얘기로는 이 위에 놓여 있었다 그랬거든."

"그런데요?"

"우리 동네는 우체부가 고지서나 편지는 잘 보이도록 편지함에 걸쳐서 꽂아놔. 만약 그걸 아는 사람이라면 과거의 그 사건을 언급한 편지는 급박하게 전달할 생각이 아니었던 거지."

"왜 그랬을까요?"

"특정 시간대에 발견되면 누군지 들통 날 수 있어서 그랬을 수도 있어. 용의자가 굉장히 적잖아."

준혁 아저씨의 얘기를 들으며 편지함을 올려다보던 안상태가 말했다.

"빨리 발견되기를 원했던 거 같아요."

"왜?"

"요즘 우편물은 대부분 고지서나 요금 납부서여서 일찍 살펴보지 않아요. 저도 그러거든요. 그러니까 협박 편지를 쓴 사람은 오히려 이 편지가 빨리 알려지기를 바란 게 분명해요."

"역시 날 따라다녀서 똑똑해졌네."

떨떠름한 표정으로 적당히 맞장구를 친 안상태는 편지함을 바라봤다. 고지서 몇 개가 혓바닥처럼 내밀어져 있었다. 그걸 본 안상태가 고개를 갸웃거렸다.

"편지봉투에 뭐라고 적혀 있었죠?"

"'오래전 친구에게'라고 적혀 있었어."

"발신인이나 수신인이 없었네요."

"그런데?"

민준혁의 반문에 안상태는 계단 위쪽의 2층을 바라봤다.

"제가 만약 여기 입주한 다른 사람이라면 이상한 편지라고 생각하고 관심을 안 가졌을 거예요."

"그러겠지. 편지봉투에 주소나 이름이 적혀 있지도 않았으니 말이야."

"오직 찬규 아저씨만 보고 놀랄 수 있게 한 거고 실제로 그랬으니까 결국은 그게 목적이었네요."

"놀라게 한 거?"

준혁 아저씨의 물음에 안상태는 고개를 끄덕거렸다. 편지함을 힐끔 바라본 준혁 아저씨는 안상태처럼 2층을 바라보고는 다시 현관 밖으로 나갔다.

천천히 걸어서 골목길 입구까지 왔는데 아까는 보이지 않던 빨간 안전모를 쓴 남자가 경광봉을 흔들면서 잠시 멈추라는 손짓을 했다. 둘이 나란히 서서 기다리자 잠시 후 덤프트럭 한 대가 골목길 안쪽으로 들어왔다. 흙먼지가 가라앉기를 기다린 다음 둘은 길을 건너서 덤프트럭이 들어간 길로 걸어갔다. 아파트 재건축 공사장으로 올라가는 덤프트럭의 뒷모습을 지켜보던 준혁 아저씨는 종이컵에 든 남은 커피를 홀짝거렸다.

"저기가 원래 산꼭대기라서 꼭대기 아파트라고 불렸거든, 그러다가 재건축을 하게 되면서 여기 길을 냈어. 빌라가 있는 골목길은 너무 좁고 차들이 많아서 사고가 날 수 있거든. 그리고 저쪽이 남성빌라야. 보이지?"

고개를 살짝 뺀 안상태는 새로 만든 길 옆에 바짝 붙어 있는 남성빌라를 발견했다.

"진짜 시끄럽겠네요."

"뭐, 공사를 저녁 늦게까지는 안 할 테니까 괜찮긴 하겠지. 그런데 저기 아파트가 재개발되면 아래쪽 지역도 재개발을 할 거란 얘기가 있어."

"저기 빌라들이요?"

안상태의 물음에 준혁 아저씨가 고개를 끄덕거렸다.

"저기 빌라는 내가 엄마랑 이사 올 즈음에 지어진 것들이 많아. 대략 30년이 넘었다는 얘기지. 그러니까 저 위쪽 아파트가 재개발되고 아래쪽도 재개발 얘기가 나오는 지금 시점에서는 사람들 생각이 둘로 나뉘어 있어."

손가락 두 개를 펼친 준혁 아저씨가 하나를 접었다.

"이 분위기를 이어받아서 재개발을 하자는 쪽이지. 빌라는 낡았고, 팔고 싶어 하는 사람들이 많거든."

"나머지는 반대예요?"

"그래, 우리 엄마가 대표적이지. 나이도 많으신데 이삿짐 꾸려서 어디 갔다가 다시 돌아오는 게 쉬운 일이 아니니까, 여기서 살던 대로 쭉 사는 걸 선호하는 쪽."

"그거랑 우리가 조사할 일이랑 무슨 상관인데요?"

"남성빌라가 만약 재개발 조합 측에 팔리면 여기까지 개발이 될 가능성이 높아지는 거고, 그게 아니면 여긴 못 하는 거지. 저기를 건너뛸 수가 없으니까 말이야."

준혁 아저씨의 설명을 들은 안상태는 비로소 이해가 갔다.

"그러니까 아저씨 얘기는 40년 전의 사건을 언급한 편지는 진실을 찾거나 그런 게 아니라."

"저 빌라를 어떻게 해보려고 한 거지. 자기 뜻대로."

"찬규 아저씨는 어떻게 한다고 했죠? 저 빌라를."

"당장 팔 생각은 없다고 했어. 엄마가 편찮으셔서 이사하기도 좀 그렇고, 시간이 지나면 좀 더 오른다고 보고 있으니까 말이야."

"그러면 저 편지를 보낸 사람은 지금 빌라를 팔게 만들려고 하는 사람이겠네요. 재개발 찬성 쪽."

"빙고."

손가락을 까닥거리며 리드미컬하게 고개를 끄덕거린 준혁 아저씨가 덤프트럭이 만든 흙먼지를 뒤집어쓴 남성빌라를 물끄러미 바라봤다.

"치사하게 사람 마음이 아픈 곳을 건드리고 말이야."

"정리하면, 40년 전 사건을 정확하게 아는 사람 중에 재개발을 찬성하는 쪽이 범인이겠네요."

"그럴 거라고 짐작했어. 근데 문제는 아무리 생각해도 그럴 정도로 악랄한 사람이 떠오르질 않네."

"같은 동네 사람이라고 너무 착하게 보는 거 아니에요?"

안상태가 항의하자 준혁 아저씨가 목덜미를 긁적거리며 대꾸했다.

"그게 아니라 40년 전 사건을 끌어와서 찬규 형을 쫓아낼 만한 사람 중에 눈에 띄는 사람이 없다는 거지. 택시 아저씨는 치매라서 요양병원에 있고, 그 집 아줌마도 간병하다가 쓰러져서 병원에 입원한 지 한 달째야. 편지가 아무리 오래되었어도 한 달은 아니잖아."

"그렇죠."

수첩을 펼친 준혁 아저씨가 잠시 훑어 내리다가 안상태를 바라봤다.

"세탁소 아저씨는 잘 모르겠지만, 참기름집 할머니도 몸이 많이 편찮으셔. 재개발에 찬성하는 건 자식들에게 뭔가 챙겨주고 싶어서 그런 거고."

"일단 세탁소 아저씨가 용의자 1번이네요. 거기다 세탁물을 돌려주려 돌아다니면서 슬쩍 편지를 놓을 수 있잖아요. 의심받지 않고요."

"그래, 일단 그 아저씨가 1번. 2번은 고욱이 엄마겠네."

"그분도 재개발 찬성인가요?"

"명확하지는 않아. 근데 그 아줌마는 돈 욕심이 많거든."

준혁 아저씨의 얘기를 들은 안상태가 물었다.

"살짝 개인감정이 들어간 거 아니에요?"

"없다고는 못 하지. 어쨌든 그쪽이 2번."

다소 억지로 매겨진 2번 용의자를 뒤이은 3번 용의자는 카페 주인이었다.

"'붉은 돌고래'면 저기 입구에 있는 작은 카페 아니에요?"

"맞아. 거기 주인이 빌라 주인이기도 해."

"이 사람은 왜요?"

"재개발에 아주 적극적으로 찬성하거든. 카페는 장사가 안되는데 재개발이 되면 많은 돈을 받고 빌라를 팔 수 있잖아."

"카페 주인이 40년 전 사건에 대해서 알아요?"

"부모는 알아. 그때 이 동네 살았거든. 과천으로 이사 갔다가 몇 년 전에 돌아왔어."

"흠… 솔직히 얘기해 봐요."

"사실은 쿠폰을 안 챙겨줘서."

공과 사를 전혀 구분할 줄 모르는 준혁 아저씨는 당연하다는 듯 당당하게 얘기했다. 안상태는 속으로 한숨을 쉬고는 일단 세 명의 용의자를 조사할 방법을 물었다.

"가서 물어보면 당연히 모른다거나 아니라고 할 텐데, 어떻게 할 거예요?"

"남은 건 필적밖에 없잖아. 용의자들의 필적을 확보해서 대조해 봐야지."

생각보다 머리가 잘 돌아간다고 속으로 생각한 안상태는 다시 한번 "어떻게요?"라고 물었다. 잠시 고민하던 준혁 아저씨가 입을 열었다.

"세탁소 아저씨는 집에 그 아저씨 글씨가 적힌 영수증이 있을 거야. 지난달에 엄마 코트를 맡겼거든. 고욱이 엄마는 엄마한테 얘기해서 뭘 좀 쓰라고 해보게. 지금은 왕래를 하니까."

"카페 주인은요?"

"거기가 문제네. 방법이 없겠니?"

"커피 주문을 하는 건 어때요?"

"배달 말이야?"

"네, 배달 시키면서 일부러 여러 종류를 시키고 적어달라고 하면 뚜껑이든 어딘가에는 글씨를 쓰겠죠."

"역시 똑똑해, 조수."

머리를 쓰다듬어 준 준혁 아저씨가 곧장 전화를 걸어 용의자 3번이 운영하는 카페에 음료를 주문했다. 각기 다른 음료로 네 잔을 시킨 준혁 아저씨는 주소를 묻는 질문에 찬규 아저씨가 있는 남성빌라 3층을 얘기했다. 그리고 메뉴 이름을 크게 써달라고 큰 목소리로 여러 번 말했다. 통화를 끝낸 준혁 아저씨가 안상태의 어깨에 손을 올렸다.

"가자."

주문한 커피는 준혁 아저씨와 안상태가 남성빌라 3층에 도착하고 10분쯤 지나서 도착했다. 커피와 음료수 네 잔을 받은 준혁 아저씨는 하나씩 나눠주면서 메뉴의 이름이 적힌 종이를 챙겼다. 그리고 휴대폰으로 찍어놓은 편지의 글씨와 대조해 봤다. 빨대로 아이스커피를 마시면서 한참 동안 들여다보던 준혁 아저씨는 맞은편 테이블에 앉은 찬규 아저씨를 바라봤다.

"아무래도 이 사람은 아닌 거 같아요."

메뉴가 적힌 종이를 건네받아서 살펴본 찬규 아저씨도 그런 것 같다고 대답했다. 마지막으로 종이를 받은 안상태 역시 곧바로 아니라는 걸 깨달았다.

"일단 3번은 제외네요."

안상태의 얘기를 들은 준혁 아저씨가 가볍게 트림을 하며 커피를 테이블에 내려놨다.

"1번과 2번도 확인하는 데 오래 걸리지 않을 겁니다, 형님."

"도와줘서 고마워. 어머니가 편찮으셔서 혼자 돌봐야 하는 것도 벅찬데 이런 일까지 생기니, 원."

"계속 편지가 오면 이사를 하실 겁니까?"

준혁 아저씨의 질문에 찬규 아저씨가 씁쓸하게 웃었다.

"완전 못 견딜 정도는 아닌데 여기서 살 만큼 살았고, 혹시나 위험할 수도 있잖아. 어머니도 계신데 불안한 건 싫어서 이사를 가야 할까 생각 중이야."

그런 찬규 아저씨를 말없이 바라보던 준혁 아저씨가 기운 내라는 말을 하며 다시 빨대로 커피를 마셨다.

다음 날은 일요일이라서 늦게까지 잠을 자던 안상태는 점심쯤 일어나서 남은 감자탕에 밥을 볶았다. 한 수저 뜨려고 하는데 준혁 아저씨에게 전화가 왔다.

─ 뭐 해?

─ 소영이랑 밥 먹고 있어요.

─ 1번과 2번도 필적을 확인했는데 아니야.

─ 그러면 4번 용의자가 필요한 시점이네요.

─ 다른 방법을 써야 할 것 같아.

─ 찾아볼게요.

─ 빨리, 가급적 빨리.

일단 밥을 먹기 위해 알겠다고 대답하고 전화를 끊었다. 휴대폰을 내려놓자 소영이 먹지 않고 가만히 바라보고 있었다. 어서 먹으라고 한 다음 안상태도 숟가락을 들었다. 비주얼은 엉망이었지만 참기름까지 넣은 탓인지 감자탕 국물로 만든 볶음밥은 정말 맛있었다. 김이 펄펄 나는 볶음밥을 정신없이 먹는데 소영이 물을 한 모금 마시면서 얘기했다.

"오빠, 요즘 유튜브에 자주 나오는 거 봤어?"

"뭐, 재미있는 거 있어?"

"고양이 목에 방울, 아니 카메라를 매달아두면 이웃집에 가서 다른 고양이랑도 놀고, 벌레도 잡고 놀다가 돌아오는 건데 너무 재미있어."

"나도 한번 봐야겠네."

대충 얘기하고는 다시 볶음밥을 먹으려고 하는데 머리를 스쳐 지나가는 생각이 있었다. 일단 밥부터 먹고 더 생각하기로 한 안상태는 냄비에 눌어붙은 볶음밥을 싹싹 긁어 먹었다. 그리고 소영이 얘기한 유튜브를 찾아서 살펴봤다. 안상태는 저녁 무렵에 민준혁에게 전화를 걸었다. 좋은 방법이 있다면서 설명하자 내일 당장 시작하자는 굉장히 무책임한 말이 돌아왔다. 준비할 게 많다고 하고서 필요한 것들을 얘기하자 구해 오라는 짤막하고 더 무책임한 대답을 했다. 화를 내려는 순간, 은행 앱으로 5만 원이 입금되었다는 알림이 울렸다.

다음 날, 학교를 마치고 준혁 아저씨네 집으로 간 안상태는 휴대폰과 보조 배터리를 결합한 다음 동영상 촬영 버튼을 눌렀다. 그리고 유튜브에서 배운 대로 화질과 밝기를 낮추고 얼마나 오래 촬영할 수 있는지를 테스트해 봤다. 대용량 배터리를 끼우고 완충한 상태에서 사용하니까 대략 20시간 정도는 촬영이 가능했다. 머릿속으로 시간을 계산하고 있는데 준혁 아저씨가 부탁한 물건을 찾아왔다.

"이 정도면 돼?"

"딱 맞네요. 커터 칼 있죠?"

"있어."

"그걸로."

건네받은 우체국 택배 박스를 열고 안에 휴대폰을 넣은 뒤 최적의 렌즈 구멍 위치를 찾았다. 그리고 커터 칼로 작게 구멍을 낸 다음에 휴대폰의 렌즈 부분을 바싹 붙여서 사진을 찍었다. 위치가 약간 안 맞아서 구멍을 크게 만든 다음에 다시 사진 촬영을 해서 각도를 확인했다. 옆에서 지켜보던 준혁 아저씨가 끼어들었다.

"이거 완전 몰래카메라네."

"이것보다 더 나은 방법 있어요?"

"없지. 강 형사한테 물어봤더니 화를 내더라. 경찰이 얼마나 바쁜데 이런 걸 가지고 신고를 할 생각이냐고 말이야."

"당사자에게는 진짜 마음 쓰이는 일이잖아요."

"차라리 정신과를 찾아가서 상담을 받으래. 자기도 요즘 상담 받는다면서 말이야. 대한민국이 완전 미쳐 돌아가는 거 같아."

"서울이 미쳐 돌아가는 거겠죠."

"그렇게 따지면 서울이 무슨 죄가 있어. 서울에 사는 사람들이 문제지."

이런저런 얘기를 주고받으며 우체국 박스를 이용한 몰래카메라를 완성시켰다. 두 사람은 그걸 들고 찬규 아저씨네 집으로 향했다. 어머니를 모시고 병원에 갔다가 잠시 후에 돌아온 찬규 아저씨는 준혁 아저씨가 내민 박스를 보고는 살짝 불안해했다.

"이걸로 찾을 수 있을까?"

"한 가지만 도와주시면 더 쉽게 찾을 수 있어요."

"뭔데?"

"가족들을 모아놓고 40년 전 사건에 관한 이상한 편지를 받았다고 하시고요. 마음이 괴롭지만 일단 이사는 가지 않고 버티기로 했다고 말씀해 주세요."

찬규 아저씨가 의아해하며 왜냐고 물었지만 준혁 아저씨는 그냥 부탁한다고만 했다. 얘기를 끝내고 휴대폰의 동영상 버튼을 누른 다음 현관문의 편지함이 잘 보이는 1층 계단 구석에 놨다. 모르는 사람이 보면 빌라의 거주자에게 온 우체국 택배를 놓아둔 것으로 오해하기 딱 좋았다. 남성빌라의 현관문을 열고 나온 준혁 아저씨가 따라 나온 찬규 아저씨에게 말했다.

"저게 20시간 정도 가니까 제 조수가 시간 맞춰서 다른 보조 배터리로 갈아 끼울 거예요."

살짝 놀랐지만 일당을 주겠다는 말에 안상태는 즉시 대답했다.

"저한테 맡겨주세요."

두 사람을 번갈아 보던 찬규 아저씨가 말했다.

"그래, 누군지 얼른 나왔으면 좋겠네. 진짜 왜 그랬는지 궁금해 미치겠어."

금방 잡힐 거라는 위로의 말을 남긴 준혁 아저씨와 안상태는 골목길을 걸었다. 걷다가 멈춘 준혁 아저씨가 뒤를 돌아봤다.

"아파트가 거의 다 올라갔네. 서울은 아파트 공화국이라고 하더니 여기까지 아파트가 이렇게 밀고 들어올 줄은 몰랐어."

"아파트가 생기면 동네 사람들에게 좋은 거 아니에요?"

상태의 물음에 준혁 아저씨는 골목길을 바라보며 중얼거렸다.

"그러면 저 길이 사라지잖아. 저기에 있던 사람들도."

철이 없는 건지 낭만이 가득한 건지 알 수 없는 대답이었다. 안상태는 괜히 머리가 지끈거렸다. 20시간마다 보조 배터리도 갈아야 한다는 사실이 떠올라 더 짜증이 났다. 다행히 준혁 아저씨가 좋은 아이디어를 내줬다.

"하나 더 만들어서 박스째로 바꾸면 되잖아."

몰래카메라를 바꾸는 일은 사흘 만에 끝났다. 두 번째 날을 찍은 휴대폰을 집으로 가져와서 충전하며 화면을 살펴보는데 누군가 나타나 편지함 위에 편지를 던져놓고 사라진 걸 확인한 것이다. 휴대폰에 찍힌 시간을 확인한 안상태는 곧장 준혁 아저씨에게 전화를 걸었다. 준혁 아저씨는 그대로 남성빌라로 가서 편지를 확인하고는 들뜬 목소리로 전화했다.

— 두 번째 협박 편지야. 첫 번째보다 내용이 약간 세네.
— 필체는 같아요?
— 비슷해. 범인 얼굴 나왔어?
— 흐리지만 알아볼 수 있을 거 같아요. 보내드릴게요.

사실 그럴 필요 없었지만 그래도 돈을 꼬박꼬박 챙겨준 보답으로 해당 부분을 잘라서 보내줬다. 잠시 후, 준혁 아저씨에게 '예상대로.'라는 짧은 문자가 왔다. 사실, 준혁 아저씨가 찬규 아저씨에게 가족들을 모아놓고 떠나지 않겠다고 말하라던 시점부터 범인으로 누굴 지목했는지 대략 알 것 같았다. 하지만 찬규 아저씨가 받을 충격을 생각하지 않을 수 없었다. 알겠다는 짧고 무덤덤한 답변을 마지막으로 한동안 준혁 아저씨에게 연락이 오지 않았다. 어떻게 처리되었을지 궁금했지만 묻기 애매해서 그냥 넘어갔다.

다시 연락이 온 것은 며칠 후, 토요일이었다. 어쩐지 연락이 올 거 같아서 아침에 일어나서 휴대폰을 보는데 2시간 후에 개웅산 꼭대기 팔각정으로 휴대폰을 가져오라는 문자가 와 있었다. 대충 씻고 모자를 쓰고 집 밖으로 나섰다. 방에서 공부하던 소영이가 외쳤다.

"올 때 치킨 사 와! 오빠."

알겠다고 대답하고 밖으로 나온 안상태는 개웅산으로 향했다. 중간에 배드민턴장과 체력 단련장에는 사람들이 바글거렸지만 위로 올라갈수록 줄어들었다. 야자수 껍질로 만든 매트가 깔린 길을 따라 올라가는데 뒤뚱거리며 걷는 준혁 아저씨의 뒷모습이 보였다. "아저씨!" 하고 소리치자 뒤를 힐끔 본 준혁 아저씨가 잠깐 기다려줬다. 그리고 둘이 나란히 팔각정이 있는 꼭대기까지 올라갔다. 숨을 헐떡거리는 안상태를 본 준혁 아저씨가 핀잔을 줬다.

"젊은 애가 체력이 그렇게 약하면 어떡해?"

"젊은 게 아니라 어린 거라고요. 중학생인데 뭐가 젊어요."

"그런가?"

멋쩍게 웃으며 옆머리를 긁적거리던 준혁 아저씨가 팔각정 안으로 들어가서 난간에 걸터앉았다. 거기에는 찬규 아저씨와 함께 아저씨와 비슷하게 생긴 아저씨가 한 명 더 있었다. 준혁 아저씨가 아는 척을 하고는 두 사람 옆에 앉았다. 웃고 있었지만 바짝 긴

장한 게 느껴졌다.

"찬국이 형, 오랜만이에요."

"그래, 잘 지냈어?"

찬규 아저씨의 동생인 찬국 아저씨는 씩 웃으며 대답했다. 그러고는 자기 형을 바라봤다.

"무슨 일인데 여기서 보자고 한 거야?"

"빌라를 팔기로 했어."

형의 얘기를 들은 찬국이 아저씨의 표정이 밝아졌다. 그런 동생을 본 찬규 아저씨가 씁쓸한 표정을 지으며 입고 있던 점퍼 주머니에서 휴대폰을 꺼내서 건네줬다.

"뭔데?"

"일단 봐."

찬국 아저씨는 휴대폰을 들여다보고는 표정이 굳어졌다. 옆에 앉은 준혁 아저씨가 안주머니에서 두 번째 협박 편지를 꺼내서 보여줬다.

"이거, 형이 쓴 거죠? 영상에 다 찍혔어요."

두 사람을 번갈아 바라보던 찬국 아저씨는 갑자기 벌떡 일어나더니 팔각정에서 도망치려고 했다. 하지만 지켜보던 상태가 발을 걸어 앞으로 그대로 꼬꾸라지고 말았다. 들고 있던 휴대폰이 아래로 굴러갔다. 잽싸게 뛰어가서 주워 든 안상태의 귀에 무릎에 묻은 흙을 털면서 일어나는 찬국 아저씨의 느린 한숨 소리가 들렸다. 찬규 아저씨가 낮은 목소리로 말했다.

"어머니한테는 얘기하지 않을 테니까 최대한 빨리 오류동이나 광명시로 방 얻어서 나가. 꼴도 보기 싫으니까."

"형."

"그 일은 나한테 평생 상처야. 그런데 돈 때문에 그걸 이용해?"

찬규 아저씨는 동생을 외면한 채 상태가 챙겨준 휴대폰을 가지고 아래로 내려갔다. 준혁 아저씨가 찬규 아저씨를 따라 내려가며 물었다.

"굳이 여기서 보자고 한 이유가?"

"마음을 정리하고 싶어서. 고통스럽지만 평생 여기에 묶여 살 수는 없잖아."

준혁 아저씨가 알겠다는 듯 고개를 끄덕거리며 따라서 내려갔다. 어정쩡하게 서 있던 안상태도 얼른 뒤따라갔다. 일단 집에 가라고 해서 상태는 지난번에 받은 돈으로 개봉시장에서 옛날 통닭을 사서 집으로 돌아갔다.

며칠 후, 개봉역 맘스터치에서 만났을 때 상태는 궁금한 것을 물었다.

"그 아저씨, 이사 갔어요?"

"응."

"어디로요?"

"광명시 철산동 쪽."

"왜 그랬대요?"

잠깐 생각하던 준혁 아저씨가 대답했다.

"돈 때문이지 뭐. 빌라를 팔고 자기 몫의 돈을 챙겨서 다시 사업을 하려고 했나 봐. 그런데 형이랑 엄마가 당장 팔지 않겠다고 하니까 협박 편지를 쓴 거지. 40년 전의 그 일을 가지고 말이야."

"진짜 나쁜 사람이네요. 자기 형이랑 엄마가 그걸로 얼마나 힘들었는지 알 텐데 말이에요."

"그러게."

"이제 마무리 된 거예요?"

"그런 셈이지. 돈을 안 받겠다고 했는데 좀 챙겨줬어. 반띵해서 줄게."

"고마운데 그 얘기 하려고 여기까지 오라고 한 거였어요?"

"왜, 뭐, 불만 있냐?"

"아뇨, 그건 아니고요."

슬쩍 눈을 피하는 상태를 보며 준혁 아저씨가 뜬금없이 물었다.

"실미도 부대 생존자들이 처형된 곳이 개웅산이지?"

"그런 걸로 알고 있어요. 지금은 교회로 바뀌었고요."

"시신은 아직도 발견하지 못했고?"

준혁 아저씨의 물음에 안상태는 어제 검색해서 찾은 뉴스의 내용을 말해줬다.

"고양 벽제 묘지에서 발굴 작업을 하고 있나 봐요. 여기 묻힌 게 아니라 거기 묻힌 거 같아요. 국방부 장관이 사과하긴 했는데 50년도 더 지났으니…."

"이름 좀 알려줄래?"

"누구요? 총살당한 부대원들이요?"

"응."

뜬금없는 질문에 왜냐고 묻자 준혁 아저씨가 어깨를 으쓱했다.

"기억해야 할 거 같아서."

휴대폰을 꺼낸 안상태는 지난번에 찾은 자료들 속에 있는 이름을 불러주었다.

"김병엽, 임성빈, 강창구, 이서천."

네 명의 이름을 들은 준혁 아저씨가 작게 한숨을 쉬었다.

"시대를 잘못 태어났다고 하기에도 미안한 일이야. 기억하자. 우리라도."

---

1 1971년 8월, 인천광역시 중구 실미도에 있던 북파 공작원들이 기간병들을 살해하고 버스를 탈취하여 청와대로 향하던 중 버스 안에서 수류탄으로 자폭한 사건. 사건의 원인 등에 대한 진상이 정확히 규명되지 않았다.
2 대한민국 국군에서 1970년대 초부터 제작한 국군 홍보 영화 시리즈다.

작가 인터뷰_정명섭

1. 서울을 배경으로 한 앤솔러지를 기획한 의도는 무엇인가요?

서울에서 산 지 40년이 넘었지만 이 도시에 대해서 아는 게 별로 없다는 생각이 자꾸 들었어요. 그래서 서울을 주제로 앤솔로지를 해봐야겠다는 생각이 들었죠. 주변에 얘기했더니 반응이 나쁘지 않아서 진행할 수 있었죠.

2. 서울이란 어떤 도시인가요?

사는 곳이죠. 지하철과 버스가 있고, 가끔 택시를 타고 다니는 도시이면서 부족함 없는 인프라가 존재하는 곳이죠. 서울 밖에서 지낸 건 어릴 때 외국에서 잠깐 살았던 것과 귀국 후에 인천에서 잠깐 지낸 것을 제외하고는 없습니다. 아! 2년 동안 군 생활하느라 강원도에 있었네요. 모든 것을 가지고 있지만 막상 정말 필요한 건 쉽게 찾을 수 없는 도시이기도 하죠. 인문학적으로 놓고 보면 대한민국의 수도이자 중심지이며, 사람을 비롯한 모든 것을 빨아들이는 괴물 같은 곳이기도 하고요. 여러 가지 복잡한 시선으로 바라보고 있습니다.

3. 〈사라진 소년〉을 쓰게 된 계기는 무엇인가요?

어릴 때 친구들과 뒷산에 놀러 갔다가 철조망과 초소를 보고 놀라서 도망친 적이 있었어요. 그리고 나중에 다시 올라갔을 때 참호를 본 적도 있었고요. 주말이 되면 산에서 군인들이 오와 열을 맞춰서 내려오는 걸 보고 저 위에 뭔가 있다고 생각했었죠. 알고 보니 공군에서 운영하는 레이더 기지가 있었어요. 그런데 영화〈실미도〉가 개봉한 이후 알아보니까 생존한 실미도 부대원들이 그 뒷산에서 총살당했다는 얘기를 듣고 너무 놀랐어요. 역사의 비극이 내가 살고 있는 곳에서 벌어졌다는 생각에 충격을 받았죠. 그래서 오랫동안 담아두고 있다가 이번 앤솔러지에 풀었습니다.

4. 독자들이 이 작품에서 주목했으면 하는 지점이 있다면 무엇인가요?

안타까운 비극이 우리 곁에 흔적으로 남아 있다는 게 무슨 의미인가 생각해 봤습니다. 그건 아마도 기억해 달라는 뜻이겠죠? 실미도 부대원 중에 고향이 같은 옥천 출신이 있어서 어머니가 몹시 안타까워하시는 걸 본 적이 있습니다. 그리고 영화 때문인지 강력범과 중죄인들을 모아서 부대를 편성한 것으로 많이 아는데, 실제로는 모집관들이 지방을 다니면서 아무것도 모르는 청년들에게 큰돈을 주겠다고 거짓말을 해서 끌어들인 겁니다. 국가의 거대한 폭력이라는 점을 잊지 않으셨으면 합니다.

5. 많은 앤솔러지를 기획하고 참여하는 걸로 알고 있어요. 특별한 이유가 있을까요?

어떤 이야기는 짧은 호흡에서 더 빛이 날 때가 있다고 믿습니다. 그리고 새로 쓰고 시작하는 작가에게 단편은 자신의 실력을 뽐낼 수 있는 좋은 기회이기도 합니다. 저는 초보 작가 시절 글을 쓴다는 이유로 선배들에게 많은 도움을 받으며 성장할 기회를 얻었습니다. 이제 제가 베풀 시기가 된 것뿐입니다.

선량은 왜?

최하나

프롤로그

"포토라인 앞에 서주세요."
"피해자분께 죄송하지 않으세요?"
"유가족분들께 한말씀해 주시죠."

고개를 푹 숙인 채로 마스크까지 한 선량을 향해 날 선 질문들이 날아들었다. 처음에 그녀는 되도록 그 자리를 피하고 싶어 하는 듯 보였다. 수갑을 찬 양손을 들어 마치 날아오는 물병을 막듯이 이리저리 휘저은 걸 보면. 하지만 포토라인 앞에 세워져 꼼짝할 수 없게 되자 이내 태세를 전환했다. 마치 자신에게 주어진 이 무대 위에서 뭔가를 꼭 보여줘야 한다는 책임감으로 선량은 고개를 들고 앞을 가리던 머리카락을 치우고 눈을 부릅뜨고 말을 시작했다.

"인간 같지도 않은 거를 죽인 건 미안하지 않습니다. 아주 죄송스럽게도 그런 인간 같지도 않은 거를 더 못 죽이고 가는 게 미안합니다. 아직 사회에는 그런 드러운 쓰레기들이…."

선량의 답변에 주위가 웅성대기 시작했다. 그 말이 그대로 중계되고 있을 터였다. 사회적 파장을 고려해 기자들은 마이크를 서둘러 거뒀다. 결국, 양쪽에 선 경찰들에 의해 선량은 끌려 나갔다. 하지만 이제야 불이 붙은 그녀는 멈추질 않았다.

"그런 인간 같지도 않은 것들이 돌아다니는 사회가 사휩니까! 네에?"

호송차에 태워질 때까지 선량은 입을 다물지 아니했다.

"와 반성의 기미가 전혀 없네. 진짜 저거 또라이 아니야?"
"여자 백정이라잖아."

남자 둘은 소주를 주거니 받거니 하며 TV 속에서 흘러나오는 선량의 말에 분노하고 있었다.

"애초에 망치로 사람 머리를 무자비하게 때려죽이는 게 말이 돼?"
"아니 그 마음이야 백번 말이 된다고 치자고. 우리도 왜 죽이고 싶을 정도로 싫은 사람 있잖아. 근데 그걸 직접 저렇게 실행에 옮기지는 않지."

선량은 왜?

둘은 혀를 차며 소주를 들이켰다. 왠지 오늘은 술맛이 더 쓰게 느껴져 본 안주가 나오기도 전에 기본 찬으로 차려진 단무지를 연신 집어 들었다.

"그나저나 왜 그랬대? 이유가 뭐래?"

오른편에 빨간 패딩을 입은 남자가 고개를 돌리며 물었다.

"그걸 알면 내가 형사게? 아무도 모르지 않아?"

왼쪽에 앉은 남자가 자기 잔에 소주를 부으며 퉁명스럽게 답했다.

"아직 밝혀지지 않은 건가? 아니면 이유가 없는 건가."

"뭐든 죽을 만한 이유겠어. 그렇게 치면 나를 스치고 간 길빵하는 놈들 죽여도 다 이유가 있는 거지. 기분 상해죄. 담배 냄새 배게 한 죄."

"참, 알 수가 없네. 알 수가 없어. 묻지 마 범죄가 너무 많아. 진짜 살기 흉흉하다."

빨간 패딩을 입은 남자가 얼른 잔을 들어 소주를 넘겼다. 이번 잔은 특히 더 썼다. 인상을 쓰며 그제야 딸려 나온 콩나물을 집어 먹었다.

이름 김선량. 나이 41세. 사는 곳 서울 연희동. 직업 없음. 이혼 경력 있음. 무자녀. 범죄 전과 없음. 성별 여자. 그 어떤 정보란에도 그녀의 끔찍한 말로에 대한 단서는 없었다. 그러니 이제 살펴봐야 할 차례다. 그녀가 어떤 날들을 지나쳐 왔는지를.

챕터1

 선량은 짐을 줄이고 줄였다. 한 벽을 가득 채운 책들도 다 정리할 대상이었다. 얼마나 품을 들이고 얼마나 돈을 썼는지는 중요하지 않았다. 어렵게 한 가정을 이룬 둘이 다시 두 가정으로 나뉘어 사회에 재진입하게 되었으니까. 그렇다. 선량은 7년간의 결혼 생활에 마침표를 찍고 혼자가 되었다. 다행히 함께 기르던 반려견 홍시는 그녀가 키울 수 있게 되었다. 합의이혼을 하며 이미 자신이 키우겠다는 조항을 넣어 공증까지 받은 상태였다. 둘이 함께 입양해서 7년을 키운, 어찌 보면 결혼 생활의 증거와도 같은 반려견은 이제 선량이 혼자 책임져야 했다. 그녀는 여전히 짐을 줄이느라 애를 썼다. 행어 두 줄에 가득 걸린 옷가지들은 처치 곤란이었다. 어떻게 해야 할지 몰라 당장 입고 있는 옷을 제외한 모든 의류는 수거함에 넣기로 했다. 왜건에 넣고서도 두 번을 더 왕복해야 할 정도로 어마어마한 양이었다.
 ─ 거기 헌책 사신다는 분이죠? 돈은 됐고요. 저희 책 좀 다 가

저가 주세요. 사정이 생겨서 못 가져갈 것 같아서요.

선량은 이번에도 남기는 대신 모든 물건을 포기하는 쪽을 선택했다. 이 결혼 생활도 그렇게 된 것이었다. 결혼하자마자 자신과는 말이 안 통한다며 대놓고 외도를 일삼은 남편을 그녀는 용서하려고도 했다. 하지만 더는 여지를 남길 수 없었다. 그래서 그냥 끊어내기로 했다. 그를 고쳐 쓰고 남은 일부를 살려보려고 애쓰느니 버리기로 한 것이었다.

"이제 됐나?"

요리에 취미가 없는 선량은 주방 쪽은 쳐다보지도 않았다. 조리 도구며 생활 가전은 모두 그가 정리하기로 했다. 당근에 올리든지 아니면 업자에게 팔아넘겨 쏠쏠하게 용돈을 챙길 것이다. 그는 그랬다. 자기 주머니에 들어가는 돈에 대해서만 정확했다.

'자꾸 이러면 안 돼. 언제 다 끝내. 그만 좀 해.'

정리하면서도 편지며 선물들을 들여다보며 자꾸 그걸 준 사람들과의 일화를 떠올리게 되었다. 첫 결혼기념일에 간 식당에서 같이 식사했던 커플들과 찍었던 폴라로이드. 어린이날에 홍시를 데리고 갔던 영월에서 산 기념 버튼. 연말 파티에 초대받아 온 사람들이 고맙다며 준 카드들. 선량에게는 이런 마음이 깃든 것들을 정리하는 게 더 힘들었다. 하지만 더는 지체할 수 없었다. 50리터짜리 쓰레기봉투에 잡다한 것들을 모두 쓸어 담았다. 그러면서 동시에 자신의 과거에 작별을 고했다. 그걸 들고 낑낑대며 현관문을 열고 나갔을 때 비로소 선량은 정말 이혼을 실감했다. 아무도 도와주는 이가 없었으므로. 반려견 홍시는 그걸 아는지 모르는지 발치까지 뽀르르 쫓아 나와 선량에게 만져달라고, 어디 가느냐고 묻는 듯이 앉아 쳐다보고 있었다.

"안 돼. 홍시 집에 있어. 엄마 얼른 갔다 올게."

선량은 단호하게 말하고 그 길로 물건을 모두 가져다 버렸다. 하루 꼬박 7년의 세월을 치우고 나니 캐리어 하나만 남았다. 마지막으로 불을 다 끄고 문을 잠근 뒤 홍시를 데리고 집을 나섰다.

― 기사님, 저희 털 안 빠지는 조그마한 강아지 한 마리 있는데 타도 될까요?

전화 통화 버튼을 누르기 전 멘트를 연습하고 또 했다. 운전을 못하는 선량이 맞닥뜨린 또 다른 현실이었다. 남편의 도움 없이 반려견을 데리고 다니기. 펫택시를 타는 방법도 있으나 미처 예약을 못 해 일반 택시를 탔다. 거절하는 기사들도 꽤 있다고 해 선량은 망설이며 전화를 걸었지만 다행히 가능하다는 답을 받았다.

"그래, 이렇게 하나씩 하면 된다고!"

선량은 뭔가 해냈다는 뿌듯함에 가슴이 벅차올랐다. 혼자서도 잘 해낼 거라고 자신에게 되뇐 대로 일이 돌아가자, 미래는 이내 핑크빛으로 물드는 것 같았다.

"안녕하세요!"

"아이고 강아지가 귀엽네. 우리도 키워요. 트렁크에 캐리어 싣고 타세요. 콜 맞죠? 연희동?"

"네. 감사합니다."

그렇게 선량은 새 보금자리로 첫발을 내디뎠다.

연희동의 새집은 선량이 보자마자 새 보금자리로 점찍은 곳이었다. 홍제천이 3분 거리에 있는 데다가 안산이라는 낮은 언덕 같은 동산이 있어 등산하기에도 좋았다. 그리고 봄꽃과 가을 낙엽을 보기에도 좋은 궁동공원도 멀지 않았다. 무엇보다 높지 않은 건물로만 이루어진 동네라는 점이 좋았다. 단독주택이 주를 이뤄 고즈넉한 분위기가 물씬 났다. 서울 밖으로 나가지 않고도 뻥 뚫린 하늘을 감상할 수 있다는 게 가장 큰 장점이었다.

"근데 이사 오시는 건가요? 짐은 그렇게 많지 않은데…."

"이사 오는 거 맞아요. 동네가 좋더라고요."

"투자하려고 오시나 보다."

"네? 무슨 말씀이신지…."

"여기 이제 고도 제한 풀리잖아요. 그거 때문에 근처에 재개발한다고 플래카드 써 붙이고 난리도 아닌데."

"저는 그냥 살러 오는 건데요. 그런 건 몰랐어요. 고즈넉하니 좋아서 오는 거였는데….”

"뭐 어쨌든 살다가 집값 오르고 개발되면 좋은 거죠. 자산 가치가 그만큼 올라가는 건데. 근데 돈 많이 버셨나 보다. 여기 단독주택은 부지가 커서 매매가가 높은데."

그 말을 하며 거울로 선량을 위아래로 살펴보는 기사의 시선이 느껴졌다. 그녀는 얼른 입을 다물고 하던 대화를 중단하기로 마음먹었다. 그 와중에 개발이 된다는 말이 반갑지가 않았다. 돈 때문에 선택한 동네가 아니었고, 이 분위기가 사라지고 다른 동네처럼 변한다는 것 또한 달갑지 않았다. 기사가 잘못 알았기를 바라며 선량은 마음을 다스렸다.

'괜찮아. 아니야. 잘못 알았을 수도 있지.'

불편한 침묵 속에 20여 분을 더 갔을까? 녹색 철문에 사자가 장식된 자그마한 단독주택 앞에 다다랐다.

"여기서 세워주세요."

선량은 택시에서 내려 캐리어를 꺼내고 한쪽 어깨에는 홍시를 넣은 이동 가방을 메었다. 뒤늦게 캐리어를 들어주겠다며 내리는 기사를 제지하고는 얼른 문 쪽으로 다가가 등을 돌렸다. 10여 초가 흘러 그가 떠나고 나서야 열쇠를 넣고 돌려 집 안으로 첫발을 디뎠다. 돈이 많겠다며 선량을 훑어본 기사의 말이 무색하게 아담하고 오래되고 낡은 단층집이었다. 원래는 두 집이 하나의 필지로 되어 있었다는데 합의하에 이를 나누었고, 그래서 본채와 별채가 분리된 모양새였다. 당연히 선량의 집은 별채 쪽이었다. 방 두 개와 거실 하나 그리고 화장실이 있는 19평의 아담한 주택. 있으나 마나 한 마당까지 포함한다면 21평이었다. 선량은 집 안으로 들어가는 대신에 제일 먼저 한쪽에 놓인 철제 계단을 따라 옥상으로 향했다. 특이하게도 동네에서 이 집만 지붕을 씌우지 않아 너른 옥상을 온전히 사용할 수 있었다. 선량은 홍시를 가방에서 꺼내 풀어주고는 바닥에 앉아 햇볕을 만끽했다. 절로 미소가 지어졌다.

"이거지. 이 맛이지."

어린 시절 골목길 단독주택에서 산 적이 있던 선량은 추억을 되새기며 오래도록 옥상에 앉아 있었다.

이윽고 해가 지고 늦은 밤이 되었다. 선량은 짐 정리를 한 뒤에 다시 홍시를 데리고 옥상으로 올라왔다. 알전구와 스피커를 팔에 끼고 돗자리를 멘 채였다. 먼저 돗자리를 바닥에 깐 뒤 스피커로 은은한 재즈를 틀었다. 홍시에게는 삑삑이 장난감을 하나 던져주고는 간소한 술상을 차렸다. 접시에 잘라놓은 치즈와 크랜베리를 세팅하고 유리컵에는 달콤하고 도수가 낮은 와인을 가득 따랐다. 그러고는 다리를 쭉 뻗고 앉아 둥근 달을 벗 삼아 술을 한 모금 들이켰다.

"이게 풍류지."

선량은 마음만은 풍요롭다는 생각을 하며 연거푸 잔을 들이켰다. 홍시는 삑삑이 장난감을 물고 이리저리 뛰었다. 아파트 살 때는 층간소음 때문에 매트를 바닥에 깔아놔도 안심이 되질 않았다. 그 때문에 자신을 보고 반가움에 우다다 달려오는 홍시를 매번 말려야 했다. 거꾸로 전세 계약 기간이 끝날 때마다 바뀌는 이웃들의 층간 소음으로부터 선량도 자유롭지 못했다. 프리랜서 편집자라는 직업 특성상 대부분 집에서 일하는데, 어떤 사람은 밤낮없이 발로 쿵쿵대 집중을 방해했다. 그 때문에 헤드폰을 써보기도 하고 집을 찾아가 쪽지를 붙여보기도 했으나 소용없었다. 선량은 아파트에 살 때는 항상 무겁고 불편한 가체를 머리에 쓰고 사는 것만 같았다.

'됐어. 이럼 된 거지.'

선량은 첫눈에 반해버린 새 동네 새 보금자리에서 교통사고처럼 자신에게 들이닥친 이혼이라는 사건을 조금씩 잊을 수 있었다.

"딸랑딸랑. 딸랑딸랑. 따끈한 손두부가 왔어요. 순두부도 있어요. 딸랑딸랑. 딸랑딸랑."

선량은 잠결에 들려오는 종소리에 꿈인가 싶어 다시 잠을 청하려다가 눈을 떴다. 잠옷 차림으로 일어나 마당으로 나가 담 너머를 이쪽저쪽 살피니 파란색 트럭 한 대가 보였다. 정말이었다. 사라진 줄만 알았던 두부 트럭이 그곳에 있었다. 할머니 두 분이 나와 사장님과 이야기를 나누는 중이었다.

"두부 사시게?"

"진짜 아직도 두부 트럭이 있네요? 아, 실례되는 말인가요?"

아차 싶었던 선량이 입가에 손을 가져다 대고는 물었다.

"36년 됐어. 실례 아녀."

"저 어릴 때 두부 트럭이 많이 왔었거든요. 그러다가 요즘에는 거의 못 봤어요. 저도 한 모 주세요. 참, 지갑을 안 가지고 나와서 금방 다녀올게요."

"그래요. 천천히 가지고 나와요."

선량은 달음박질해 아일랜드 식탁 위에 놓아두었던 지갑과 휴대폰을 들고나왔다.

"어, 사장님 지금 현금이 없는데… 카드는 좀 그렇고…. 죄송해요. 제가 현금 쓴 지가 너무 오래되어서…. 이체해도 될까요? 죄송합니다."

"보내줘, 이짝으로."

익숙하다는 듯 사장님은 코팅된 종이 한 장을 내밀었다.

농협 김철순 223-456-77890

"근데 얼마 보내드리면 되죠?"

"1,700원."

"아유 이렇게 저렴하게 파셔서 남는 게 있으세요?"

"마트 가봐. 다 염가로 파니까 나도 비싸게 팔 수가 없어, 싸게 팔아야지. 대신 단골들이 있으니까 괜찮아. 먹어보고 맛 괜찮으면 자주 사줘."

"그러면, 사장님 여기 언제 언제 오세요?"

"여 동네는 수요일 오전에 와."

"네 알겠습니다. 잘 먹을게요. 감사합니다!"

선량은 꾸벅 인사를 하고는 따끈한 두부 한 모를 들고 집으로 들어왔다. 고소한 냄새를 맡았는지 홍시가 다가와 꼬리를 흔들며 혀를 날름거렸고 그녀는 잠시 망설이다 모서리를 살짝 떼서 입가에 가져다주었다. 할짝할짝 핥아먹은 홍시가 맛있는지 제자리에서 한 바퀴를 돌고 더 달라며 양발을 교차해서 흔들었다.

"안 돼. 더 먹으면 안 돼. 익혀서 주든가 할게."

선량은 바로 주방으로 들어가 쌀을 안치고 두부를 잘라 부치며 아침 식사 준비를 했다. 곧 집 안이 건강하고 고소한 냄새로 가득 찼다.

"홍시야, 이 동네 너무 맘에 들지? 아무래도 우리 이사를 잘 온 것 같아."

선량은 단출한 밥상에도 감사함을 잊지 않고 식사를 시작했다.

챕터2

"나가자, 산책."

선량이 말을 하기가 무섭게 홍시가 현관 앞으로 달려갔다. 홍시를 살짝 들어 하네스를 채운 선량은 배변 봉투를 주머니에 넣고 집을 나섰다. 날씨는 조금 찼지만, 산책하기에는 더할 나위 없었다. 나무들 사이로 내리쬐는 늦가을 햇볕은 따사로웠다. 선량은 홍제천변 쪽으로 살살 걸었다. 집에서 약 3분 거리에 있는 홍제천은 산책과 러닝을 하는 사람으로 붐볐다. 밤에는 갖가지 조명이 켜져 조금 화려한 느낌이었다면 낮은 수수한 민낯을 한 느낌이었다.

"날씨 조오타."

선량은 자신을 따라 걷는 자그마한 생명체의 존재감을 느끼며 기지개를 크게 켰다. 그러고는 다른 사람들과 속력을 맞춰 걷기 시작했다. 그렇게 1시간 정도 지났을 때 홍시가 목이 마르다고 선량의 발을 박박 긁어댔다. 물통을 잊고 나온 터라 난감해하고 있는데, 잠시 서 있던 그곳이 카페 앞이었는지 사장님이 나와 아는 체를 했다.

"애기 너무 이뻐요. 이름이 뭐예요?"

"홍시요, 네 살이에요."

"아이고 이름도 홍시야. 너무 귀엽다."

"감사합니다."

"지금 산책하시는 거예요?"

"네. 산책 중인데 목마르다고 찡찡대서 잠시 쉬고 있었어요. 데리고 들어갈까 생각 중이에요."

"저희가 물 드릴게요. 잠시만요."

선량이 뭐라 답할 새도 없이 사장님은 안으로 들어가 종이컵에 물을 한가득 담아 나왔다. 그러고는 한쪽을 찢어 입이 잘 닿게 만들어주고는 홍시 입가에 가져다 대었다.

"아이고, 감사합니다."

"저희 카페 단골손님들이 강아지 데리고 많이 와요. 물 드리는 거야 쉽죠."

"너무 감사해요!"

선량은 양손을 배꼽 위에 올리고서는 연신 고맙다며 머리를 숙였다. 그 모습을 보고는 사장님도 멋쩍게 따라 하고서는 손사래를 쳤다. 둘은 눈이 마주치자 누가 먼저라 할 것도 없이 웃었다.

"저 이사 온 지 얼마 안 되었거든요. 그렇지 않아도 떡 돌리려고 했는데 꼭 잊지 않고 다시 와서 인사드릴게요."

"아 이사 온 지 얼마 안 되셨구나. 어쩐지 우리 홍시 본 적이 없다 싶었어요. 자주 놀러 오세요. 근데 요즘 이사떡 돌리시는 분은 거의 못 본 것 같은데…."

"저희 집 근처에 어르신들이 많이 사셔서요. 오가다 인사도 하고, 아무래도 앞으로 신세도 지게 될 것 같아서 옛날 식으로 좀 하려고요."

"아이고 마음씨도 고우세요."

"아뇨 뭘. 감사합니다."

"그럼 산책 재밌게 해. 홍시야, 또 놀러 와~."

사장님은 홍시에게 인사를 건넨 뒤 안으로 쏙 들어갔다. 선량은 아무래도 이 동네에 이사 온 또 다른 이유를 찾은 것 같다는 생각을 했다. 사람들의 따뜻한 마음씨. 선을 넘지 않는 오지랖. 오랫동안 정에 굶주려 온 그녀가 바라던 것 이상이었다.

"홍시야 이제 안산 올라가 보자."

둘은 함께 작은 언덕 위로 몸을 옮겼다. 안산은 꼭대기까지 30분이면 오를 수 있는 동네 뒷산이었다. 그러다 보니 등산까지는 아니고 마실을 나간다는 느낌으로 주민들이 자주 오르내리는 코스였다. 선량도 산책 코스에 안산을 넣을까 하고 한번 가본 것이었는데 홍시가 제법 잘 따라와 주어 마음속에선 이미 단골 코스로 낙점했다. 꼭대기에 올라 연희동을 내려다보는 맛이 제법 훌륭

했다. 끝물인 울긋불긋한 낙엽이 예뻐 한참을 구경하다가 하나를 집어 주머니 속에 넣었다. 집에 가져가 책 사이에 끼워둘 작정이었다. 이 시간을 오래도록 기념하고 싶어서.

돌아와서 단잠을 두어 시간 잤을까? 갑작스러운 벨 소리에 선량은 잠에서 깨 휴대폰을 놓아둔 부엌으로 향했다.
― 여보세요.
― 홍시 보호자님 안녕하세요! 저희 이번 주 봉사자가 부족해서 혹시 내일 오셔서 도와주실 수 있을까요? 심장사상충 약을 먹여야 하는데 신청하신 분이 거의 없어요.
― 네, 그럼요. 갈 수 있죠.
― 이사 가셨다고 들었는데 맞나요? 너무 멀리서 오시는 거 아녜요?
― 에이 그래 봤자 같은 하늘 아래죠. 헤헤. 괜찮습니다.
― 그럼 좀 부탁드릴게요. 그나저나 홍시는 잘 있죠? 사실 인스타로 소식 잘 보고 있어요. 엄청 밝고 행복해 보여서 항상 저까지 행복합니다.
― 네, 자주자주 산책 가고 시간도 같이 보내려고 하고 있어요. 예쁘게 봐주셔서 감사합니다.
― 에이 뭘요. 홍시가 복받은 거죠, 보호자님 만나서! 저희 센터

에서 입양 간 친구 중에 제일 좋아 보여요. 이건 비밀이에요!

─ 네네 그럼요. 그럼 내일 뵙겠습니다.

선량은 통화를 끊고 달력에 네임펜으로 크게 표시를 하고 별표를 쳤다.

'내일 오전 9시.'

홍시는 불법 번식장의 모견이었다. 치와와라는 품종이 한때 인기가 있을 때 1년에도 네댓 번은 임신과 출산을 반복하며 아기들을 뺏겼다. 그러다 불법 번식장이 철거되면서 갈 곳을 아예 잃고 두리유기견보호센터에 입소하게 된 것이었다. 당시 선량은 유기견을 입양할 뜻으로 공고를 보다가 상태가 제일 심하다는 홍시에게 마음을 빼앗겼다. 앞쪽 치아는 모두 없고 머리가 작아 혀도 항상 반은 나와 있는 상태였다. 보호센터에서 담당자의 이야기를 들으니, 다른 아이들이 모두 입양 갈 때 홍시만은 계속 그 자리를 지켜야 했다고 했다. 사연을 들은 선량은 더는 생각해 볼 것도 없이 홍시를 입양하겠다고 신청하고 심사를 거쳐 데려왔다. 입양 후에는 인스타에 홍시 계정을 만들어 열심히 소식을 올렸다. 135명의 팔로워밖에 없지만 유명해지기 위해 시작한 일이 아니었으므로 선량은 상관하지 않았다. 매일 한 번의 산책, 한 번의 포스팅을 어기지 않아 두리유기견보호센터 담당자는 입양 후에도 홍시가 어떻게 사는지를 쉽게 알 수 있다며 선량에게 무척이나 고마워했다.

"오늘은 무리하지 말고 저녁 일찍 먹고 자자."

선량은 홍시를 마당으로 데려가 한쪽에 있는 감나무를 보여주었다. 그러고는 나무를 가까이서 볼 수 있게 들어 올려 쓰다듬으며 양해를 구했다.

"내일 엄마는 홍시보다 더 힘든 아이들 도와주러 가야 해서 혼자 있어야 하는데 그럴 수 있지? 잘 부탁해."

"오셨어요?"
"네, 늦진 않았죠?"
"아유 일찍 오셨죠."

센터 담당자는 시간을 확인하고는 안쪽으로 선량을 안내했다. 봉사자 쉼터는 아주 협소했다. 플라스틱 의자 서너 개가 난로 주변으로 놓여 있고, 집기라고 할 만한 것은 아무것도 없었다. 선량은 의자에 걸터앉고는 건네받은 방진복을 입고 온 옷 위에 겹쳐 입었다.

"탈의실이 따로 없어서 죄송해요. 아이들이 많아져서 센터장님 자리도 이번에 뺐어요."

"괜찮습니다. 봉사하러 왔는데 탈의실 따지게 생겼나요. 감사합니다."

선량은 마스크까지 쓰고서는 담당자의 뒤를 따라 준비를 시작했다. 미리 간 고기를 10킬로그램 준비하고 그걸 그릇에 던 뒤 심장사상충 약을 하나씩 넣었다. 이걸 먹이기만 하면 되는데 실제로는 중간에 뱉는 아이도 더러 있어 봉사자 한 명이 몇 마리씩 담당해 끝까지 지켜봐야 했다. 만약 먹는 걸 끝까지 거부한다면 입을 벌려 강제 급여를 해야 할 수도 있어 노련한 봉사자가 필요한 일이었다.

"자, 이쪽으로 오세요."

오늘의 봉사자는 선량까지 셋으로, 총 마흔여덟 마리의 강아지에게 급여하려면 꽤 오랜 시간이 걸릴 듯했다. 대학생으로 추정되는 젊은 여자에게 선량이 방법을 알려주었다.

"먼저 끝까지 다 먹는지 확인하시고 안 먹고 뱉거나 하면 다시 섞어주시고 그래도 안 먹으면 저를 불러주세요."

"네, 저는 봉사는 처음이긴 한데 반려견을 키우고 있어서 할 줄은 알아요. 근데 저희 집 애들은 잘 먹기는 하거든요."

"그럼 다행이죠! 그러기를 바랄게요. 와주셔서 감사합니다."

"별말씀을요."

선량은 앞장서 급여를 시작했다. 다행히 대부분의 강아지들은 잘 받아 먹어줬다. 하지만 이제 큰 산을 넘을 차례였다. 25킬로그램이 나가는 믹스견 곰이는 봉사자들을 무서워했다. 그 큰 덩치로 요리조리 피해 다니며 손길을 거부했다. 곰이는 식용견사에서 구조된 아이라 사람에게 붙들리면 죽는 줄 알았다. 강제 급여는 거의 불가능해서 한 번에 잘 달래서 먹이는 수밖에 없었다. 그때 센터장까지 나와 선량에게 잘 부탁한다고 넙죽 인사를 하고 갔다. 선량은 곰이가 손길을 허락하는 유일한 봉사자였기 때문이다. 홍시를 입양하고 나서 선량은 반려견 행동 교정학을 공부하고 반려견 지도사 과정을 밟아 유기견을 대하는 데 능숙했다. 그런 정성을 알아봤는지 곰이는 선량을 그나마 잘 따랐다.

센터 담당자가 간 고기를 크게 뭉쳐 약을 가운데 집어넣고는 곰이의 입가에 들이밀었다. 선량은 조마조마한 마음으로 옆에서 지켜보고 있었다.

"자 옳지, 이제 먹자."

이상한 낌새를 알아차렸는지 곰이가 퉤하고 심장사상충 약을 뱉었다. 다시 섞어줘도 소용이 없었다. 센터 담당자는 울상이 되었다.

"매달 전쟁이야. 전쟁!"

"제가 한번 해볼까요?"

"그러시겠어요? 진짜 선량님만 믿어요…."

선량은 견사 안으로 들어가 곰이와 거리를 두고 앉았다. 그러자 잠시 후 곰이가 천천히 다가와서, 선량은 바로 한 손에는 간식을 한 손에는 심장사상충 약을 올려 보여주었다. 곰이가 간식 쪽으로 먼저 다가서려 하자 선량은 고개를 저으며 손을 뒤로 뺐다. 그러고는 약이 올려져 있는 손바닥을 내밀어 보여주었다. 곰이는 한참을 갸웃거리더니 약을 먼저 받아 삼켰다. 선량은 기뻐하며 다른 손에 있던 간식을 곰이에게 주었다.

"선량님 역시!"

"휴… 다행이네요."

그날 곰이의 사상충 약 급여를 마지막으로 모든 아이의 약 먹이기가 끝이 났다. 온몸이 땀으로 범벅이 된 선량은 지친 내색 하나 없이 인사를 하고 센터를 떠났다. 왕복 4시간 걸리는 집으로 다시 향할 시간이었다.

챕터3

선량은 눈부신 아침 햇살 때문에 일찍 눈을 떴다. 옆을 보니 홍시가 엉덩이를 그녀의 얼굴로 향한 채 거꾸로 몸을 말고 자고 있다. 이보다 더 평화로운 시간은 없을 거로 생각하며 선량은 자리에서 일어나 이부자리를 정리했다. 선량의 방에는 침대가 없었다. 높은 침대를 두면 강아지 슬개골에 안 좋다고 해 바닥에 요를 깔고 잤다. 처음에는 등이 배겼지만 그마저도 사랑으로 극복할 수 있었다. 선량은 정말 홍시가 자식 같았다. 가끔은 자신의 성을 붙여 "김홍시! 이리 와봐. 우쭈쭈쭈." 하고 부르곤 했다.

오늘도 집 안까지 울려 퍼지는 종소리에 지갑을 들고 일어섰다. 지난 경험으로 미리 3천 원을 현금으로 준비해 두었다. 벌써 두부의 고소함이 느껴지는 듯해 군침이 돌았다. 선량은 그대로 문을 열고 반가운 발걸음을 내디뎠다. 그때였다. 전화벨이 울렸다.

― 네, 여보세요.
― 선량 님이시죠? 저 두리유기견센터 센터장이에요.
― 네, 아침부터 무슨 일 있으신가요?
― 저 다름이 아니고요…. 이런 어려운 부탁을 드려서 너무 죄송한데 선량 님밖에는 이제 여쭤볼 분이 안 남아서요….
― 무슨 일이신데요? 편하게 말씀해 주세요. 저를 떠올려주셨다니 오히려 감사한데요."
― 저, 우리 보호센터로 호스피스 강아지가 한 마리 들어왔어요. 이제 살날이 얼마 남지 않았는데 센터에서 눈감게 하고 싶진 않아서요. 좀 편하게 집에서 살다 갔으면 하는데 호스피스 임보가 정말 구하기가 쉽지 않잖아요. 제가 아는 데는 다 수소문해 봤는데 지금 여건이 되는 분이 없어서 이렇게 선량 님께 부탁을 드리게 되었어요. 애기는 거동을 거의 못하고 종일 누워만 있어서 배변 처리랑 사료 급여만 해주시

면 되고요. 한 번씩 발작할 수도 있어서 그럴 때는 약 먹여주시면 돼요. 산책하러 나갈 필요도 없어요, 나갈 수도 없지만요. 그저 방 한 칸이랑 보살핌이 필요한 아이예요.

그 말을 하면서 센터장은 한숨을 푹 내쉬었다. 선량은 그 힘없고 절박한 목소리에 도저히 안 된다는 말을 할 수가 없었다. 마지막 말이 머릿속을 맴돌았다.

'보살핌이 필요한 아이예요.'

선량은 잠시 고민하다가 답했다.

─ 제가 할게요. 홍시가 다른 강아지들을 많이 싫어하거나 경계하는 타입은 아니니까 괜찮을 거예요. 어차피 저희 집 방 한 칸 비워주는 거야 어렵지 않은 일이고요.

─ 아이고 선량 님, 너무 감사해요. 너무 고맙습니다. 진짜 이름 그대로세요.

─ 아이고 과찬이십니다.

선량은 민망함을 감출 수가 없었다. 살면서 그 이름 '선량' 두 자 때문에 얼마나 많은 놀림을 받아왔는지 모른다. 그리고 정말 이름에 걸맞게 살아야 한다는 강박에 더 착하고 좋은 사람이 되려 노력해 왔다. 그런데 지금 그런 말을 들을 줄이야. 선량은 자신도 모르게 주먹을 불끈 쥐었다.

─ 근데 제가 운전을 못해서 이동 봉사 가능하실까요? 연희동

으로 데려다주시면 돼요. 서울 연희동이요.
— 네? 지난번에는 일산 산다고 하시지 않으셨어요? 그럼 저번엔 그렇게 멀리서 오신 거였어요?
— 아…. 괜찮아요. 제가 좋아서 한 건데요. 무튼 여기까지 데려다주시면 그다음에는 제가 다 알아서 할게요. 어차피 병원도 가깝고요.
— 네, 알겠습니다. 다시 한번 진심으로 고맙습니다.

"안녕하세요!"
"안녕하세요훗."
  손두부 사장님과 인사를 마친 선량이 순두부와 손두부 사이에서 고민하고 있는데 한 할머니 한 분이 유자청이 담긴 큰 병을 들고 둘에게 다가왔다.
  "저기… 이거 내가 도저히 안 되어가지고 들고나왔는데…. 나 여기 아랫집에 살아요."
  그 할머니는 쪼글쪼글한 손으로 병을 선량에게 내밀었다.
  "아, 열어달라는 말씀이시죠?"
  선량은 냉큼 받아 들고 뚜껑을 열려고 애를 썼다. 유자청이 병 입구에 찐득하게 붙어 잘 열리지 않자 사장님이 도와준다고 내리려는 걸 만류하며 기어코 옷 앞섬으로 감싸면서 뚜껑을 따주었다.

"여기요, 어르신."

"아이고 고마워서 어쩌지. 내가 차라도 한잔 내어드리리다."

"아녜요, 제가 한 게 뭐가 있다고요. 앞으로도 혹시 잘 안 열리는 뚜껑 있으면 가져오세요. 제가 다 열어드릴게요. 저는 바로 요 앞집 살아요."

"아, 새로 이사 온 젊은 선생 맞지?"

"저 젊은 건 아닌데…."

선량은 민망해 웃으며 말했다.

"이 정도면 젊지. 이 동네에서 제일 어린 사람이 50대야."

"아 그래요? 그러면 제가 막내겠네요. 맞네요. 감사합니다."

이튿날, 선량의 집 앞에 낯선 차 한 대가 섰다. 담요 세 겹에 싸인 아이가 도착한 것이었다. 선량은 한때 사랑받았을 포메라니안 한 마리를 방으로 옮겼다. 옷방을 싹 비워 호스피스 임시 보호를 위한 공간으로 만들고 혹시 몰라 홈캠도 설치했다. 밖에 나간 사이에 발작하면 얼른 돌아와 약을 먹일 수 있게 해놓은 것이었다. 아이의 이름은 별이었다. 온몸의 기운이 모두 빠져나간 깃털 같은 아이를 받아 들고 선량은 좀 울었다. 홍시는 그 곁에서 가만히 새로운 친구를 바라보고 있었다.

"근데 이거 뭐지?"

별이를 눕혀놓고 침실로 돌아온 선량은 한쪽 벽지가 들뜬 것을 발견했다. 의자를 놓고 가까이서 들여다보니 축축하게 젖어 있었다.

'설마… 아니겠지?'

그간 비가 온 적도 없기에 누수일 거로 생각하지는 않았지만, 혹시 모를 일이었다. 거실과 주방 그리고 옷방까지 모두 확인했지만, 벽지가 들떠 있는 건 침실뿐이었다.

'어떡한담. 그냥 내버려둘 수도 없고.'

선량은 바로 인터넷으로 누수 탐지 전문가의 번호를 찾아 전화를 걸었다.

― 안녕하세요, 저희 집 안방 벽지가 들뜨고 조금 젖어 있어서요. 누수 같기도 한데 혹시 확인해 보려면 어떻게 해야 할까요?

― 저희가 지금은 안 되는데…. 출장 나와 있어서 내일모레쯤이나 가능해요.

― 아 그러세요? 혹시 출장비는 어느 정도나 될까요?

― 누수든 아니든 확인해 봐야 하니까 한 30 정도는 생각하셔야 해요.

― 네?

― 정확한 비용은 저희가 가서 봐야 알 수 있고요.

― 네, 알겠습니다….

선량은 괜히 마음이 싱숭생숭해져 전화를 끊고 말았다. 이사

하느라 영혼까지 끌어모아 여유가 별로 없었다. 머릿속으로는 별별 생각이 다 들었다.

'누수면 어쩌지? 누수면 옥상 방수 공사를 해야 하는 건데…. 누수가 아니면 그나마 30만 원으로 끝나는 건가. 근데 저 정도면 누수가 맞을 텐데.'

선량은 결국 이런저런 생각을 하다 마당으로 나섰다. 얇은 플리스 점퍼 하나를 걸치고 벽돌을 쌓아 만든 화단에 앉아 한쪽에 심겨 있는 감나무를 구경했다. 단독주택의 좋은 점이라면 바로 이런 거였다. 집 안에서 밖을 느낄 수 있다는 것. 마음이 복잡하고 힘들 때 위안이 될 것들이 지천에 있다는 것. 그때 인기척이 느껴졌다. 대문 앞을 서성이는 한 그림자가 이내 문을 두드렸다.

"거기 계슈? 계슈?"

"네, 무슨 일이세요."

선량은 문을 빼꼼 열었다. 아침에 마주친 할머니가 이번에는 장아찌 병을 들고 서 있었다.

"미안한데 혹시 이것도 좀 도와줄 수 있을까? 요 옆집도 나 같은 할매라 부탁할 수가 없어서."

"그럼요."

선량은 옷에 두 손을 닦은 다음 힘을 주어 뚜껑을 열었다. 위를 자극하는 시큼한 냄새가 올라왔다.

"여기 있는 거 좀 덜어서 먹어. 내가 미안해서 그래."

"괜찮아요, 할머니. 아유 뭘 이런 걸 가지고요. 오히려 저를 떠올려주셨다니까 감사한데요?"

선량은 희미하게 웃어 보였다.

"아냐, 이것 좀 덜어가. 아니 내가 안으로 들어가도 되나?"

"들어오세요. 할머님 댁이랑 구조가 많이 다를 거예요."

할머니는 마당에 들어서자마자 주위를 찬찬히 둘러보았다.

"여기 감나무가 있네."

"네, 이제 좀 있으면 홍시가 잘 익을 것 같아요. 근데 열매가 저희 집 쪽이 아니라 옆집 어르신 집 쪽으로 달려 있어서 먹을 수 있을지는 모르겠어요. 큭큭."

"근데 왜 지붕은 안 했어? 저러면 물 새는데 나중에."

"어머 할머니 귀신이시다. 그렇지 않아도 저희 누수 생긴 것 같아서 골치 썩고 있었어요. 누수인지 아닌지 확인하는 데만 30만 원이래요."

"엥? 어디서? 뭐 하러 그런 데다 돈을 써. 장 씨 부르면 되는데."

"누구요?"

"이 동네 다 고쳐주는 사람 하나 있어. 장 씨라고. 싱크대 막힌 것도 뚫고 누수 생기면 그것도 처리해 주고."

"아, 그래요?"

선량은 왜?

"알려주까?"

"네 그렇게 해주시면 감사하죠."

선량은 할머니를 집 안으로 모시고 들어가서 장아찌를 조금 덜어놓고 다시 나섰다. 할머니가 앞장을 서고 선량이 따라 골목 안쪽으로 더 들어가니 작은 철물점이 보였다. 물건도 거의 없고 손님도 없어 한산해 보이는 곳이었지만 이 동네 사람이라면 모르는 사람이 없고 이용해 보지 않은 사람이 없다고 했다.

"완전 귀신이야. 그리고 우리 같은 노인네들한테 절대 바가지 안 씌워."

그 말에 더 혹한 선량은 할머니한테 얼른 문을 열고 들어가자는 신호를 보냈다.

"장 씨~ 장 씨!"

"아이고 할매. 무슨 일이에요?"

"아니 여기 새로 이사 온 처자가 아주 맘씨가 고운데, 집에 물이 샌대. 좀 가서 도와줘야겠어."

"누수요?"

안쪽에서 몸을 일으킨 장 씨는 까치집이 진 머리에 베이지색 점퍼를 입고서는 선량 쪽을 쳐다봤다. 한 예순 가까이 된 듯한 나이가 지긋한 어르신이었다. 면도는 하지 않았는지 입가 쪽이 거뭇했다.

"네. 저희가 옥상이 있는데 거기에서 물이 새는 것 같아요."

"뭐 가보면 알겠죠."

"혹시 출장비가 어떻게 되나요?"

"출장비는 무슨. 그냥 함 보는 건데. 누수 아니면 됐어요. 누수면 좀 골치 아프긴 하겠죠."

"네, 감사합니다."

장 씨는 흔쾌히 선량을 따라서 가게를 나섰다.

"흠…. 이거 누수 맞네. 골치 좀 아프겠어요?"

장 씨가 벽지를 만져보고 들춰보더니 심각한 표정을 지었다.

"네? 정말요? 에휴…."

"다른 방은 어떤지 함 확인해 볼게요."

"아 근데 저쪽 방은 아픈 애가 있어서 좀 조용히 봐주실 수 있을까요?"

"애기가 아파요? 어디가 아픈데요?"

"그게 정확히는 아기는 아니고…."

장 씨는 조심조심 옷방의 문을 열더니 깜짝 놀라 선량을 바라봤다.

"오래는 못 산다고 하더라고요. 제가 그냥 돌보게 되었어요."

"아이고 좋은 일 하시네."

장 씨는 방을 꼼꼼히 살펴보더니 조용히 문을 닫고 나와 조심스레 말했다.

"다른 데는 이상 없는 걸 보니 전체 누수는 아녜요. 옥상에 방수가 덜 되었거나 깨진 부분이 있는 것 같은데 함 올라가 봅시다."

"네."

장 씨는 먼저 계단을 성큼성큼 올라가더니 안방 쪽 시멘트 바닥을 가만히 살펴보면서 발로 뭔가를 쓱쓱 문질렀다.

"이거네. 이게 문제네."

"뭐가요?"

"여기가 깨져서 일로 새는 거예요."

"그럼 어떻게 해야 해요?"

"여기만 다시 시멘트 작업하고 위에 방수 페인트 바르면 돼요."

"아 그래요? 비용은 얼마나 들까요?"

"그냥 재료비만 줘요."

"네?"

"보니까 좋은 일 하시는 분 같은데 그냥 재료비만 주시고 밥값 정도만 따로 챙겨주시면 반나절 안에 해결해 볼게요."

"감사합니다. 정말 감사해요."

"여기 어르신들이 참 좋으세요. 젊은 분 오셔서 좋아하실 거예요. 잘 좀 부탁합니다."

"네에. 감사합니다."

선량은 뒤돌아 내려가는 장 씨의 뒤에 대고 인사를 계속했다. 그는 정말로 그날 방수 작업을 다 마쳐주었다. 작업하는 내내 별이가 깨지 않게 최대한 조용히 하려고 애를 써주기도 했다. 그런 장 씨에게 선량은 재료비에 조금 더해서 총 10만 원을 송금했다. 커뮤니티에 그 이야기를 올리자 댓글이 줄줄 달렸다.

    거기 어디예요? 저희는 방수 공사 하는데 100만 원 넘게 줬어요.
    간단한 작업도 얼마나 바가지 씌우는데요.
    우와 살기 좋은 동네다.

사람들의 반응에 선량은 그저 씩 웃고 말았다. 그러면서 속으로 다시 한번 생각했다. 참 좋은 동네로 이사 왔다고. 자신은 복받았다고. 왠지 조짐이 좋다고.

챕터4

선량은 잠에서 깨자마자 옷방으로 조용히 넘어가 문을 열었다. 별이는 쌔근쌔근 자는 중이었다. 하루 대부분을 잠 아니면 누워만 있는 시간으로 보내는 아이였다.

'한번 유모차에 태워서 데리고 나가볼까?'

거기까지 생각이 미쳤지만 이내 고개를 절레절레 저었다. 오히려 많은 사람과 소음이 독이 될 수도 있기 때문이었다. 선량은 문을 반 정도 열어두고는 거실로 나왔다.

"홍시야~."

옆에 누워서 자던 녀석이 보이질 않아 선량은 홍시의 이름을 크게 외쳤다. 그러자 홍시가 부엌 식탁 밑에서 도도독 소리를 내며 튀어나왔다. 입가에는 먹다 남은 샌드위치 부스러기가 붙어 있었다.

"아이고 홍시야! 이런 거 먹으면 안 돼!"

선량은 홍시를 혼을 내고는 입가에 붙은 부스러기를 떼어주었다. 그때 기가 막히게 눈부신 햇살이 거실 창을 타고 넘어 들어왔다. 홍시를 품에 안고 선량은 창가에 다가갔다. 다 보이지는 않지만 분명 달콤하게 익은 홍시가 거기 있었다.

"참 우리도 좀 달라고 해볼까?"

선량의 감나무는 가지 절반이 옆집에 넘어가 있었는데 신기하게도 그쪽에만 감이 달려 있었다. 감을 따 먹기 위해서는 담을 넘어가는 수밖에 없었는데 그럴 게 아니라 옆집 할머니에게 조금 나눠달라고 하는 편이 좋겠다고 생각하고 있었다.

"저 어르신~ 어르신."

처음에는 작게 불렀지만 인기척이 없자 선량은 이내 목소리를 높여 불렀다.

"저! 어르신! 어르신! 계세요?"

담벼락 근처에서 고개를 옆집 쪽으로 최대한 내밀고 소리를 치자 끼익하는 소리와 함께 한 할머니가 문을 열고 빼꼼 고개를 내밀었다.

"무슨 일이야?"

"저기 저희 감나무 가지가 여기로 넘어갔는데 감을 딸 수가 없어서요. 괜찮으시면 나눠 먹어요. 저희 몇 개만 주시면 돼요. 아니면 제가 넘어가도 되고요. 허락만 해주신다면요."

"아~ 알았어. 문 열어줄 테니까 이리 오슈."

"네, 감사합니다."

선량은 인사를 잊지 않았다. 홍시를 품에 안고 나가 옆집 안으로 들어섰다. 그사이 할머니는 바구니를 하나 꺼내와 선량에게 내밀고는 마음대로 해보라는 손짓을 했다. 선량은 홍시를 잠깐 바닥에 내려두고 팔을 있는 대로 뻗어 감을 따기 시작했다. 바구니에 한가득 쌓이자 네 개만 덜고서는 할머니에게 바구니째 건넸다.

"저흰 이 정도면 되어요. 감사합니다."

"이걸 혼자 다 먹으라고? 내가 홍시를 좋아하긴 하는데…."

"괜찮아요."

"그럼 들어와서 같이 먹고 가. 강아지도 데리고."

"그럴까요?"

선량은 할머니의 뒤를 따라 집 안으로 들어섰다. 루바 원목으로 거실 바닥부터 천장까지 댄 전형적인 옛집의 모습을 하고 있었다. 그 때문에 어둡기는 하지만 중후한 멋이 있었다. 아니나 다를까 거실에는 자개 문갑 세 개가 쪼르륵 놓여 있었고 그 옆에는 등나무 회전의자도 함께였다.

"할머니 집이 너무 멋있어요."

"멋있긴 뭘. 다 썩어가는 집이지."

왜인지 할머니는 볼멘소리를 했다. 표정도 그다지 밝지 않았다. 물건이 가득 차 앉을 만한 데가 있을까 싶은 부엌에는 4인용 식탁 하나가 놓여 있었고 그것도 간신히 두 명만 앉을 수 있었다.

"이걸로 퍼 먹으려고."

숟가락과 평평한 접시를 가져오며 할머니는 멋쩍은 듯 웃었다. 선량도 따라서 웃었다.

"저는 괜찮습니다."

"그럼 한 번 씻어줄게."

할머니는 물에 살짝 씻은 홍시 하나를 내밀며 물었다.

"근데 저 강아지 이름은 뭐야?"

"홍시요."

"감이랑 똑같네? 크크크."

"그러네요. 홍시, 연시, 대봉. 뭐 다 똑같은 감이네요."

둘은 마주 보고 웃었다. 할머니는 어느덧 선량의 맞은편에 앉아 맛있게 잘 익은 홍시를 먹기 시작했다. 숟가락으로 퍼서 하나를 다 먹고는 어느새 두 번째 홍시에 손을 댔다. 그때 뭔가 생각난 듯 갑자기 선량에게 물었다.

"거기는 사람 안 왔어?"

"무슨 사람이요?"

"그 집 팔라는 사람."

"집을 팔아요? 저 이제 막 이사 왔는데요? 그리고 저 이 동네 너무 좋아서 이사 갈 생각 없는데."

"이사 갈 생각이 없다고? 여기가 뭐가 좋아. 아파트가 좋지."

"아닌데요, 저는 아파트에서 여기로 일부러 이사 왔어요."

"에엥? 왜 그랬대."

할머니의 입가가 밑으로 처졌다. 탐탁지 않은 표정이었다.

"할머니 혹시 이사 가세요?"

"나? 이사 가지. 아파트로 가지. 이제 좀 있으면 가. 지긋지긋한 이 집도 이제 끝이야."

"할머니 그렇게 아파트가 좋으세요?"

"손주들도 자주 보고 병원 다니기도 좋고. 좋지."

"여기도 병원은 가까이에 있고, 인프라 이 정도면 나쁘지 않은데…. 근데 손주 자주 보고 싶으시면 좀 그렇긴 하겠네요. 손주들은 아파트에 살아요?"

"응. 그럼. 거기 엄청 큰 놀이터가 있어서 여름엔 물놀이도 하고 그래. 얼른 가서 손주들 하교도 시켜주고 그래야지."

할머니는 벌써 함박웃음을 짓고 있었다. 선량은 어떻게 반응해야 할지 당황스러웠다.

"근데 할머니, 왜 집 팔라고 하는 사람이 저희 집에 와요?"

선량이 묻자 할머니는 갑자기 말소리를 낮추었다.

"그 빌라 짓는다고 여기 다 허무는 거잖아. 몰랐어?"

"…그게 무슨 말씀이세요?"

"앞집 뒷집 옆집 할머니들도 다 집 내놨어. 곧 이사 가면 여기 빌라 되는데."

"네?"

"그 집만 남겨둘 리가 없는데…."

"잘못 아신 거 아닐까요?"

"그럴 수도 있지. 암튼 뭐… 잘 먹었어. 덕분에."

할머니는 얼른 대화를 마무리하고는 자리에서 일어나 방으로 쏙 들어가 버렸다. 선량은 혼자 계속 앉아 있기도 뭐해서 홍시를 도로 불러 안고는 홍시 세 개를 들고 집으로 돌아왔다. 한참을 생각해 봐도 뭔가 이상했다.

'앞집 뒷집 옆집 할머니들도 집 다 내놨어. 곧 이사 가면 여기 빌라 되는데.'

온몸에 소름이 돋았다.

'여기가 빌라촌이 된다고? 이게 무슨 일이지. 진짠가? 설마?'

선량은 그날 밤 잠자리에서 악몽을 꿨다. 누군가 그녀의 집에 불을 질러 천장이 무너져 내리며 잿더미가 되는 꿈이었다.

이른 아침, 눈이 저절로 떠졌다. 밤새 어수선한 꿈자리로 몸이 불편했지만 재깍 일어나 제일 먼저 옷방으로 향했다. 별이는 여전히 자고 있었다. 숨을 쉬는지 손가락을 코앞에 대보고, 배가 오르락내리락하는지를 눈으로 확인하고서야 문을 살짝 열어주고 나왔다. 인터넷으로 시킨 브라질 원두 드립 백을 꺼내 물을 붓자 온 집 안이 커피 향으로 가득 찼다. 하지만 선량의 기분은 여전히 나아질 기미가 보이질 않았다.

"환기라도 좀 시킬까?"

커피가 담긴 머그잔을 든 채로 문을 열고 고정 장치를 걸려고 하는데 담 넘어 누군가 기웃대는 모습이 눈에 들어왔다. 블루종 점퍼에 정장 바지를 입은 한 남자였다.

선량은 왜?

"누구시죠? 무슨 일이세요?"

선량이 반만 열린 문 사이로 소리를 쳐 물었다. 기웃대던 것이 들켰다는 듯 잠시 멋쩍어하던 남자가 답했다.

"여기 사시는 사모님이시죠? 저, 건축 회사에서 나왔는데요."

"건축 회사가 왜요?"

선량은 불길한 예감이 들었다.

"여기에 이렇게 세워두지 마시고 자세한 이야기는 안에서 드리면 안 될까요?"

순간 선량은 그를 집에 들이면 안 된다는 온몸의 경고를 느낄 수 있었다. 그래서 그녀는 문을 열어둔 채로 집 밖으로 나가 대문을 닫았다. 남자는 흠칫 놀라며 뒤로 한 걸음 물러섰다.

"여기서 이야기 나누시죠."

선량이 그렇게 말하자 그는 품속에서 명함 하나를 꺼내 그녀에게 건네며 인사를 했다.

"저희 잔뼈 굵은 회사예요. 업력 오래되었고요. 혹시 옆집도 저희한테 집 파셨다는 이야기 들으셨어요?"

"…."

"저희가 여기 부지를 사가지고 건물 하나 올리려고 해요. 이 동네도 좀 멋있게 발전하면 좋잖아요. 젊은 사람들도 좀 들어오고 짠 이렇게."

그는 말을 하면서 선량의 눈치를 슬슬 살폈다.

"그래서요?"

"사모님 댁 주변 집들은 다 부지 파신다고 하는데 사모님도 부지 파시면 저희가 멋지게 만들어보려고요. 당연히 시세보다 비싸게 쳐 드려요. 여기 지금 평당 3천만 원 하잖아요. 저희가 4천까지는 해드립니다. 원래 단독주택 잘 안 팔리는 거 아시죠? 그리고 연희동은 평수가 넓어서 더더욱 잘 안 나가잖아요. 이럴 때 싹 파시고 아파트로 이사 가심 너무 좋지. 혹시 아이 있으세요? 그럼 아이들은 또 학군이며 이런 거 중요하잖아요."

그 말을 하며 남자는 선량의 팔을 치려고 했다. 선량이 놀라 몸을 뒤로 확 뺐다. 그러자 남자의 얼굴이 굳어버렸다.

"아뇨. 저는 괜찮아요. 이사 온 지도 얼마 안 됐고요. 이 동네 맘에 들어서 그냥 오래오래 살려고요."

"아이고, 사모님 이거 진짜 좋은 기회인데!"

"괜찮습니다. 저도 아파트 살아봤고요. 미련은 없어요."

더는 설득할 여지가 없어 보인다고 생각했는지 남자는 고개를 숙이더니 나중에라도 마음이 바뀌면 연락 달라는 말을 남기고는 뒤돌아섰다. 선량은 할 수만 있다면 그가 떠난 자리에 소금이라도 시원하게 뿌렸으면 좋겠다는 생각을 했다.

'설마 또 오진 않겠지.'

선량은 불안한 마음을 가라앉히려 했지만, 이미 망친 기분을 되돌릴 수 없어 마당을 서성거리며 씩씩댔다. 선량은 몇억을 준다 해도 아파트에서 혼자 유령이 된 기분을 느끼고 싶진 않았다. 보기만 해도 욕지기가 올라오는 그곳에 들어가는 일은 없을 것이다. 부부싸움을 하다 맞을 뻔한 선량을 모른 척하던 옆집 아줌마. 퍼진 차량을 보고도 휭하고 지나가던 아랫집 아저씨. 모두 이웃이라고 부르기 힘든 이들이었다.

"홍시야! 홍시야!"

산책이라도 하며 마음을 풀어야겠다는 생각으로 홍시를 데리고 집을 나서며 문단속을 철저히 했다. 절대로 자신의 집을 넘겨주지 않겠다고 다짐하며 홍제천으로 나섰다.

그날 밤, 선량과 홍시 그리고 별이까지 곤히 잠든 사이에 누군가 집 근처를 배회하다가 몹쓸 짓을 했다. 마당에 던져진 쓰레기 더미. 선량은 몸을 부들부들 떨면서 간신히 청소했다. 하지만 이런 일이 한 번으로 끝날 것 같지 않아 CCTV를 달기로 했다. 그다음 날에는 소름 끼치는 장면이 잡혔다. 마스크를 쓰고 모자를 푹 눌러쓴 남자가 분변이 담긴 봉투를 담 넘어 선량의 집으로 던진 것이다. 다른 날은 벽돌이 창문을 깨고 집 안으로 들어오기까지 했다. 그리고 그다음 날 업자가 선량을 찾아와 씩 웃으며 물었다.

"아직도 집 파실 생각 없으세요?"

선량은 대신 CCTV를 가리키며 말했다.

"저 죽어도 집 안 팔고요. CCTV도 달아놨어요."

"그래도 불안하실 텐데."

남자는 다시 한번 씩 웃고는 돌아서 가버렸다.

그가 돌아가고 난 다음 날, 이번에는 정체불명의 남자가 고양이 사체를 집 앞에 놓아두고 떠났다. 더는 참을 수 없던 선량은 CCTV 파일을 가지고 경찰서로 향했다.

"제가 집 안 판다고 한 다음부터 이런 일이 벌어지기 시작했다니까요. 범인은 그쪽이 맞아요."

"저 선생님, 심증만으로는 안 되고요. 물증이 있어야 해요."

"여기 있잖아요. CCTV 파일 있잖아요."

"이걸로는 누군지 알아볼 수가 없어요. 그리고 이번 고양이 사체 건은 집 앞에 두고 갔다면서요? 실수라고 하면 저희도 어떻게 해볼 도리가 없어요."

"그럼 저 이렇게 불안해하면서, 떨면서 있어야 해요? 어떻게 살아요…. 어떻게 살라고요…."

분한 마음에 눈물이 흐르기 시작했다. 경찰은 휴지를 건네며 말했다.

"그럼 이사도 한번 생각해 보세요. 원래 아파트는 이렇게까지 못 하잖아요."

그 말에 어이가 없어진 선량은 자리를 박차고 일어나 경찰서를 빠져나왔다.

'어쩔 수 없어. 하는 데까지 해보자고. 내가 이기나, 너네가 이기나.'

쓰레기 테러와 분변 테러 그리고 벽돌 공격은 내내 이어졌다. 3주가 지나도 선량이 꿈쩍 안 하자 남자가 다시 찾아왔다.

"살기 힘들지 않으세요? 요즘 먹고살기가 그렇게 힘들다는데."
"아뇨, 살 만해요. 어떤 이상한 사람만 아니면 살 만합니다."
"아파트에 사시면 그런 일도 없으실 텐데."
"아파트에 살아도 이상한 사람 많아요."
"끝까지 이러면 어쩌시려고요."
"저 산전수전 공중전 다 겪은 사람이라 안 물러서요."
"누구 하나 죽어나야 이사 가시겠어요?"
"이거 협박이죠? 지금 하신 이야기 다 녹취해 놨어요."
"제가 무슨 이야기 했다고 이러세요?"

약간 당황한 남자가 뒤로 한걸음 물러섰다.

"여기 이제 CCTV 두 대 더 달 거고요. 인기척 있으면 켜지는 조명도 달아놓을 거고요. 암튼 제가 죽으면 죽어서 이 집을 나갔지 이사 안 가고요. 그런 마음이라는 것만 아시라고요. 네?"

남자는 씁쓸한 표정을 지으며 뒤돌아섰다. 이번에는 인사도 없었다.

챕터5

선량은 결국 집을 팔지 않았다. 막판에는 시세보다 두 배 넘게 쳐주겠다는 제안을 받기도 했다.

"그러지 말고 팔라니까. 여기 30년 살고 쩜오 받고 나가는데 자기는 이사 온 지 얼마 안 돼서 두 배 받고 나갈 수 있으니까 얼마나 이득이야. 투자도 이런 투자가 어딨어?"

"저는 여기 투자하러 온 거 아니고, 실거주하러 들어온 거예요. 저는 마음의 평화가 중요하지 그깟 돈 안 중요해요."

"세상에 돈이 안 중요한 사람이 어딨어? 자기 부자야? 한 백억 쯤 있어?"

"돈 한 푼 없어도 행복한 사람도 있다니까요. 그걸 아셔야죠."

"나, 참 그거 말 안 통하네."

협박도 회유도 통하지 않자 건축회사 남자는 바빠졌다. 선량의 집을 대신할 자리를 찾으러 다닌 것이다. 결국, 매입하지 못한 그녀의 집을 빼놓고 주위의 여섯 가구가 모두 집을 팔았다. 완공되면 빌라가 선량의 집을 모두 삼켜버린 듯한 모양새가 될 거였다. 하지만 선량은 마지막까지 뜻을 굽히지 않았다.

그리고 공사가 시작됐다. 비계를 설치하고 가림막을 달아놓았지만, 분진과 소음은 예상치를 훌쩍 벗어났다. 호스피스 임시 보호에는 아주 불리한 환경이었다.
드르륵. 드르륵.
심한 진동에 바닥에 놓아둔 물건이 스스로 움직이고,
퍽! 퍽퍽!
무언가를 뚫는 듯한 소음에 홍시는 낑낑대는 소리를 내며 자기 방석에다 설사까지 했다. 참다못한 선량은 공사 현장으로 가 주의를 기울여 달라고 부탁했다.
"지금 이 공사 때문에 저희 집은 고통받고 있다고요."
"알겠습니다. 알겠어요. 최대한 조용히 진행하도록 하겠습니다."
하지만 공사가 끝날 때까지 그 약속은 지켜지지 않았다. 말만으로는 부족하다고 느껴져 선량은 데시벨을 기록하기 시작했다. 기준치를 1.5배 이상 초과하는 심각한 공해였다. 자료들을 모두 모아 선량은 구청에 민원을 냈다. 하지만 제대로 받아들여지지 않았다. 선량은 장장 3개월이 넘는 시간 동안 집 안에 머무를 수도 집 밖으로 나갈 수도 없어 괴로운 시간을 보냈다.

무엇보다 평온한 환경에서 지내야 하는 별이에게 최악이었다. 드르륵대는 소리와 함께 바닥이 울릴 때마다 별이는 한 번도 내지 않던 비명을 지르며 배변 실수를 했다. 달달 떨리는 가냘픈 그 소리에 선량은 자신이 호스피스 임시 보호자가 된 것이 미안할 뿐이었다. 하지만 별다른 선택지가 없어, 소음 속에 마지막 시간을 보내고 있는 별이를 그저 지켜볼 수밖에 없었다. 결국, 빌라가 완공되던 날에 별이는 무지개다리를 건넜다.

'별아, 미안해.'

선량은 보호센터에 전화해 임종을 알렸고 장례식장으로 향하는 마지막 순간까지도 오열했다.

'이제 다 끝났어. 끝났으니까 됐어.'

별이의 장례를 치르고 난 뒤 선량은 이제 모든 게 다 지나갔노라며 자신을 위로했다. 하지만 진짜는 그때부터 시작이었다. 완공된 빌라는 선량의 집을 집어삼켰다. 시원하게 트였던 시야는 건물로 막혀버렸고 높이 때문에 집 위로 그늘이 져 춥기만 했다. 무엇보다 심각한 건 사생활 보호가 전혀 되지 않는다는 것이었다. 선량의 집 쪽으로 발코니가 난 집들이 있어, 창을 열면 그녀가 무엇을 하는지 일거수일투족을 관찰할 수 있었다. 마당에 나가면 수많은 눈과 마주칠 마음의 준비를 해야 했다.

"나무 이거 왜 이러지?"

옆집으로 넘어갔던 감나무는 가지의 절반을 쳐내야 했지만 살아남았다. 하지만 며칠 전부터 시름시름 앓기 시작하더니 온갖 벌레가 들끓었다. 선량은 그 증상을 인터넷에 검색해 보고 감나무가 죽었다는 사실을 알게 되었다.

"나무도 죽는데! 사람이 어떻게 살아!"

선량은 어떻게든 살리려 감나무 옆을 날아다니는 날벌레에 약을 치는 등 노력했다. 분사한 약이 얼굴에 묻는 것도 개의치 않았다. 하지만 소용없었다. 선량은 바닥에 엎드려 통곡했다. 앞으로 자신에게 닥쳐올 날들이 그리 밝지 않음을 예상했기 때문이다.

"도통 안 오시네."

선량은 아침 일찍 집을 나서 대문 앞을 서성거렸지만, 두부 트럭은 오질 않았다. 그녀 앞으로 주머니에 양손을 넣은 젊은 청년이 쌩하니 지나갔다. 그녀는 찬바람을 느끼며 안쪽 철물점으로 발길을 옮겼다.

"사장님! 사장님 계세요?"

"어, 무슨 일이신가?"

선량의 목소리를 듣고 안쪽에 누워 있던 철물점 장 씨가 얼른 몸을 일으켜 고개를 빼꼼 내놓았다.

"저 혹시 아실까 해서요, 여기도 두부 트럭 안 지나가요? 요즘 도통 보이질 않아서."

"아…. 저기 있잖아. 그 할아버지 이제 안 오실 거야."

"네?"

"민원 들어갔어. 시끄럽다고."

"네? 그 트럭이요?"

"새로 들어선 빌라 주민들이 아침마다 시끄럽다고 민원을 무지막지하게 넣은 모양이야. 그래서 이제 이쪽으로는 안 오실 거야."

"아… 그래요? 네, 알겠습니다."

함께 담소를 나눌 이웃도 사라졌다. 기운이 쭉 빠진 채로 뒤돌아서는 선량에게 주인아저씨는 한 마디 더 던졌다.

"여기 이제 재개발된대."

"네?"

"아마 동의받으러 돌아다니지 않을까 싶은데."

"전 동의 안 할 거예요."

"왜?"

"왜라뇨. 저 이 동네에 마음을 줘버렸어요. 여기서 오래오래 살고 싶어요."

"거참 이상한 일일세. 다들 여기 딱지 사러 들어온다고 하던데.

젊은 사람이 특이하네."

"사장님은 이 동네에 애착 있으실 거 아니에요."

"그게 나 혼자 그런다고 될 일인가. 이미 대세는 저쪽이야."

선량은 고개를 푹 떨군 채로 철물점을 나섰다. 시작도 하기 전에 패배한 기분이었다. 그렇게 집으로 돌아와 마당으로 들어서는데 뭔가가 하늘에서 뚝 떨어졌다.

'뭐지?'

바닥을 훑어보는데 담배꽁초가 눈에 띄었다. 선량은 혹시나 하는 마음에 한동안 출입을 하지 않았던 옥상으로 올라갔다. 가관이었다. 바닥은 온통 말라붙은 침이며 담배꽁초투성이였다. 위를 올려다보자 재빨리 창문 하나가 닫혔다.

'1, 2, 3, 4, 5. 5층. 5층.'

선량은 층을 세어보고 집을 빠져나와 빌라 건물로 향했다. 하지만 출입구가 닫혀 있어 세대로 호출하는 수밖에 없었다. 501호부터 503호까지 차례로 호출 벨을 눌렀다.

"네, 누구세요?"

"저 여기 앞에 사는 사람인데요. 혹시 담배꽁초 버리셨어요?"

"저희 집에는 담배 피우는 사람이 없는데요."

"죄송합니다. 실례했습니다."

나머지 두 집은 호출에 응하지 않았다. 결국, 선량은 집으로 돌아와 종이를 꺼내 네임펜으로 크게 글씨를 쓰기 시작했다.

담배꽁초 투척 금지. 아무 데나 던지지 마세요.

다 쓰고 나서는 빌라 앞 기둥에 테이프로 단단히 붙여 놓았다.

"이게 뭐야?"
이튿날, 시끄러운 소리에 눈을 뜬 선량은 마당으로 나갔다가 나뒹굴고 있는 옆구리 터진 쓰레기봉투를 발견했다.
"아 더러워!"
여기저기 이미 잔해물이 널브러져 있었다. 선량은 위를 쳐다보며 소리를 고래고래 질렀다.
"쓰레기 좀 버리지 말라고요. 쓰레기를 왜 여기다 버려요."
하지만 상황은 나아지지 않았다. 이런 일은 자꾸만 반복되었다. 이번에도 선량은 종이를 꺼내 네임펜으로 크게 썼다.

쓰레기 투척 금지. 가정집입니다. 조심해 주세요.

날씨가 제법 풀려 선량은 홍시를 데리고 안산에 오르기로 마음 먹었다. 하네스를 채우고 배변 봉투까지 챙겨 현관을 나섰다. 그

때 죽은 감나무 근처 화단에 묻어둔 독 위에서 비닐에 불길이 번져 오르는 것을 발견했다.

"뭐야! 불이야! 불이야!"

선량은 발로 불길을 잡으려 애를 쓰다가 입고 있던 겉옷을 벗어 위에서 눌렀다. 다행히 불은 조금 번지다가 이내 잡혔다. 그리고 위를 쳐다보는데 한 남자가 허둥지둥 창문을 닫는 게 보였다.

'1, 2, 3, 4호. 504호네. 504호.'

선량은 그 즉시 리드줄을 내버려두고 집을 뛰쳐나와 신축 빌라로 향했다.

딩동. 딩동. 딩동.

흥분한 선량은 벨을 거칠게 세 번 내리눌렀다. 하지만 답이 없었다. 그때 배달 기사가 빌라 안에서 빠져나오며 문이 열렸고 선량은 기회를 놓치지 않았다. 엘리베이터를 타고 올라가 504호 앞에 서서 문을 두드렸다.

"저기요! 저기요!"

504호의 문이 빼꼼 열렸다.

"누구세요?"

걸걸한 목소리의 남자였다.

"저기요 혹시 담배꽁초 버리셨어요?"

"…"

"불났잖아요! 왜 꽁초를 버리세요?"

"…전 아닌데요."

"제가 봤는데요?"

"전 아닌데요. 잘못 보셨나 보네요."

남자는 허둥지둥하며 문을 당겨 닫으려 했다. 선량은 득달같이 발을 들이밀었다.

"담배꽁초 버리지 마시라고요!"

"…아이 씨발 뭐야?"

남자는 거꾸로 문을 열고 나와 선량 앞에 섰다. 180센티가 훌쩍 넘어 보이는 남자는 그녀에게 다가서며 말했다.

"씨발아 내가 그랬다고 쳐. 그래서 누가 죽길 했어 뭘 했어. 지랄이야. 미친년."

"뭐요?"

"아이 씨발 내가 했다. 했는데 뭐."

"담배꽁초 투척 행위로 신고할 겁니다."

"신고해. 신고하라고. 아이 씨발 짜증 나."

"신고한다고요!"

"안 무섭다고요."

"버리지 말라고요!"

"아이 씨발아."

남자는 욕을 내뱉고는 안으로 들어가 문을 거칠게 닫았다. 선량은 그대로 자리에 주저앉았다. 뛰는 가슴을 진정시키지도 못한 채로 집으로 돌아온 선량은 산책을 포기하고 홍시를 데리고 들어가 방에 누웠다. 모든 게 그리웠다. 따뜻하고 다정한 이웃이 그리웠다. 선량은 그렇게 한참을 가슴을 쥐어뜯듯 끙끙대는 소리를 냈다.

챕터6

선량의 마음은 어느덧 황폐해져 갔다. 가까운 이웃들은 이사했고 두부 트럭마저 출입을 금지당했다. 집 안에 있어도 누군가가 자신을 내려다보고 있다는 생각에 불편했고 그렇다고 마당으로 나가자니 위험하다는 생각이 들어 이럴 수도 저럴 수도 없었다. 집은 점점 불편한 공간이 되어갔다. 하지만 포기할 수는 없어 꾸준히 민원을 넣었다. 담배꽁초는 그나마 좀 잦아들었지만, 생활쓰레기 투척은 여전히 간간이 이어지고 있었다. 아직은 동네를 떠나고 싶지 않은 그녀의 갑갑한 마음을 안산과 홍제천만이 간신히 달래주고 있었다. 누군가 내려다보면서 감시하는 것 같다는 생각이 들 때면 안산을 올랐고 그리운 이웃이 생각날 때면 많은 사람이 산책하는 홍제천을 찾았다.

'아직은 아냐.'

선량은 이사하고 싶다는 생각을 하지 않기로 했다. 늘 피해만 다니고 도망만 다녔던 날들에서 벗어나 당당히 이 어려움을 직면해 이겨내 보기로 마음먹었다.

"날씨가 좋네."

창문을 여는 대신에 선량은 부엌에서 부추전을 만들었다. 팬에 넉넉히 기름을 두르고 홍제천변의 할머니에게서 얻어온 부추를 넣은 반죽을 부었다.

"맛있겠다. 그치? 홍시야 그치?"

선량은 밑에서 입맛을 다시는 홍시를 향해 물었다. 하지만 줄 수는 없는 노릇이었다. 그릇에 얇게 부친 부추전을 올려 바닥에 아무렇게나 앉았다.

'아랫집 할머니 한 입 드리고 싶다.'

뚜껑을 따달라며 자신을 찾아왔던 이웃이 그리워졌다. 어느 순간 선량의 눈가에는 눈물방울이 송골송골 맺혔다.

'어쩔 수 없지…. 그나마 홍제천 할머니들이 아직 있잖아.'

홍제천 할머니들은 정자에 항상 모여 있었다. 거기에 앉아 수다를 떨기도 하고 뜨개질을 하기도 했다. 홍시를 데리고 산책하다

들러 이런저런 이야기도 하고 그분들의 소소한 물건들을 사기도 하는 게 어느새 유일한 낙이 되어버렸다. 선량은 피신하듯 그곳에 들렀다.

"나가볼까?"

홍시에게 하네스를 채우고 문을 열기 전 심호흡을 했다. 불상사가 또 생기지는 않겠지만 조심은 해야 했다. 위에서 날아오는 게 없는지 문을 열자마자 주위를 둘러보며 얼른 대문 밖으로 나섰다. 그렇게 3분쯤 걷자 홍제천이 보였다. 대낮이지만 달리는 사람과 산책하는 사람 그리고 사진 찍는 사람 등으로 북적였다.

"자 홍시야 가자!"

홍제천변을 따라 홍시와 함께 걷기 시작했다. 뻥 뚫린 공간에서 자유를 만끽하며 공기를 크게 들이마셨다. 거의 끝에서 끝까지 걸으며 둘은 1시간이 넘게 산책했다. 돌아오는 길에 아이스 아메리카노를 테이크아웃해 마시며 할머니들이 있는 정자로 향했다.

"안녕하세요!"

추위를 막기 위해 쳐진 장막을 걷고 들어서자 세 명의 할머니가 반갑게 선량을 맞이했다.

"젊은 처자 왔어?"

"오늘도 개 데리고 나왔어?"

"네, 오늘도 산책 나왔습니다."

"여기 좀 앉아서 이것 좀 잡숴봐."

"네? 오늘도 뭐가 있어요?"

"두부김치. 근데 김치가 묵은지야. 이해해 줘."

"그럼 더 맛있죠."

선량은 입에 넣어주는 두부김치를 넉살 좋게 냉큼 받아먹었다.

"맛있네요."

"잘 먹어서 좋으이."

"더 먹어. 더 잡숴봐."

할머니들은 남은 두부김치를 그릇 중앙에 모아 선량에게 건네주었다. 그릇을 받아 들고 허겁지겁 맛있게 먹은 그녀는 엄지를 치켜 보였다.

"어르신 잠시만요. 저희 홍시 좀 봐주시겠어요? 저 얼른 다녀올게요."

"어디 간다고?"

"잠깐이면 돼요."

"그래, 다녀와."

선량은 자리에서 일어나 냅다 뛰기 시작했다. 신발도 채 제대로 신지 못했다. 그렇게 달려 도착한 이 동네 유일한 구멍가게에서 비타민 음료를 열 개 샀다. 그리고 또다시 잽싸게 달려 정자에 도착했다.

선량은 왜?

"헉헉."

"뭐 하러 뛰어 댕겨. 조심히 다녀. 넘어질라."

"아녜요. 헉헉. 홍시도 맡겼는데 얼른 다녀와야죠."

그렇게 말하며 선량은 봉지에 담긴 비타민 음료를 할머니들께 건넸다.

"이게 뭐야. 뭘 이런 거 사와싸."

"아이고오."

"드세요. 제가 맨날 받기만 해서요."

선량은 홍시를 다시 안고 그 옆에 앉아 비타민 음료 뚜껑을 하나씩 따서 건네 드렸다. 아랫집 할머니 생각을 하면서.

그날 저녁, 선량은 홍시에게 노즈워크를 만들어주고는 거실에서 작업하고 있었다. 외주로 들어오는 편집 일의 마감이 얼마 남지 않았기 때문이다. 그때 대문을 두드리는 소리가 들려왔다.

"계세요? 계세요?"

선량은 옆에 놓아둔 카디건을 걸치고는 조심스레 마당으로 나섰다. 계단 위에서 보니 한 남자가 한쪽 팔에 뭔가를 잔뜩 든 채로 기웃거리고 있었다.

"누구신데요?"

선량은 문을 여는 대신 조심스럽게 물었다.

"저, 조합 추진 위원회인데요."

"네?"

"여기 재개발 조합 추진 위원회라고요."

선량의 이맛살이 절로 찌푸려졌다. 조심스럽게 문을 열고 대문을 나서자 남자가 반가워하며 인사를 건넸다.

"곧 설명회가 있어서 오시라고 들렀어요."

"설명회요?"

"저희 재개발구역 지정된 거 아시죠? 조합이 필요한데 아직 없어서 빨리 만들어야 하거든요. 그래야 개발을 빠르게 진행하죠."

"저는 그런 이야기 못 들었는데요."

"못 들으셨어요? 플래카드도 붙여놨는데…."

"정확히는 잘 몰라요. 관심도 없고요."

"아이 젊은 분이 왜 그러실까! 이번에 재개발 추진되면 집값 완전 확 뛰는 거 아시죠?"

"저는 이 동네에서 오래 살고 싶은데요."

"에이 이번이 아니면 저희 언제 아파트 들어가서 살아보나요."

"저는 아파트에서 별로 살고 싶지 않아서요."

"그런 사람이 어딨어요?"

"여깄는데요."

둘의 대화는 점점 도돌이표가 되어가고 있었다.

"암튼 저희한테는 좋은 거니까 설명회 한번 나오세요."

"설명회를 제가 왜 나가요?"

"나오셔서 들으시고 또 관련해서 동의도 한번 해주시고요."

"전 안 나가요."

"그럼 일단 여기 안내문이라도 받으세요."

"전 안 받아요."

"알겠습니다. 알았어요. 거참 꽉 막힌 분이시네."

그 말에 선량이 폭발했다.

"저기 지금 저 건물 안 보이세요? 여기 다 이사 가고 올라온 건물이에요. 저거 때문에 저희 집은 고립되었고요. 맨날 남의 집에 쓰레기 버려요. 담배꽁초도 막 던지고요. 그런데도 개발이 좋은 거예요? 저한테 좋은 거예요? 좋은 이웃 다 사라지고 동네 삭막해졌는데 뭐가 좋은 거예요?"

"돈 벌잖아요. 그 어르신들 다 신축 아파트 들어가셨을 텐데."

"그거면 된 거예요? 그럼 여기 안산이랑 홍제천도 다 밀어버리고 막아버리고 아파트 세우면 되겠네요?"

"뭘 또 그렇게까지. 참, 말 안 통하시네. 알겠습니다. 안 오시는 거로 알게요."

선량은 떠나는 남자의 뒷모습을 한참 동안 지켜보며 씩씩댔다.

며칠 뒤, 인터넷을 하던 선량의 눈에 반려견 동반 템플 스테이 홍보 글이 들어왔다.

'전국 최초, 수도권 강아지 동반 템플 스테이. 선착순 열 팀.'

싱숭생숭한 마음 때문에 고생하던 선량은 그 문구에 자신도 모르게 신청 버튼을 눌렀다. 차는 없지만 펫택시를 불러 가면 되겠다고 생각하며 달력에 표시를 하고 휴대폰에도 일정을 저장해 두었다.

디데이는 빠르게 찾아왔다. 모처럼 아침부터 설레는 마음으로 짐을 꾸리고 홍시의 방석까지 들고서는 펫택시에 승차했다. 1시간 반 남짓 달려 도착한 곳은 용인의 한 절이었다.

"저희 템플 스테이 왔는데요."

"아! 오늘 강아지랑 하는 거 오셨구나."

"네, 맞아요."

"근데 집결 시간까지 1시간 남아서 짐은 그때 푸실 수 있는데 어쩌죠?"

"그러면 주변 산책하고 올게요."

"여기에 큰 짐 두고 가세요. 제가 봐드릴게요."

"감사합니다!"

선량은 홍시를 데리고 절 주변을 산책했다. 날씨가 제법 선선해 움직이기 좋았다. 울창한 수목들 사이의 낮은 건물들을 보며 선량은 기분이 절로 나아지는 듯했다.

"그래, 이거지."

홍시도 좋은지 평소 발맞춰 걷던 녀석이 앞서 달려 나갔다. 선량은 그 뒤를 따르며 소리를 마구 질렀다.

"홍시야, 뛰어. 맘껏 뛰어."

산책이 끝나고 집결지에 가니 반려견을 데리고 온 참가자들이 모여 있었다.

"안녕하세요, 템플 스테이 담당자 허진이입니다. 일단 배정받은 숙소에 짐을 푸시고 다시 모이실게요."

잠시 후 짐을 다 푼 참가자들이 모였다.

"어디서 오셨어요?"

"저희는 인천이요."

"애기 너무 이쁜데요."

"아유 고맙습니다. 어디서 오셨어요?"

"서울 연희동이요."

"애기 이뻐요!"

"홍시예요. 이름이 홍시."

"이름도 이쁘네요."

인사를 나눈 뒤 본격적인 프로그램이 시작되었다. 그중에서 선량이 제일 기다리는 건 스님과의 차담이었다. 자신의 답답한 속내를 풀 수 있겠다는 생각에서였다. 첫날은 빠르게 지나갔다. 드디어 다음 날 새벽 공양을 마친 뒤 스님과의 차담 시간이 다가왔다.

"다들 불편한 건 없으셨나요?"

"네."

"차 한 잔씩 마시면서 편하게 이야기 나누는 시간 가져보겠습니다."

폭이 넓은 승복을 입은 스님이 차를 우려 참가자들 잔에 직접 따라주었다. 황송한 나머지 다들 손을 높이 들어 잔을 받치자 스님이 거꾸로 당황해 웃기 시작했다.

"이렇게까지 안 하셔도 됩니다."

차를 다 따르고 난 뒤 순서를 정해 시계 방향으로 돌아가면서 묻고 싶은 이야기를 던지고 답하기로 했다. 선량의 순서는 다섯 번째였다. 참가자들은 모두 걱정거리를 하나씩 짊어지고 이곳에 왔다. 이직을 앞두고 마음이 심란하다는 사람도 있었고 결혼을 앞두고 걱정이라는 사람도 있었다. 드디어 선량의 순서가 되었다.

"제가 사는 동네가 개발된다고 하는데요. 저는 지금 동네 분위기가 너무 좋은데 저만 그런 건지 다들 돈, 돈 해요. 아파트로 바뀐다고 하는데, 그럼 저는 이사 가야 하는 건지 버텨야 하는 건지 마음이 곤란하고 싱숭생숭합니다."

"사람마다 추구하는 가치가 다르겠죠. 돈을 좇는 걸 무조건 나쁘다고 생각하지는 마세요. 대신에 나와 추구하는 가치가 다르다고 생각해 보세요. 모든 게 지금 그대로일 수는 없거든요. 때가 오면 잘 보내주는 것도 중요합니다."

스님의 답변은 선량에게 큰 도움이 되지는 못했다. 그때 차례를 기다리던 한 남자가 손을 들었다.

"근데 돈이 있어야 먹고살 수 있는 거 아녜요? 자본주의 시대에 돈, 돈 하는 게 나쁘다고 생각하지는 않아요. 솔직히 지금 이 템플스테이도 돈 없으면 못 오잖아요."

"에이 그건 아니죠. 템플 스테이는 감면 대상자도 따로 있고요…."

"지금 포인트는 그게 아니잖아요. 템플 스테이에서 몇만 원을 깎아주냐, 그게 아니란 말이죠. 사는 게 중요하지만, 그 사는 것도 돈이 있어야 사는 거고 어떻게 그걸 떠나서 생각할 수 있냐는 거죠, 제 말은. 그리고 가만히 들어보니까 열심히 사는 사람 괜히 나쁜 사람 만드는 것 같아서 기분도 좀 그렇고요."

"아니요, 제 뜻은 그런 게 아니고요…."

"저도 좀 이상하다고 생각해요. 돈 받고 떠나는 사람들은 뭐 탐욕스러운 건가요? 별 이유도 없으면서 굳이 고집부리면서 남아 있는 게 더 이해가 안 되는데."

"제 집에 제가 살고 싶다는 것뿐인데…."

"그러게요, 주 5일 열심히 일하고 부동산으로 재테크하는 게 무슨 악의 축이에요?"

"제가 악의 축이라고 했나요? 저는 그저 제가 처한 상황이랑 생각을 말씀드린 것뿐이에요."

어느덧 스님과의 차담회는 난장 토론도 아닌 난장판이 되어버렸다. 보다 못한 스님이 말린 뒤에야 선량을 몰아세우던 사람들이 못마땅한 표정으로 입을 닫았다. 답을 얻을 수 있을까 싶어 떠난 템플 스테이에서 오히려 더 갑갑해진 선량은 돌아오는 내내 한 생각뿐이었다. 떠나야 할지 말아야 할지. 하지만 여전히 지키는 쪽으로 마음이 굳었다. 아직 작별은 너무 이른 일이었다. 선량은 스님의 조언과 사람들의 뜻과는 반대로 마음을 먹었다.

'내보내야 해. 그런 사람들을.'

챕터7

선량의 바람과는 다르게 조합은 설립되었다. 동네 곳곳에 지하철역 유치 환영과 재개발 추진에 대한 플래카드가 붙었다. 그때마다 선량은 착잡한 마음뿐이었다. 그녀가 알던 초창기 이웃들은 이제 거의 없었다. 재개발이 속도를 낼 때마다 그놈의 '단계'에 의해 사람들은 오른 가격에 집을 팔고 나갔다. 그나마 재개발구역을 살짝 피한 곳에 사는 할머니 삼인방은 여전히 홍제천변 정자에 드나들었다. 선량은 개중에 다행이라고 생각했다. 오늘은 뜨개질한 발매트를 판매하는 김씨 할머니가 산책 나온 홍시를 반겼다.

"할머니 이거 어떻게 이렇게 예쁘게 뜨셨대요?"

선량은 발 매트를 손끝으로 만지며 물었다. 그러자 옆에 앉아 있던 안경을 쓴 정씨 할머니가 무심하게 대답했다.

"손으로 떴지 뭘. 크허허."

"이런 거 노인네들한테는 일도 아니야. 종일 그냥 하고 있으면 시간 가니까."

"아 그래도 멋지세요!"

잠시 한담을 나눈 선량은 홍시를 데리고 인사를 한 뒤 다시 집으로 돌아왔다.

"나는 이사 가기 싫은데⋯. 어떻게 하지⋯."

선량의 근심은 날이 갈수록 깊어지고 있었다. 그때 그녀의 집 문을 두드리는 소리가 났다. 선량은 문을 빼꼼히 열고 누구냐고 물었다.

"저, 공사 때문에 인사드리려고 왔어요."

밖에서 건들거리며 서 있던 남자가 말했다. 선량은 기가 차서 얼른 한달음에 내려가 문을 열고 따질 듯한 기세로 그의 앞에 섰다. 말없이 한참을 노려보자 당황한 남자가 다시 말문을 열었다.

"저 무슨 일이라도 있으세요?"

"또, 공사를 한다고요?"

"네, 저희 이 앞 구역에 건물을 올리는데요."

말을 하며 남자는 바로 맞은편 집을 가리켰다. 그 집이 팔렸다는 건 진즉에 알았지만, 이렇게 곧바로 건물이 들어설 줄은 몰랐다.

"여기 재개발하는 거 아시죠?"

"어차피 10년은 걸리고, 나갈 때 보상 받으니까 괜찮죠, 뭐."

"그래서 공사를 하신다고요?"

"네. 내일모레부터 철거하고 건물 올라갈 거예요. 공사는 한두 달 정도 걸립니다."

"그래서요?"

"그래서라뇨?"

"그래서 왜 오셨냐고요."

"아 아무래도 불편하신 점 있으실 수 있으니 제 연락처도 드리고 인사도 드리려고요."

선량은 그가 내민 명함을 한참 내려다보다가 받아 주머니에 넣고 돌아섰다.

'또야, 또 시작이야.'

그녀의 머릿속이 다시 복잡해지기 시작했다.

이틀 뒤 정말 철거 공사가 시작되었다. 공사 현장 주위로 가림막이 세워졌다. 선량은 마뜩잖았지만 받아들여야 했다. 자신이 할 수 있는 건 아무것도 없었으므로. 집 위로 이제는 완벽한 그림자가 드리우겠다는 생각을 하며 입술을 꽉 깨물었다.

그날도 선량은 평소처럼 홍시를 데리고 집 앞으로 나가 산책을 했다. 안산을 오르고 홍제천변을 걷고 집으로 돌아오는 길이었다. 꽤 큰 트럭 두 대가 선량의 집으로 향하는 골목을 막고 서 있었다. 공사 자재를 가득 실은 거로 봐서는 공사 현장으로 들어가는 차인 듯싶었다.

'여기 이렇게 있으면 좁은데.'

성인 한 명 지나다니기도 좁은 공간만이 남아 있었다. 선량은 홍시를 안았다. 그때 배변 봉투가 바닥에 떨어졌다. 몸을 굽혀 줍느라 홍시를 잠깐 내려놓은 사이 트럭이 갑작스럽게 후진을 했다.

"깨갱!"

너무 놀라 선량이 뒤를 돌아보자 홍시가 보이지 않았다.

'설마…. 아닐 거야. 아닐 거라고.'

선량은 당황한 마음을 어찌할 줄 모른 채 덜덜 떨며 트럭 뒤로 향했다.

"아악!"

그녀는 두 손으로 눈을 가린 채 주저앉아 버렸다. 홍시가 후진하는 트럭에 깔려 무참하게 죽어 있었다. 선량은 오열했다. 큰 소리에 트럭 운전사가 내려 그녀의 어깨를 잡고 괜찮냐고 물었다. 그도 그 참혹한 모습을 발견하고는 이맛살을 찌푸린 채 곤란하다는 표정을 지었다.

"빨리 어떻게 좀 해봐요. 어떻게, 어떻게 좀 해보라고요."

그제야 트럭 운전사는 차를 앞으로 뺐다. 홍시는 즉사한 게 틀림없었다. 산산조각 난 유해를 어떻게든 선량이 수습하려 했으나 방법이 없었다. 자신의 카디건을 벗어 남은 부위들을 담은 선량은 그 자리에 다시 주저앉아 소리를 지르며 울었다.

"야 이 살인마야!"

선량의 울부짖음을 듣고 있던 트럭 운전사는 결국 참지 못하고 한마디했다.

"제가 무슨 살인마예요? 불쌍하고 딱해서 가만히 있었더니 뚫린 입이라고 아무렇게나 지껄이네?"

"그럼 내 새끼를 죽였는데 살인마지."

선량은 그를 향해 시뻘게진 눈을 부릅뜨며 말했다. 어느새 담배 한 개비를 꺼내 문 트럭 운전사가 말했다.

"재수가 없으려니까."

"뭐? 이 새끼가."

선량은 다급히 수습한 유해를 들고 그를 향해 한 발자국 다가서려다 뒷골을 잡고 다시 주저앉았다. 다리가 후들거려 어찌할 도리가 없었다. 결국, 그녀는 휴대폰으로 경찰에 신고했다.

선량은 열흘 넘게 어둠 속에 방치되어 있었다. 자신을 그냥 아무렇게나 내버려뒀다. 끼니도 제대로 챙기지 않고 인터넷에 접속하지도 않고 TV도 보지 않고 아무것도 하지 않고 억지로 잠 속으로만 빠져들었다.

'그 살인마!'

홍시를 죽인 그 남자는 정당한 처벌을 받지 않았다. 재물손괴죄로 30만 원의 벌금이 부과되었을 뿐이다. 남자는 그마저도 재수없는 일이 생겼다는 표정으로 듣고 있었다. 선량은 어처구니가 없어 형사에게 바락바락 따졌다.

"자식을 잃었는데 아무런 죄도 없다뇨!"

"그게 법이 그래요. 선생님, 법을 만드는 데다 따지세요. 반려견은 사유재산으로 봅니다. 생명으로 치는 게 아니라요. 그래서 저희도 어쩔 수 없어요."

형사는 곤란한 표정을 지으며 말하다가 이내 컴퓨터로 고개를 돌리고 다른 업무를 보기 시작했다. 선량은 더 말을 해봤자 아무 소용이 없겠다는 생각이 들어 발걸음을 옮겼다.

지옥 같은 날이 시작되었다. 선량을 더 견디기 힘들게 만든 건, 홍시를 죽인 자가 여전히 집 앞 공사 현장에 드나든다는 사실이었다. 선량은 열심히 민원을 넣었다. 하지만 건물은 제 속도대로 완성되어 갔다. 그 건물을 볼 때마다 죽은 홍시를 떠올리게 될 터였다. 선량은 형사의 말이 생각났다.

'법을 만드는 데다 따지세요.'

"그래, 내가 바꾸고야 만다."

선량은 피켓을 만들어 그날로 국회의사당에 출근 도장을 찍기 시작했다.

    자식 같은 반려견을 죽였는데 생명이 아니라 물건이란다.
    재물손괴로 30만 원 웬 말이냐.
    반려 인구 천만 시대에 구닥다리 법 개정하라.

그녀가 1인 시위를 하는 동안 멈춰 서서 구경하는 이도 있었고 사진을 찍어 가는 이도 있었다. 가끔은 공무원으로 보이는 사람들이 관심을 표하기도 했다. 하지만 대부분의 경우 선량은 냉소를 받아들여야 했다. 아침부터 저녁까지 앉지도 않고 서 있는 통에 발이 퉁퉁 부었다. 하지만 홍시를 위해 자신이 뭐라도 해야 한다는 생각은 변함이 없었다. 그리고 제2의 홍시가 나와서는 안 된다는 생각도 함께.

"개똥이나 잘 치울 것이지. 꼭 개 키운다는 것들이 그렇게 설치더라."

지나가던 나이 지긋한 어르신이 선량을 향해 삿대질하며 말했다.

"뭐라고 하셨어요. 지금?"

"아니 애를 낳아야지. 요즘 같은 시기에 개만 그렇게 싸질러 가지고 무슨 나라가 발전해?"

선량은 논리가 없는 그의 이야기를 듣다 말싸움을 포기했다.

"가세요. 가시라고요."

"하여간 말세야."

하지만 그런 일은 한 번으로 끝나질 않았다.

"저렇게 설치는 사람들 꼭 있어. 필요한 건에는 목소리 안 내면서…. 지네 개들 건드리면 기분 나쁘대. 기분 상해죄야 뭐야."

"지금 뭐라고 하셨어요? 저한테 하시는 말씀이세요?"

"뭐? 내가 뭐랬는데? 틀린 말 했어? 그리고 개가 물건이지 사람이냐? 어떻게 똑같은 대접을 바라!"

"저기요. 좀 제대로 알고 말씀하세요. 사람은 동물 아닌가요? 생명체 아닌가요? 지구에 사는 생물 아녜요? 말할 줄 알고 돈 벌고 도구 만들 줄 알면 다른 생명이랑 다르게 취급해도 된다는 거예요? 그리고 제 말은 그게 포인트가 아니잖아요. 제 반려견이 트럭에 깔려 죽었는데 30만 원 보상해 줬어요. 생명 취급도 못 받고요! 제가 너무한 거예요? 아니면 반려견은 생명이 아니라 재물이라는 법이 잘못된 거예요? 네?"

"아니 그래서 지 새끼 죽었다고 저러는 거잖아. 다른 거에는 관심도 없으면서. 아이고 씨발아. 됐어. 꺼지세요."

욕을 지껄인 남자는 선량 발치에 침을 뱉고서는 주머니에 손을 넣고 달리듯 도망쳐 버렸다. 매일 이런 일이 벌어지니 선량은 어느덧 한계에 다다랐다는 생각이 들었다. 밥을 챙겨 먹지도 못하는데 극심한 스트레스까지 더해지자 하루에도 몇 번씩 어질어질해 길바닥에 주저앉곤 했다. 어쩔 수 없이 석 달 만에 시위를 포기했다.

챕터8

선량은 새벽 5시가 지나도록 잠들지 못했다. 약의 부작용 때문인지 머릿속이 온통 구름이 낀 것처럼 흐릿했다. 머리가 무거워 잠시 몸을 일으켜 세워 이불 위에 고개를 박고 시간이 흐르길 기다렸다. 하지만 새벽은 더디고 느리기만 했다. 꼬박 밤을 새우고 나서 간신히 하네스 줄을 주워 들고 산책하러 나가기 위해 홍시를 불렀다.

"홍시야, 산책 가자. 산, 책! 어머나….”

말을 더는 잇지 못하고 선량은 그 자리에 주저앉아 버렸다. 흐느낌은 이내 집 안을 가득 채웠다.

'홍시 이제 없지. 그렇지. 나쁜 인간들!'

슬픔은 홍시를 치어 죽인 트럭 운전사를 향한 분노로 가닿았다. 그 감정은 다시 사무적이기 짝이 없던 경찰에게로 그리고 다시 재개발 붐을 조장하는 이들에게로 움직였다. 잠시 두 손으로 얼굴을 가리고 심호흡을 한 선량은 하네스를 주머니에 넣고 천천히 문을 열고 마당을 지나 문밖으로 움직였다. 선 캡을 쓴 선량은 마스크까지 한 상태였다. 누군가 자신의 얼굴을 쳐다보는 게 싫었다. 알아보고 인사를 해오는 건 더 질색이었다. 정자 할머니 삼인방하고 인사를 나누지 않은 지도 꽤 되었다. 얼굴을 가렸고 빠른 걸음으로 스쳐 지나갔기에 선량을 알아보지는 못하는 듯했다.

오늘은 안산 꼭대기까지 오를 참이었다. 그곳에 서면 서글픈 마음이 더 선명해졌지만, 생살을 헤집어 후벼 파는 것을 피할 생각은 없었다. 무너지는 스카이라인을 보면 이 동네가 변화하고 있다는 사실이 분명해지는 듯했다. 하지만 선량은 떠나는 대신 꼭 지키리라 다짐했다. 악마와도 같은 세력을 물리치고 따스함을 잃어가는 연희동을 구하겠다고. 모든 걸 잃은 자신에게 남은 건 그것밖에 없노라고 되뇌었다.

"지면 안 돼."

안산에 오를 때마다 누구한테 하는지 모를 다짐을 건넸다. 이제 실행으로 옮길 차례였다.

선량은 빨간색 스프레이와 검은색 스프레이를 서너 통씩 꺼내어 품에 안았다. 그러고는 동네를 돌아다니며 보이는 현수막마다 엑스자를 표시했다.

재개발을 위한 주민들의 동의가 필요합니다.
이 구역의 찬란한 미래를 만들어갑시다.
새로워질 마을을 후손에게 물려줍시다.

'악마들이야.'

밤에 움직인 탓에 사람들은 재빨리 알아차리지는 못했다. 하지만 날이 밝자 그녀의 메시지는 온 동네에 전달되었다.

"누가 이랬대?"

선량은 왜?

"어휴 흉해."

"혹시 이번 조합장 내보내려고 그런 거 아니야?"

"이렇게까지 할 일인가?"

"미친놈이네. 딱 봐도."

사람들은 수군댔고 관계자들은 재빨리 현수막을 거둬 새것으로 교체했다. 하지만 선량은 이 일을 매일 밤 마치 과업처럼 성실하게 수행했고 어느덧 사람들은 범인을 색출해야 한다며 눈에 불을 켰다.

> 이 벽보를 손상 훼손할 시 책임을 물음.
> 현수막은 개인의 재산으로 망가뜨릴 시
> 금전적 배상을 요구하겠음.

점점 더 엄중한 경고가 따라붙었지만, 선량은 개의치 않았다. 그러던 어느 날 그녀가 스프레이 뿌리는 것을 발견한 주민이 이를 촬영하고 집까지 따라와 주소를 알아내었다. 선량의 동향은 재개발 조합장에게 전달되었다.

"저기, 계세요? 계시냐고요? 김선량 씨?"

조합장은 문을 두드리며 한참 동안 집 앞을 서성였다. 목소리를 조금씩 높이자 선량이 문을 열었다. 계단 위에서 아래를 내려다보며 물었다.

"누구신데요?"

"저 재개발 조합장입니다. 잠깐 얼굴 좀 뵙죠."

"뭐요? 누구라고요?"

"재! 개! 발! 조! 합! 장! 입니다. 잠깐 드릴 말씀이 있어서요."

선량은 그제야 재빠르게 뛰어 내려와 문을 열었다. 조합장은 화난 표정으로 짐짓 근엄하게 선량에게 매일 같이 현수막을 훼손하고 다녔냐고 따져 물었다.

"훼손했느냐고요? 아뇨. 훼손한 건 내가 아니라 그쪽이죠. 이 동네를 망쳤잖아요."

"무슨 소리예요? 훼손했다는 겁니까, 안 했다는 겁니까? 저희도 다 증거 있어요."

적반하장으로 나온다고 생각한 조합장은 휴대폰을 꺼내 그녀에게 영상과 사진을 보여주었다. 선량은 제대로 보지도 않고 휴대폰을 빼앗아 바닥에 세차게 패대기쳤다.

"악!"

그러고도 분이 안 풀리는지 발로 짓이겼다. 액정은 산산이 부서졌고 휴대폰은 완전히 망가져 버렸다.

"미친 거야? 이 여자가 미쳤네? 웬 미친년이 동네에 살고 있었네."

"지금 뭐라 했어? 미친년?"

"내가 이 말까지는 안 하려고 했는데, 웬 개새끼가 밟혀 죽었다기에 불쌍해서 점잖게 봐주려고 했더니 안 되겠구만?"

그 말에 선량은 이성의 끈을 놓아버리고야 말았다. 벽돌로 만든 화단 위에 놓여 있던 망치를 들었다. 그러고는 그의 머리를 세게 내리쳤다. 기습적이라 미처 방어하지 못한 조합장은 어어 하는 소리를 내며 뒤로 몸을 뺐지만 이미 머리에서는 피가 흘러내리고 있었다. 하지만 선량은 멈추지 않았다. 두 번 세 번 네 번 내리치자 이제는 바닥에 쓰러진 남자는 꼼짝하지 못했다. 그런데도 선량은 그만두지 않았다. 다섯 번 여섯 번 일곱 번 여덟 번…. 그녀의 얼굴이 살점과 피로 범벅이 되었음에도 멈추질 않았다.

⋮

선량은 더 이상 세상 밖으로 나가지 않았다. 쓰레기로 가득 찬 방. 악취에 찌든 집. 은은하게 풍기며 사라지지 않는 악취 때문에 민원이 이만저만이 아니었다. 그러나 그녀는 웃었다. 홍시를 안고 골목을 걷던 날, 고요한 연희동의 공기를 마시던 날, 손끝에 전해지던 햇볕을 떠올렸다. 그 모든 것이, 지금 자신이 서 있는 곳과 연결되어 있다고 믿었다.

어느새 선량은 포토라인 앞에 서 있었다. 수십 개의 카메라 셔터가 번개처럼 터졌다. 선량은 눈부신 플래시를 향해 고개를 들었다.

"인간 같지도 않은 거를 죽인 건 미안하지 않습니다. 아주 죄송스럽게도 그런 인간 같지도 않은 거를 더 못 죽이고 가는 게 미안합니다. 아직 사회에는 그런 드러운 쓰레기들이…."

누군가는 미친 여자의 헛소리라 했지만 누군가는 설득력 있다고 중얼거렸다. 선량은 그렇게 믿었다.

"그런 인간 같지도 않은 것들이 돌아다니는 사회가 사횝니까! 네에?"

마지막으로 중얼거린 선량은 이내 정신을 잃었다.

며칠 뒤 더 심해진 악취를 참지 못한 이웃의 신고로 선량은 사체가 된 채 발견되었다.

작가 인터뷰_최하나

1. 서울을 배경으로 한 앤솔러지에 참여하게 된 계기는 무엇인가요?

서울은 말 그대로 거대한 도시잖아요. 사람이 많다는 건 그만큼 이야깃거리가 많다는 뜻이기도 하고요. 저한테는 서울을 안에서 바라보는 것보다, 서울 밖에서 바라보는 시선으로 쓰는 게 더 재미있게 느껴졌어요. 서울이 가진 복잡함과 활기를 제 방식으로 풀어볼 수 있는 기회라 흥미롭게 생각했고, 그래서 기쁜 마음으로 참여하게 됐습니다.

2. 서울이란 어떤 도시인가요?

서울은 한 번은 살아보고 싶은 도시 아닐까요? 특히 젊은 사람들이라면 더 그럴 것 같아요. 저한텐 뉴욕이나 런던 같은 느낌이 있어요. 늘 뭔가 일어나고, 변화가 빠르고, 문화적으로도 중심에 있는 도시요. 그래서 보면 볼수록 새로운 면이 계속 보이는, 그런 묘한 매력이 있는 곳이라고 생각해요.

3. 〈선량은 왜?〉를 쓰게 된 계기는 무엇인가요?

좋은 기회가 있어 연희동에서 거의 한 달 정도 지낸 적이 있었어요. 그때 그 동네가 너무 좋았어요. 고즈넉하면서도 분위기 있고, 동네만의 아름다운 결이 있더라고요. 그러다 문득, '혹시 여기 재개발 얘기 나오면 어떻게 변할까?' 하는 생각이 들었어요. 좋아서 오래 남아줬으면 하는 마음과, 변화가 닥쳤을 때 사람들은 어떤 선택을 할까 하는 궁금증이 같이 생겼고, 그게 선량이라는 인물을 떠올리게 했던 것 같아요. 그래서 자연스럽게 이 이야기를 쓰게 됐습니다.

4. 독자들이 이 작품에서 주목했으면 하는 지점이 있다면 무엇인가요?

우리가 사는 데 물질적인 것도 중요하지만, 사실 눈에 안 보이는 무형의 것들도 되게 크잖아요. 사랑이나 우정, 이웃끼리의 작은 정 같은 건 돈으로 환산할 수 없는 가치가 있으니까요. 이 작품을 보시면서 그런 '잃고 싶지 않은 마음'을 한 번쯤 떠올려주시고, 그 마음을 잃지 않으시면 좋겠습니다!

천사는 마로니에 공원에서 죽는다

김아직

벚꽃이 진 4월의 마로니에 공원에서 배우 샹지가 죽었다.

그날 오후, 그의 죽음을 최초로 보도한 매체에서 '어느 배우의 연극 같은 죽음'이라는 제목을 붙였을 만큼 샹지의 죽음에는 다소 극적인 요소들이 있었다. 연극 〈천사는 광장에서 죽는다〉의 초연을 하루 앞둔 새벽, 샹지는 배우가 무대로 걸어 나오듯 어두운 골목을 따라 홀로 마로니에 공원으로 들어와서 벤치에 앉아 조용히 숨을 거두었다. 그리고 마로니에 공원에서 밤을 새우던 시민들에 의해 그 모습이 실시간으로 목격되기도 했다.

한지은 형사가 현장에 도착했을 때는 이미 구급대가 사망 판정을 내린 뒤였다. 벤치 아래 반듯이 누여 있는 샹지는 긴 악몽에 갇힌 것처럼 표정이 살짝 일그러져 있었다. 드라마를 거의 안 보는 한 형사도 샹지가 누군지는 알고 있었다. 샹지는 긴 무명 생활 동안 드라마 단역과 조연을 거치고 이제는 주연급으로 발돋움한 대세 배우로 소개되곤 했다. 최근 무슨 드라마의 주연으로 캐스팅되었다는 소식도 들은 것 같은데 샹지의 인생은 성공의 문턱에서 멈추고 말았다.

한 형사는 착잡한 심정으로 샹지의 시신을 살폈다. 얼굴과 목을 꼼꼼히 확인하고 경량 패딩 안에 받쳐 입은 맨투맨 티셔츠도 들추어 보았지만 외상이나 출혈의 흔적은 없었다. 정확한 사망 경위는 근처 골목과 마로니에 공원 내부 CCTV를 봐야 확신할 수 있겠지만 일단 외부의 공격흔은 보이지 않았다.

리을아트센터 대표 기원종도 현장을 지키고 있었다. 왜소한 체구와, 턱수염이 수북한 선 굵은 얼굴이 묘한 대비를 이루는 그는 샹지가 최근까지 몸담았던 극단리을의 대표이기도 했다. 극단리을에서 운영하는 리을아트센터는 마로니에 공원의 '예술가의 집' 쪽 출입구에서 2분 거리에 있었다. 이곳은 초연을 앞두고 있던 연극 〈천사는 광장에서 죽는다〉의 전용관이기도 했다. 기원종은 구급대원들과 한 형사를 갈마보며 샹지의 지병에 대해 설명했다.

"샹지는 부정맥을 앓고 있었습니다. 20대 초반에 제세동기 이식 수술을 받았다고 들었어요. 군 면제 사유도 심장 문제였고요. 아, 전에 유튜브 예능에 나가서 샹지 본인이 직접 밝힌 내용입니다."

기원종은 잠시 여짓여짓하더니 깊은 한숨을 내쉬고는 말을 이었다.

"실은 어젯밤 최종 리허설을 마치고 배우들이랑 스태프들 다 같이 뒤풀이를 했어요. 평소 심장 때문에 술은 입에도 대지 않던 샹지가 어제는 무슨 바람이 불었는지 자기도 한잔하겠다고 하더라고요. 그때 말렸어야 했는데…."

듣고 있던 한 형사가 끼어들었다.

"술을 몇 시까지 드신 거죠?"

"다들 자기 관리를 잘하는 친구들이라 그리 늦게까지 마시진 않았습니다. 저는 자정쯤 아트센터 옥탑에 있는 제 방으로 먼저 올라갔고 단원들도 제가 가고 나서 얼마 뒤에 술자리를 정리했다고 들었습니다. 1시쯤 다른 배우한테 톡을 했더니 갈 사람들은 가고, 자고 갈 사람들은 씻고 있다고 하더라고요."

한 형사는 기원종의 말을 받아 적으며 물었다.

"그런데 샹지의 사망 소식을 어떻게 알고 오신 거죠?"

그러자 기원종은 구급대원 뒤쪽에 어정쩡하게 서 있는 중년 남자를 가리켰다. 희끗한 장발은 뒤로 단정하게 묶었으나 한낮의 기온이 연일 20도 가까이 치솟는 날씨에도 코듀로이 재킷에 롱패딩까지 걸치고 있는 것으로 보아 노숙인인 듯했다. 기원종 말로는 새벽에 웬 노숙인이 아트센터 출입문을 두드리며 샹지한테 일이 생겼다고 소리를 질렀다고 했다. 한 형사는 사체포로 샹지를 다시 덮은 뒤 노숙인 쪽으로 갔다. 노숙인 뒤에는 커플로 보이는 20대 남녀가 있었는데 그들이 119에 전화를 건 최초 신고자인 듯했다. 또한 세 사람은 샹지가 스스로 마로니에 공원으로 들어온 걸 본 목격자였다. 20대 남녀가 오전에 일정이 있어서 돌아가야 한다기에 한 형사는 두 사람 이야기부터 들어보기로 했다.

간밤에 인형 뽑기를 했는지 둘 다 조악하게 생긴 봉제 인형을 하나씩 들고 있었다. 두 사람 모두 인근 대학 학생으로 여자는 23세 소연우, 남자는 22세 성민현이었다. 소연우와 성민현은 야식을 먹으며 밤새 이야기나 하려고 마로니에 공원에 왔다고 했다. 두 사람은 야외 공연장의 관람석에 앉아 있다가 새벽 4시 30분쯤 예술가의 집 벤치 쪽으로 자리를 옮겼다. 소연우와 성민현이 샹지를 목격한 것도 그때였다. 두 사람은 그게 샹지라고는 생각하지 못했고 젊고 키가 큰 취객인 줄 알았다고 했다.

"그렇게 생각한 이유가 있었나요?"

"약간 비틀거렸거든요."

성민현은 혹시 취객이 시비를 걸지도 몰라서 한 번씩 그가 앉은 벤치를 확인했다고 했다. 하지만 여자 친구와 샌드위치를 나눠 먹고 나서 보니까 취객은 고개를 숙인 채 잠이 들어 있었고, 그게 5시 30분쯤이었다고 했다. 한 형사는 연락처를 메모한 뒤 두 사람을 보내주었다. 다음은 노숙인 차례였다. 그는 52세 고정탄이었다. 대학로 일대에서 생활한 지 오래되었느냐는 질문에 고정탄은 기억을 더듬는 표정으로 답했다.

"정확한 햇수는 모르겠지만, 저기 학림다방에서 학교 선배랑 싸우고 울고 뛰쳐나갔던 대학생이 사춘기 딸을 둔 엄마가 되어 모녀가 같이 소극장에 가는 것도 봤으니까, 꽤 오래됐을 겁니다."

"그런데 사망자가 샹지란 건 어떻게 아셨어요?"

"그야 샹지가 우리 대학로의 자랑이잖습니까. 저처럼 대학로에서 오래 살았거나 연극을 좋아하는 사람들이면 샹지를 모를 수가 없죠. 그리고 샹지가 새벽에 혼자 마로니에 공원에 나온 게 이번이 처음도 아니었습니다. 집에 안 가고 아트센터에서 지낼 때는 이따금 공원을 찾곤 했죠. 무슨 생각이 그리 많은지 혼자 저 벤치에 우두커니 앉았다 가곤 했어요. 딱 저 자리입니다. 휠체어 그네 앞쪽 육각 벤치요. 저는 그 건너편 벤치에서 잠을 청하는 편이거든요. 샹지가 야외 공연장을 마주한 방향으로 앉기 때문에 제가 앉은 곳에서 고개만 돌리면 샹지가 바로 보였어요."

"샹지의 사망 사실은 어떻게 아신 겁니까?"

"자세가 좀 이상했으니까요. 샹지는 늘 꼿꼿하게 앉는 편인데 그날은 구토를 하는 것처럼 한 손으로 벤치 바닥을 짚고 고개를 숙이고 있더라고요. 졸다 깨서 그 모습을 보고 얼른 달려갔죠. 그랬더니 그대로 쓰러지는 겁니다. 이미 숨을 쉬지 않고 있었고요."

"그때 바로 119를 부르신 것이고요?"

"제가 폰이 없어서 저기 학생들에게 부탁해서 신고를 했죠."

119에 신고가 접수된 시각은 새벽 5시 48분이었다. 한 형사는 그것으로 목격자 조사를 마쳤다. 세 사람의 증언과 CCTV 영상이 일치하면 목격자들을 다시 볼 일은 없을 터였다. 동료 최 형사에게 현장을 맡긴 뒤 한 형사는 기원종 대표와 함께 리을아트센터로 향했다. 이제 샹지와 술을 마셨다는 동료들의 증언만 확보하면 샹지의 시신을 유족에게 인계할 수 있다.

마로니에 공원 예술가의 집 쪽 출입구에서 리을아트센터까지는 도보로 2분 거리였다. 고정탄의 말이 사실이라면 샹지는 평소 습관대로 새벽에 공원에 나갔다가 사망한 셈이었다. 부정맥이 있는 사람이 전날 음주까지 했으니 몸에 충격이 갔을 터였다. 리을아트센터 정문 출입구 앞에서 기원종 대표가 말했다.

"여기서 잠깐만 기다려주시겠습니까? 제가 먼저 들어가서 사람들을 깨우겠습니다. 하나같이 술만 먹었다 하면 누가 업어 가도 모르는 타입들이라. 잠옷 바람으로 뻗어 있는 사람이 있을지도 모르는데 형사님께 흉한 꼴을 보이기도 그렇고."

"그럼 여기서 기다리고 있겠습니다."

범죄 혐의가 있는 사람들도 아닌데 무작정 쳐들어가서 조사할 수는 없는 노릇이었다. 기원종 대표를 들여보내고 보니 출입구 유리문에 고정탄의 모습이 비쳤다. 한 형사는 미심쩍은 얼굴로 뒤를 돌아보았다.

"절 따라오신 거예요?"

고정탄은 대답은 않고 다짜고짜 한 형사를 아트센터 맞은편에 있는 대형 게임장 처마로 데려갔다.

"무슨 일인데 이러시는 거죠?"

한 형사가 언짢은 기색을 내비치자 고정탄이 입을 열었다.

"실은 부탁을 받았습니다. 새벽에 마로니에 공원에 있었던 사람이 하나 더 있어요. 가출한 고등학생인데 다른 쪽 벤치에서 자느라고 샹지가 공원에 오는 건 못 본 모양이에요. 구급차 도착하는 소리에 잠이 깨서 쓰러진 샹지를 보러 왔더라고요. 아무튼 그 학생이 간곡하게 부탁을 하는 겁니다. 형사들이 샹지 일을 심장마비에 의한 사망 사고로 종결할 가능성이 큰데 혹시라도 이 사건을 파고드는 형사가 있다면 이리로 데려와 달라고 말입니다."

"대체 그 학생이 누구죠?"

"말로는 가출했다고 하는데 표정은 밝았습니다. 자정쯤 배가 고프다고 하기에 편의점에 가서 라면도 하나 사 먹였죠. 아, 저기 오는군요. 그럼 전 그만 가보겠습니다. 혹시라도 제 도움이 필요하면 마로니에 공원으로 오시면 됩니다."

고정탄이 떠난 뒤 회색 아디다스 셋업 차림의 여자아이가 한 형사에게 다가왔다. 크롭컷 헤어스타일에 가마말쑥한 얼굴을 가진 아이였다. 한 형사는 여자아이를 쳐다보며 실소를 터뜨렸다.

"오느릅? 네가 왜 여기 있어?"

한 형사와 오느릅은 지난해 여름 경상남도 은담마을에서 살인 사건을 함께 해결했다. 그 뒤 한 형사는 경찰관서장 추천 수사경과자 선발 심사를 통과하여 올 초에 서울로 발령이 난 터였다. 한 형사야 혜화경찰서에서 근무하기 때문에 바로 달려왔다지만 한 형사가 알기로 오느릅의 집은 고양시였다.

"고정탄 씨가 말한 가출 청소년이 오느릅 너야?"

"네. 그사이 제가 고1에서 고2로 인생의 난도가 한 단계 올라갔잖아요. 대학 안 가고 탐정 일 하겠다고 했더니 엄마가 갑자기 집을 나가래요. 참 나, 누가 겁낼 줄 알고."

"그래서 고양시에 사는 애가 마로니에 공원까지 왔다고?"

"경제 사정이 좋지 않아서 안전하게 한뎃잠을 잘 수 있는 곳을 물색했죠. 후보지가 여럿 있었는데 그중에서 마로니에 공원이 최종 낙점된 거예요. 최종 후보지들 중 마로니에 공원 빼고는 다 경기도였거든요. 경기도민이 경기도로 가출하는 건 좀 시시해서 지

자체 경계를 넘어서 와봤어요. 뭔가 예술가들이 밤새 문학 토론을 하고 그럴 것 같은 이미지도 끌렸고요."

한 형사는 어이가 없어서 헛숨을 쉬었다.

"그래, 와보니까 어땠어?"

"예술가들은 없었지만 친절한 노숙인 아저씨도 있고, 또 새삼 다행이란 생각도 들더라고요. 제 이름이 왜 느릅인지는 기억하시죠?"

"부모님이 느릅나무 밑에서 한 첫 키스를 기념하려고 네 이름을 그렇게 지었다면서."

"맞아요. 만에 하나 두 사람이 마로니에 공원에서 첫 키스를 했어 봐요. 그럼 저는 오느릅이 아니라 오마로니에가 됐을 거 아니에요. 아, 미친, 생각만 해도 끔찍해! 아무튼 본론으로 들어가서, 아까 한 형사님의 얼굴을 본 순간 한 가지 확신이 생겼어요."

"무슨 확신?"

"샹지 사망 사고는 살인 사건일 확률이 높다! 사건을 몰고 다니는 탐정과 그 탐정의 파트너인 경찰이 서울 한복판에서 재회했는데 이게 그냥 사망 사고일 리 없잖아요."

한 형사는 고개를 절레절레했다. 지난해 은담마을 사건 때도 느꼈지만 오느릅은 사건 자체보다 탐정물에 심취한 녀석이었다.

"여전하구나, 오느릅. 하지만 샹지 배우 사건은 타살 정황이 없어. 간밤에 함께 있었다는 극단 동료들의 증언만 확보되면 시신을 곧장 유족에게 인계할 거야."

"제가 고정탄 아저씨에게 부탁해서 사건 담당 형사님을 딱 이 자리로 부른 데는 이유가 있어요. 저길 보세요."

오느릅은 리을아트센터 외벽에 나붙은 〈천사는 광장에서 죽는다〉 현수막을 가리켰다. 초연을 앞둔 창작극인 만큼 대중에 노출된 정보가 많진 않았다. 하지만 현수막에 새겨진 홍보 카피와 사진만으로 줄거리는 짐작할 수 있었다.

"앙투안, 네가 그녀를 죽였어."
남은 생을 건 복수를 끝낸 남자는 천사 광장에서 쓸쓸히 숨을 거두는데…
배우 샹지의 치정 복수극으로 여러분을 초대합니다.

"저건 그냥 초연을 앞둔 작품 홍보물이잖아."

"저 작품에서 샹지는 자신의 약혼녀를 살해한 앙투안을 수십 년에 걸쳐 추적한 끝에 마침내 복수하는 라울 역할을 맡았어요. 복수를 마친 라울은 저 광고 문구대로 천사 광장에서 쓸쓸히 숨을 거둬요. 저기 벤치에 등을 보이며 앉아 있는 게 라울인 거죠. 저 모습을 보고 뭔가 떠오르는 거 없으세요?"

"마로니에 공원 벤치랑 샹지를 말하는 거면 관둬라. 샹지는 오늘 새벽뿐 아니라 그전에도 종종 공원에 나왔었다는 진술을 확보했으니까."

"바로 그 점을 활용해서 누군가 세팅했을 가능성도 있죠."

"세팅은 무슨. 샹지는 자기 발로 마로니에 공원에 나온 거야. 누가 죽여서 그곳에 유기한 게 아니라."

"그건 저도 알아요. 아까 고정탄 아저씨한테 다 들었거든요. 하지만 간밤의 정황을 세세하게 조사할 필요가 있어요. 그래서 말인데 이따가 리을아트센터 들어가면 저랑 톡으로 회의하는 거 어때요? 맘 같아선 나도 따라 들어가고 싶지만…."

"됐어. 넌 얼른 집에나 가. 어머니 걱정시키지 말고."

"좋아요, 그럼 이러면 어때요? 한 형사님이 보시고 뭔가 이상한 점이 눈에 띄거든 그때 저한테 연락하기로요. 그사이 전 다른 걸 좀 알아보고 있을게요."

몇 분 뒤 한 형사는 기원종을 따라 리을아트센터로 들어갔다.

간밤에 뒤풀이를 마치고 리을아트센터에서 잠을 잔 사람은 모두 다섯이었다. 그중 둘은 대표 기원종과 죽은 샹지였다. 나머지 셋은 샹지의 매니저인 최율아, 샹지와 공동 주연을 맡은 배우 연서하, 〈천사는 광장에서 죽는다〉의 원작자인 황지수다. 샹지와 연서하는 뒤풀이 장소였던 소품실에서 잠을 청했고, 최율아와 황지수는 뒤풀이 후 의상실로 건너가서 잠을 청했다고 했다.

의상실은 출입구를 제외한 세 개의 면에 3단 철제 행어가 설치되어 있었고 공기청정기가 돌아가고 있음에도 공기가 무척이나 탁했다. 한 형사는 최율아만 의상실로 따로 불렀다. 28세인 최율아는 최근 샹지와 매니지먼트 계약을 맺은 유어드림액터스의 직원이었다. 뉴욕에서 뮤지컬 경영학을 전공하고 대형 엔터 회사의 뉴욕지사 인턴십을 거친 이력을 인정받아, 라이징 스타인 샹지의 매니저로 낙점되었다고 했다. 최율아는 160센티미터가 조금 안 되는 듯한 키에 나이에 비해 상당히 어려 보였다.

"매니저님도 간밤에 술을 드셨나요?"

"원래 계약상 매니저는 아티스트가 있는 곳에선 술을 마실 수 없습니다. 하지만 어제는 샹지 님의 흑기사 노릇을 하느라고 계속 마셨습니다."

아닌 게 아니라 최율아에게선 짙은 술 냄새가 났다.

"샹지 씨도 술을 많이 마셨나요?"

"폭탄주 서너 잔 정도 마셨어요. 그 뒤부터는 제가 다 마셨고요. 사실 언제 의상실로 건너와서 잠이 들었는지 기억도 안 나요. 샹지 님이 혼자 나가서 그렇게 됐다는 것도 방금 대표님한테 듣고 알았어요. 어떻게 이런 일이 있을 수 있죠?"

최율아는 두 손으로 머리를 싸쥐며 울음을 터뜨렸다. 한 형사는 손을 뻗어 최율아의 어깨를 쥐었다 놓았다. 최율아의 울음은 듣는 한 형사마저 마음을 아리게 하는 구석이 있었다. 단순히 매니저로서 담당하던 스타의 죽음을 막지 못했다는 자책에 우는 것 같진 않았다. 한 형사는 최율아가 울음을 그칠 때까지 잠자코 기다렸다가 면담을 이어갔다.

"매니저님께 샨지 씨가 특별한 사람이었나 봅니다."

"특별한 사람…."

최율아는 잠시 말을 멈추고 티셔츠 목 부위를 움켜쥐었다. 자세히 보니 티셔츠가 아니라 티셔츠 아래 감춰진 목걸이의 펜던트를 쥔 것이었다.

"그렇죠, 특별하죠. 매니저 일을 시작하고 처음 만난 배우이기도 하고요."

최율아가 뭔가를 감추고 있다는 인상을 받았지만 한 형사는 더 캐묻지 않았다. 둘의 사생활까지 캐물어야 할 상황은 아니었다.

"그럼 뒤풀이가 끝나고 소품실로 건너온 뒤로는 샨지 씨를 보지 못했다는 거네요?"

"그렇죠. 내 몸 가누기도 힘든 상황이었으니까."

"혹시 간밤에 아트센터에 남아 있었던 분들 중에 샨지 씨와 사소하게라도 갈등을 빚은 사람이 있을까요?"

"왜요? 여기 대표님 말로는 그냥 형식적인 조사만 할 거랬는데…. 혹시 누가 샨지 님한테 나쁜 짓을 한 건가요?"

최율아가 겁에 질린 표정으로 되물었다.

"현재로선 그런 정황은 없습니다. 사실 확인 절차 같은 겁니다."

그제야 안심이 된 듯 최율아는 의상실 출입문을 일별하고는 나직이 말했다.

"여기 대표님과 샨지 님이 다투는 걸 본 적이 있어요. 대표님은 샨지 님이 유어드림액터스와 계약한 걸 배신이라고 하더라고요. 본인이 샨지 님을 발굴해서 키웠다고 생각하는 거죠. 그래도 샨지 님은 도리를 다했어요. 드라마와 영화 대본이 밀려드는 상황인데도 이번 연극에 출연하기로 했잖아요. 샨지 님 입장에선 극단리을과 유종의 미를 거두고 싶었던 거죠. 또 연서하 씨도 샨지 님에 대한 감정이 좋지 않았어요. 둘이 공동 주연으로 캐스팅됐는데 사전 예매도 샨지 님이 출연하는 회차만 매진이거든요. 그리고 아트센터 측에서도 메인 홍보물에 샨지 님 이름만 내보내고 있고요. 직접적인 갈등은 없었지만 연서하 씨가 샨지 님 뒷이야기를 하고 다닌다는 말을 들은 적이 있어요. 일종의 질투 같은 거죠. 그리고 극작가 황지수 씨는… 최근까지 샨지 님과 사귀는 사이였어요. 유어드림액터스의 신인 배우 계약 조건에 연애 금지 조항이 있거든요. 샨지 님이 극단 생활은 오래 했어도 드라마나 영화 쪽에선 신인이기 때문에 저희 회사와 계약하기 위해 황지수 씨와 헤어진 걸로 알아요."

한 형사는 돌연 골치가 아팠다. 최율아의 말이 사실이라면 샹지가 마지막 밤을 함께 보낸 사람들 중에 샹지에게 악감정을 가진 사람이 셋이나 되었다. 이번 일이 부정맥이 있던 배우가 심장마비로 사망한 단순 사고가 아닐지도 모른다는 예감마저 들었다. 이게 다 오느릅 그 녀석 때문이야. 녀석이 괜한 말을 해가지고선!

최율아에 이어 극작가 황지수를 의상실로 불렀다. 황지수는 키가 크고 성마른 인상의 미인이었다. 목 부위가 헐렁해진 티셔츠 차림이던 최율아와 달리 의상을 완벽하게 갖춘 상태였다. 올 블랙 정장에 페이즐리 패턴의 트윌리 스카프로 포인트를 준 것까지, 목격자 조사가 아니라 어느 예술 잡지의 인터뷰에 응하는 사람 같았다. 의자에 앉아 있는 자세 또한 꼿꼿했다.

"저는 서너 잔만 마시고 12시 10분쯤 잠들었어요. 소맥처럼 섞어 마시는 술을 별로 안 좋아해서요."

"자정 무렵에, 술도 많이 안 마신 상태였으면 그냥 집에 돌아갈 수도 있지 않았나요?"

"리허설 때 몇 군데 대본 수정이 있었어요. 원래대로라면 이따가 낮에 그 부분을 배우들과 최종 점검할 예정이었고요. 그런데 제가 최근에 홍천으로 이사를 했어요. 대리를 불러서 홍천까지 갔다가 다시 오느니 그냥 여기서 잔 거예요."

 황지수의 증언을 받아 적던 한 형사는 홍천이라는 글자에 동그라미를 쳤다. 서울 종로구에서 홍천까지는 자가용으로 1시간 30분이 소요된다. 가까운 거리는 아니지만 그렇다고 왕복이 불가능한 거리도 아니었다. 게다가 황지수처럼 옷차림에 신경을 쓰는 사람이라면 집에 가서 제대로 씻고 새 옷으로 갈아입고 싶어 할 터였다. 한 형사의 생각을 읽은 것처럼 황지수가 보충 설명을 했다.

 "어제 술자리가 없었어도 초연을 앞두고 하루이틀 외박은 흔한 일입니다. 전혀 특별할 게 없는 밤이었죠."

 그 말투가 어딘가 방어적이어서 한 형사도 최율아를 면담할 때보다 신경이 곤두섰다.

 "의상실로 건너온 뒤에는 샹지 씨와 연락을 하거나 따로 본 적이 없으셨고요?"

 "오밤중에 그 친구를 따로 볼 일이 뭐 있겠어요."

 "두 분 최근까지 연인이셨다고 들었습니다."

 순간 황지수의 얼굴에 난감해하는 기색이 감돌았다.

 "기원종 대표님이 이번 작품의 주인공으로 샹지를 추천했을 때 끝까지 반대했어야 하는 건데…. 사적 감정을 앞세우지 말고 누가 우리 작품을 더 빛나게 해줄지만 생각하라는 대표님 말에 넘어간

내 잘못이에요. 풍문의 주인공이 되는 건 딱 질색인데 말이에요."

"풍문이요?"

"형사님 말대로 최근까지 사귀던 남자가 내가 쓴 희곡의 주인공으로 캐스팅되었다가 초연을 앞두고 죽었으니 호사가들이 가만있겠어요?"

황지수는 벌써 머리가 아프다는 듯 손으로 이마를 짚으며 나직이 한숨을 쉬었다.

마지막으로 한 형사는 샨지와 갈등을 빚은 사람들이 있느냐고 물었다. 기원종 대표와 배우 연서하에 관한 부분은 최율아의 증언과 거의 일치했다. 하지만 최율아에 대해선 최율아 본인에게 들을 수 없었던 이야기를 들려주었다.

"최 매니저랑 샨지는… 썩 좋아 보이진 않았어요. 둘이 스킨십이 많은 편인데 최 매니저는 좋아하는 것 같지 않았고 샨지가 원하니까 마지못해서 하는 듯한 느낌이었거든요."

"샨지 씨가 최율아 씨에게 강제성 있는 스킨십을 했다는 뜻인가요?"

"샨지는 좋게 말하면 여자한테 많이 의지하는 스타일이고 나쁘게 말하면 여자 없이는 못 사는 인간이거든요. 그런데 회사 계약서에 연애 금지 조항이 있으니 붙어 다녀도 의심받지 않을 매니저와 사귀게 된 거죠."

"최율아 씨와 샹지 씨가 사귀는 사이였다고요?"

한 형사는 흐느껴 울던 최율아의 모습을 떠올리며 되물었다.

"샹지랑 연인이라고 최 매니저가 말 안 하던가요? 벌써 커플링도 맞춘 것 같던데."

"두 사람이 커플링을 끼고 다녔다는 말씀인가요?"

한 형사는 머리를 싸쥐던 최율아의 손과, 사체포를 덮기 전에 보았던 샹지의 손을 차례로 복기했지만 반지를 본 기억은 없었다.

"나눠 끼진 않고 최율아가 두 개 다 목에 걸고 다니던데요?"

그러자 짚이는 게 있었다. 최율아가 티셔츠 아래 감추고 있던 목걸이의 펜던트가 두 사람의 커플링이라면 면담 초반에 최율아가 보였던 눈물도 이해할 수 있었다. 최율아는 배우를 잃은 매니저가 아니라 연인을 잃은 사람이었던 것이다.

"공식적으로는 커플이 될 수 없는 사이니까, 반지 두 개를 다 최율아가 가지고 있었을 거예요. 아무튼 샹지는 꽤 진심처럼 보였는데 최 매니저는 어딘가 마지못해 호응하는 듯한 느낌이 있었어요."

"마지못해 사귀었단 말인가요? 강압적인 교제는 형법 제324조 강요죄에 해당하는 범죄입니다만."

"핵심을 못 짚으시네요, 형사님. 서로에게 원하는 바가 달랐던 거죠. 샹지는 자기 곁에서 하나부터 열까지 다 받아주는 여자를 원했어요. 커플링 두 개를 자기 목에 걸고 다니면서도 서운해하거나 불평하지 않는 여자 말이에요."

"하지만 그런 걸 참아줄 연인이 있을까요?"

"형사님은 샹지를 모르시잖아요. 샹지와 깊이 아니 좀 길게 대화를 나눠보셨다면 내 말이 무슨 뜻인지 이해할 수 있었을 거예요. 샹지는 좋게 말하면 언변이 좋고 나쁘게 말하면 말로 상대를 주무르는 재주가 있어요. 샹지가 말하면 얼토당토않은 것들까지 그럴싸하게 들려요. 샹지가 누굴 좋게 말하면 나도 그 사람이 그냥 좋아지고, 샹지가 누굴 나쁘게 말하면 나랑 일면식이 없는데도 그 사람을 싫어하게 돼요. 그런 샹지가 최 매니저에게 나는 직업상 커플링을 끼거나 몸에 지닐 수 없으니 네가 내 것까지 맡아달라고 말하면, 최 매니저는 그대로 할 수밖에 없었을 거예요."

"잘 이해가 안 가는군요. 어떻게 그런 게 가능하죠?"

"눈이요. 샹지는 눈이 무척이나 맑고 반짝거렸어요. 신뢰감을 주는 눈이죠. 그 눈으로 상대방을 똑바로 쳐다보면서 호소하면 열에 아홉은 넘어가거든요. 샹지 자신도 그 사실을 너무 잘 알고 있었고요."

한 형사도 상업광고 속 샹지의 얼굴이 나이에 비해 순수해 보였던 것을 기억하고 있었다.

"샹지 씨는 그렇다 치고, 최 매니저는 이 비밀 연애로 뭘 얻는 거죠? 아까 그 두 사람이 서로에게 원하는 바가 달랐다고 하셨잖아요."

"최 매니저 입장에선 그 감정을 이용해서 샹지를 고분고분하게 만들 수 있었겠죠. 최 매니저, 보통내기가 아니거든요. 매니저로서 스타를 통제하기 위한 수단으로 연애 감정을 이용한 거죠. 제가 한 바닥에서 오래 구르다 보니까 사람 보는 눈이 좀 있어요. 최 매니저는 목표 지점에 깃발을 꽂으면 무슨 수를 써서라도 가고야 마는 스타일이에요."

예상보다 면담이 길어지고 있었지만 황지수의 자세는 여전히 반듯했다. 샹지와 최율아 둘 모두에게 감정이 좋지 않은 듯한데도 말투에선 조금도 감정적 동요가 느껴지지 않았다. 황지수는 최율아가 샹지를 진심으로 좋아하진 않는다고 여기는 듯했다. 전 연인의 새 여자 친구에 대한 질투인지 황지수 나름의 객관적 판단인지는 한 형사도 알 수 없었다. 하지만 두 여자 중에 샹지의 죽음을 두고 더 많이 슬퍼하는 쪽이 최율아라는 것만큼은 확실해 보였다.

"한바탕 악몽을 꾸는 기분이에요. 모쪼록 일이 빨리 정리되면 좋겠습니다."

"현재로선 일을 오래 끌 만한 정황은 없습니다."

한 형사는 그렇게 황지수와의 면담을 종료했다. 배우 연서하를 면담하기 위해 소품실로 이동하는 내내 '핵심을 못 짚으시네요.'라는 황지수의 말이 한 형사의 귓전에 메아리쳤다. 한 형사는 샹지의 죽음에 아직 범죄 혐의점이 없다는 사실에 내심 안도했다. 만에 하나 샹지의 죽음이 마로니에 변사 사건으로 전환된다면 황지수는 쉽지 않은 상대가 될 터였다.

지난밤 회식 장소였던 소품실은 의상실 두 배 정도 크기의 방이었다. 두 개의 벽면에 철제 선반과 철제 캐비닛이 들어차 있었는데 청소 상태가 불량한지 바닥에 묵은 먼지 자국이 있었다. 한 형사는 소품실의 구조와 상태를 수첩에 간략하게 메모한 뒤 연서하와 마주 앉았다. 연서하는 긴 눈매에 좌우대칭이 완벽한 얼굴을 가진 배우였다. 샹지처럼 눈에 띄는 외모는 아니지만 어떤 배역을 맡아도 잘 어울릴 듯했다. 연서하는 샹지의 죽음에 충격을 받은 얼굴이었다.

"저한텐 이번이 첫 주연작이었단 말입니다. 선배 일로 공연이 취소되면 저는… 아, 젠장!"

연서하는 이마에 서너 겹 잔주름이 잡히도록 눈을 치켜뜨며 한숨을 쉬었다. 한 형사의 예상은 보기 좋게 빗나갔다. 연서하는 샹지의 죽음이 아니라 샹지의 죽음으로 차질을 빚게 생긴 자신의 커리어를 걱정하고 있었다. 한 형사는 샹지가 언제쯤 잠이 들었는지 물었다. 어쨌거나 연서하는 샹지와 마지막으로 같은 방을 쓴 사람이었다.

"그게… 정확히는 모르겠고 새벽 2시 전이었던 것만 알아요.

제가 어제 과음을 했거든요. 씻지도 못하고 술병만 겨우 밀어놓고 뻗어버렸죠."

"새벽 2시 전이라는 건 무슨 근거죠?"

"그게, 1시에 대표님한테 톡이 왔거든요. 빨리 마무리하고 자라고 하시더라고요. 아, 대표님도 샹지 선배한테는 잔소리를 못해요. 체급이 달라졌으니까. 그래서 만만한 나를 통해 지시 사항을 전달하는 거죠."

연서하는 다시 한번 짜증스레 눈을 치켜떴다.

"아무튼 대표님한테 톡이 왔을 때 샹지 선배가 씻고 들어왔거든요. 저는 톡을 받고 나서 혼자 남은 잔을 털어 마시고 뻗었어요. 그런데 새벽 2시에 여자 친구한테 전화가 왔어요. 여자 친구가 뉴욕에 사는데 자기 기준으로 점심시간 끝날 즈음 전화를 하거든요. 안 받으면 난리가 나서 아예 1시 58분에 알람을 설정해 놨어요. 혹시라도 깊이 잠들어버리면 큰일 나니까. 잠결에 전화를 받으면서 보니까 소품실에 불이 꺼져 있고 샹지 선배가 옆에서 자고 있더라고요. 딱 거기까지만 기억나요. 여자 친구랑 무슨 이야기를 했는지도 모르겠고 샹지 선배가 언제 소품실에서 나갔는지도 모르겠어요."

"새벽 2시에 마지막으로 봤을 때 샹지 씨 상태가 이상해 보이거나 하진 않았고요?"

"그냥 평소처럼 자는 것 같았어요. 샤지 선배가 잘 때 입맛을 가끔 다시거든요. 간밤에도 그랬던 것 같아요. 그것 말고는 딱히 이상하다거나 하는 느낌은 못 받았어요."

연서하는 전에도 몇 번 소품실에서 샤지와 같이 잔 적이 있다고 했다. 마지막 질문은 술자리 동석자들 중에 샤지와 사적인 갈등이 있는 사람을 아느냐 하는 것이었다. 연서하는 한참이나 머릿속을 되짚다가 뭔가 떠올랐는지 돌연 목소리를 높였다.

"황지수 작가님이요! 두 사람은 샤지 선배가 몇 년을 쫓아다녀서 사귀었던 사이예요. 그때 이미 작가님은 수상 이력이 짱짱한 스타 작가였거든요. 공중파 단막극도 여러 차례 집필했었고요. 최근에 샤지 선배도 일이 풀리기 시작하면서 두 사람이 드디어 결혼한다는 소문이 돌았었는데 웬걸, 갑자기 결별 소식이 전해지더라고요. 그것도 샤지 선배가 먼저 헤어지자고 했다고. 이런 말 하기는 좀 그렇지만 실컷 이용해 먹고 차버린 거죠. 그래도 작가님이 워낙 프로여서 일하는 내내 내색 한 번을 안 하더라고요. 아, 대표님도 샤지 선배와 사이가 별로였어요. 사실 샤지 선배는 〈천사는 광장에서 죽는다〉에 출연할 마음이 없었어요. 시간도 없고 대본도 맘에 안 든다고요. 그런데 대표님이 영화계와도 연줄이 있는 분이라, 작정하고 샤지 선배의 평판에 흠집을 내려고 하면 못 할 것도 없거든요. 어쩔 수 없이 샤지 선배도 이 연극에 출연하게 된 겁니다."

 연서하는 최율아 매니저와 샹지의 관계에 대해선 전혀 모르는 눈치였다. 황지수는 분명 술자리에서 샹지와 최율아의 스킨십이 있었다고 했다. 연서하가 그 장면을 보았다면 둘 사이에 뭔가 있다는 걸 알아차렸을 터였다. 연서하가 둘의 관계에 대해 언급이 없다는 건 두 가지 가능성을 의미했다. 황지수가 어떤 의도를 가지고 상황을 과장되게 진술했거나, 샹지의 스킨십이 후배 배우의 입장에선 늘 보아오던 행태여서 딱히 인상적이지 않았거나.

 마지막으로 한 형사는 기원종 대표를 소품실로 불렀다. 그새 턱수염을 조금 다듬었는지 기원종 대표는 처음 봤을 때보다 깔끔해진 인상이었다. 통상적인 조사라고 밝혔음에도 그는 노골적으로 기분 나쁜 기색을 드러냈다.

 "형사님, 이건 좀 아니죠. 저희도 지금 손해가 막심합니다. 새 연극 홍보비로 얼마를 쓴 줄 아십니까? 그래도 샹지에 대한 인간적인 도리로 최대한 협조하고 있는데, 샹지와의 갈등 관계를 말해 달라니요. 이러다가 이상한 소문이라도 돌면 그땐 연극 한 편 망하는 걸로 끝나는 게 아니라 우리 극단 자체가 문을 닫을지도 모릅니다."

 기원종 대표는 답답하다는 표정을 짓고서 한 손으로 재킷 주머니를 뒤졌다. 그러더니 재킷 안주머니에서 캔디 같은 걸 꺼내서 손에 쥐었다. 니코틴 사탕이었다.

"강요는 아닙니다. 아시는 선에서 말씀해 주시고, 내키지 않으면 안 하셔도 됩니다."

"거참…."

사탕을 입에 물고서 잠시 뜸을 들이던 기원종 대표는 정말로 형식적인 조사가 맞는지 재차 확인한 뒤 말을 이었다.

"저도 샹지에게 인간적인 서운함이 있습니다만 그거야 미운 정고운 정 다 들어서 그런 것이고, 다른 사람들은 조금 다르죠. 연서하 같은 경우는 사석에서 샹지를 비방하고 다니다가 저한테 걸려서 혼이 난 적이 있어요."

"구체적으로 어떻게 비방을 했다는 건지 알 수 있을까요?"

"그게… 샹지가 사기꾼 기질이 있다고 말했다지 뭡니까. 말로 사람을 홀리고 속인다고요."

"연서하 씨가 그렇게 생각할 만한 계기가 있었나요?"

"실은 샹지가 공개 오디션에서 탈락했다가 감독을 따로 만나서 배역을 따낸 일이 있었어요. 영화 쪽에서요. 그때 연서하도 같은 배역에 지원했었고요. 그런데 탈락했던 샹지가 최종 낙점되는 걸 보고 인간적으로 질투를 느꼈던 모양입니다. 샹지가 연기력이 아니라 말로 감독을 구워삶았다고 연서하가 툴툴거리기에 내가 따끔하게 일러줬습니다. 그 또한 샹지의 능력과 매력이라고요. 그리고 같은 극단 동료의 뒷말을 하고 다니다간 이 바닥을 영영 떠나야 할지도 모른다고요. 사실 배우로서의 역량만 놓고 보면 연서하가 샹지보다 한 수 위인 건 맞습니다. 샹지는 잘생긴 외모 덕을 많이 본 친구죠. 그리고 황지수 작가는 무명 시절 내내 서포트하며 사귀었던 샹지한테 차였으니 그 속이 멀쩡했을 리 없고요. 최 매니저는 우리 쪽 사람이 아니라 뭐라 말하긴 좀 그렇지만 다소 무책임한 것 같더라고요. 어제도 흑기사랍시고 샹지 대신 술을 마시는 것까진 좋았는데 황 작가 앞에서 샹지가 스킨십을 하는데도 뿌리치긴커녕 장단을 맞춰주더라고요. 불과 몇 달 전까지 샹지와 황 작가가 연인 사이였다는 걸 모르는 것도 아닐 텐데."

"황지수 씨에게 듣기로는 둘이 사귀는 사이라던데요?"

한 형사가 지적하자 기원종 대표가 코웃음 쳤다.

"그렇다 하더라도 다른 사람들이 있는 자리에선 연인보다는 매니저로서 처신했어야죠. 샹지도 그래요. 그리 오래 사귀다가 헤어진 사람을 앞에 두고 뭐 하는 짓거린지, 그건 예의가 아니지 않습니까. 황 작가 보기 미안해서 아주 제가 미칠 뻔했습니다. 괜히 황 작가의 작품에 샹지를 섭외해서, 내 욕심 때문에 그 사람을 힘들게 한 것 같아서요."

기원종 대표가 사탕을 와그작 씹으며 말을 이었다.

"우리 황 작가가 그런 취급을 받을 여자가 아닌데."

"황지수 씨를 많이 아끼시는 모양입니다."

"그야… 황 작가 작품들 덕에 지금의 리을아트센터도 존재하니까요. 이번 작품도 황 작가가 작년 초에 완성해서 우리보다 더 큰 극단과 협업하려던 건데 제가 사정사정해서 같이하게 된 겁니다. 그런데 일이 이렇게 되었으니."

기원종 대표를 끝으로 주변인 증언을 모두 확보한 한 형사는 기원종 대표에게 요청하여 리을아트센터 내부 CCTV를 확인했다. 소품실, 의상실과 두 방 사이의 복도에는 CCTV가 없었다. 급히 환복해야 하는 경우가 잦은 배우들의 사생활을 보호하기 위해서 내부 카메라를 설치하지 않았다고 했다. 샹지의 모습이 포착된 건 아트센터 1층 로비였다. 샹지는 새벽 4시 26분쯤 로비에 모습을 드러냈다. 술이 덜 깬 탓인지 잠시 걸음이 휘청이긴 했지만 스스로 아트센터 문을 열고 밖으로 나갔다. 아트센터와 마로니에 공원이 도보로 2분 거리인 걸 감안하면, 4시 30분쯤 샹지가 공원에 들어오는 걸 봤다던 목격자들의 증언과도 일치하는 부분이었다.

한 형사는 샹지가 죽기 전에 걸었던 골목을 따라 걸으며 술자리 동석자들의 증언을 되짚었다. 그들 중에 샹지의 죽음으로 표면적인 이득을 취하는 사람은 아무도 없었다. 평소 샹지의 그늘에 눌려 있던 연서하조차도 연극이 무기한 연기되면 피해를 볼 수밖에 없는 상황이었다. 술자리 동석자들 간에 미묘하게 진술이 엇갈리는 부분이 있긴 했지만 누군가가 간밤에 샹지를 해하려 한 정황은 포착된 게 없었다.

결국 주변인들의 증언과 CCTV가 들려주는 이야기는 하나였다. 샹지는 동료들과 술자리를 가진 뒤 홀로 깨어 마로니에 공원으로 향했다는 것이다. 〈천사는 광장에서 죽는다〉의 주인공 라울이 홀로 천사 광장으로 향했던 것처럼….

◀ ❚❚ ▶

리을아트센터 앞 골목과, 마로니에 공원 예술가의 집 쪽 출입구 주변 CCTV 영상도 확인했지만 특이 사항은 없었다. 리을아트센터를 빠져나온 뒤로 마로니에 공원에 도착하여 숨을 거둘 때까지 샹지는 내내 혼자였다. 공원 내부 CCTV에 담긴 샹지의 마지막 모습은 심장마비 환자들의 전형적인 모습과 유사했다. 가슴을 쥐어짜듯 움켜쥐다가 이내 숨을 거두었다.

샹지의 유가족은 터울이 상당한 누나가 전부였다. 택시를 타고 급히 달려왔다는 누나 상인애는 샹지의 시신을 확인하자마자 자리에 주저앉아 오열했다. 간밤에 동료들과 술을 마셨다는 최 형사의 말에 상인애는 샹지의 팔을 붙잡고 소리쳤다.

"야, 미친놈아! 술을 왜 먹어, 왜! 이제 좀 빛을 보나 했는데, 왜 그랬어!"

　상인애도 샨지의 부정맥에 대해 알고 있었다. 심장 제세동기 이식 수술 당시 일주일간 간병을 맡았던 것도 상인애였다. 나이 차이가 많은 데다 부모님마저 일찍 돌아가셔서 상인애에겐 샨지가 아들 같은 존재였다고 했다. 외상이나 타살 흔적이 없으므로 시신은 상인애에게 인계되었다. 유어드림액터스 측 실무자들이 상인애와 함께 장례식을 논의했고, 양측 협의에 따라 샨지의 시신은 근처 고대 병원 영안실로 옮겨졌다.

　동료 최 형사와 아침 겸 점심을 먹으며 한 형사는 몇 번이나 휴대폰을 확인했다. 오느릅에게선 문자 한 통 없었다. 샨지 사건에 녀석이 더 이상 오지랖을 부리지 않아서 다행이었지만 인사 한마디 없이 가버린 것 같아 한편으론 서운했다. 오후가 되자 샨지 사건에 대한 기사들이 하나둘 나오기 시작하더니 저녁 6시에는 공중파 뉴스도 샨지 사건을 보도했다.

"샨지라는 예명으로 활동했던 배우 상지혁 씨가 오늘 새벽 대학로의 한 공원에서 숨진 채 발견되었습니다. 경찰은 평소 심장질환이 있던 고인이 공원 벤치에서 쉬던 중 심장마비로 숨진 것으로 보고 있습니다. 고인은 연극〈천사는 광장에서 죽는다〉의 초연을 하루 앞두고 리허설에도 열정적으로 임한 것으로 전해졌습니다.

한편 고인은 10여 년의 무명 생활 끝에 16부작 로맨틱코미디 드라마의 주연으로 발탁되어 대본 리딩까지 마친 것으로 알려져 주위의 안타까움을 사고 있습니다. 최근 샹지와 전속 계약을 체결한 유어드림액터스 측은 장래가 촉망되던 젊은 배우를 떠나보내게 되어 슬픔을 금할 길이 없다며 공식 보도를 내고, 유가족 측과 장례 일정을 조율 중인 것으로 알려졌습니다."

한지은 형사는 동숭동의 돼지불백집에서 TV로 샹지 사건 뉴스를 접했다. 지난 새벽에 돼지불백집 점원들 숙소에 강도가 들었다는 신고가 접수되어 달려온 터였다. 하지만 내부 CCTV 영상을 확인하고, 다른 직원들의 진술을 들은 결과 허위신고였다. 허위신고를 한 점원은 어딘가 불안해 보이는 인상의 50대 여성 강 모 씨였다. 사장은 강 모 씨가 신고를 한 줄도 몰랐다며 연거푸 사과를 했으나 어쨌든 강도 사건 신고가 접수된 이상 조사를 할 수밖에 없었다. 새벽 2시 30분쯤 강도가 들었는데 왜 이제야 신고를 한 거냐는 질문에 다시 밤이 다가오니까 겁이 나서라고 했다. 강도는 두 번이고 세 번이고 다시 올 거라고도 했다. 강 모 씨의 조사를 이어가고 있는데 한 형사의 휴대폰이 울렸다. 오느릅이었다. 집에는 잘 들어갔는지 묻기도 전에 녀석이 대뜸 말했다.

— 부검이 필요할지도 모르니까 화장은 절대 안 돼요.

― 종일 연락 한 통 없다가 갑자기 그게 무슨 소리야? 집에는 들어갔니?

― 사건을 두고 퇴근하는 탐정이 어딨어요. 이럴 게 아니라 우리 만나서 이야기해요.

결국 한 형사는 허위신고자 조사 마무리를 최 형사에게 맡긴 뒤 오느릅을 만나러 갔다. 녀석은 샹지가 죽은 현장에서 멀지 않은 프린트 카페에 있었다.

"여기서 뭐 하니?"

"출력할 게 좀 있어서요. 그건 그렇고 간밤에 샹지와 함께 술을 마신 동료들은 조사해 보셨어요? 그들 중에 샹지를 해칠 만한 범행 동기를 가진 사람 없었어요?"

"샹지가 동료들과 술을 마셨단 건 또 어떻게 알았어?"

"고정탄 아저씨가 말해줬어요. 리을아트센터 대표가 형사님한테 하는 이야기를 들었대요. 아저씨는 샹지 배우의 팬이셔서 샹지 배우가 살해당했을 가능성이 0.001퍼센트라도 있다면 어떻게든 진상을 밝혀서 범인을 잡고 싶다고 했어요."

"살인 사건이라는 증거도 없는데 무슨 범인을 잡아? CCTV도 다 확인했어. 샹지는 리을아트센터에서 마로니에 공원까지 제 발로 이동했고 벤치에 혼자 있다가 죽었어. 뭐가 더 필요해?"

"연극〈천사는 광장에서 죽는다〉에서 주인공 라울도 혼자 천사 광장에 나가서 죽어요. 제가 서칭에 서칭을 거듭해서 연극 대본 일부를 구했거든요."

오느릅은 연극 대본으로 보이는 인쇄물을 흔들어 보였다. 이 시간에 프린트 카페에 있는 이유가 그 대본 때문인 듯했다.

"황지수 극작가가 어느 잡지와 인터뷰에서 그 연극에 대해 비교적 상세하게 언급했더라고요. 거기 보면 라울은 약혼녀 엘렌을 살해한 앙투안을 수십 년간 추적하여 칼로 찔러 죽여요. 마침내 복수를 마친 라울은 집에서 혼자 차를 마신 뒤, 예전에 엘렌과 자주 찾았던 천사 광장으로 가서 홀로 숨을 거두어요."

"그게 뭐? 연극의 엔딩과 샹지의 죽음이 비슷해 보이긴 하지만 그건 어디까지나 우연의 일치야. 고정탄 씨에 따르면 샹지는 그전에도 새벽에 마로니에 공원을 찾곤 했어."

순간 한 형사는 속으로 멈칫했다. 이 대본을 쓴 작가가 황지수라는 데 생각이 미친 것이었다. 어떤 배우가 출연작의 엔딩과 유사한 방식으로 죽었다면 대개는 비극적인 우연이라고 생각하고 말 터였다. 하지만 그 출연작의 대본을 쓴 작가가, 죽은 배우의 전 여자 친구이자 마지막 술자리 동석자였다면 이야기는 달라진다.

오느릅이 한 형사에게 인쇄한 대본 일부를 건넸다.

"앙투안이 은신해 있는 곳을 알아낸 뒤의 상황인 것 같아요."

한 형사는 대본을 찬찬히 살폈다. 10년 동안 추적했던 앙투안의 은신처를 마침내 알아낸 라울이 가슴을 뜯으며 울부짖는 내용이었다.

"그런데 라울의 독백이 어딘가 이상해요. 특히 여기요."

오느릅은 검지로 인쇄물의 중간쯤을 가리켰다. 라울이 칼자루를 쥐려다 말고 벽을 치며 내지르는 대사였다.

원수의 심장을 찌르고 나면 너는 어디로 갈 것이냐, 라울! 이것은 처음부터 내가 만든 지옥이다!

"이게 뭐가 이상한데? 복수만 바라보고 10년을 달려왔는데, 막상 복수를 하고 나면 인생 목표가 사라지니까 허탈할 것 같아서 이러는 거잖아."

"그래도 10년간 공들인 복수가 끝나면 후련해해야 정상 아니에요? 좀 더 비극적인 설정으로, 복수를 마쳤으니 자신도 사랑했던 사람이 있는 곳으로 가겠다고 하거나. 지옥이 어쩌고 하는 건 맥락상 좀 뜬금없지 않아요? 그냥 황지수 작가의 필력이 문제인 걸까요? 아니면 여기서 말하는 지옥과 엔딩의 허무한 죽음이 연관이 있는 걸까요? 아, 답답해! 황지수 작가한테 물어볼 수도 없고."

한 형사는 샹지 배우의 마지막 술자리에 황지수 작가도 있었다는 사실을 오느릅에겐 비밀로 했다. 녀석이 그 사실을 알게 되면 탐정놀이에 더 심취해서는 한 형사를 달달 볶을 게 뻔했다. 한 형사에게는 살인 정황이 없는 사건을 파고드는 것보다 가출 청소년의 안전 귀가가 더 중요했다.

"벌써 어둑어둑해지는데 넌 얼른 집에 가. 가서 따뜻한 데서 잠도 좀 자고. 어린애가 겁도 없이 노숙을 해요, 노숙을."

"어린애 아니고 고2예요. 그리고…."

녀석은 한참 뜸을 들이다가 말을 이었다.

"배가 고파서 집까지 갈 힘도 없다고요."

한 형사는 한숨을 내쉬며 시계를 보았다. 어서 돌아가서 팀장한테 보고서를 제출해야 할 시간이었다.

10분 뒤, 한 형사는 대학로의 어느 베이커리 카페에 앉아 있었다. 샹지 일로 뭘 좀 더 알아봐야겠다고 하자 충청도 사람인 팀장은 내일 아침 해장까지 마치고 들어오라고 했다. 한편 대한민국 직장인의 고달픔이라곤 눈곱만큼도 모르는 가출 청소년은 한 형사의 카드로 쟁반에 빵을 주워 담느라 여념이 없었다.

잠시 후 오느릅이 눈사람처럼 생긴 빵들과 밀크티 두 잔을 가지고 자리로 왔다. 녀석이 눈사람 빵을 손으로 찢어 먹으며 말했다.

"브리오슈예요. 중세 프랑스 귀족들이 즐겨 먹던 빵이자 〈천사는 광장에서 죽는다〉에서 라울이 죽기 전에 피마자 차에 곁들여 먹었던 빵이에요. 피마자 차도 팔면 좋을 텐데."

녀석의 머릿속은 여전히 〈천사는 광장에서 죽는다〉로 꽉 차 있었다.

"라울은 천사 광장에 나가서 죽었다며?"

"광장에 나가기 전에 집에서 혼자 차를 마셨다나 봐요."

오느릅은 브리오슈를 두 개째 뜯어 먹고 있었다. 버터가 많이 들어간 빵인지 빵 접시의 갈색 유선지가 기름에 젖어 있었고 녀석의 손가락도 기름기로 번들거렸다.

"라울이 죽기 전에 브리오슈랑 피마자 차 먹었다는 건 또 어떻게 알았어?"

"황지수 작가 라디오 인터뷰 찾아봤어요. 황지수 작가도 요즘 브리오슈를 즐겨 먹는대요. 최근에 「플레이 앤드 커튼콜」이라는 잡지랑도 인터뷰를 했다는데 웹진도 아니고 전자책도 없는 잡지라서 내일 서점 가서 찾아보려고요. 그리고 이건 〈천사는 광장에서 죽는다〉 극본 구하려고 작가들 블로그랑 커뮤니티 뒤지고 다니다가 본 건데, 황지수 작가에 대한 이상한 소문이 있더라고요."

"이상한 소문?"

"네. 황지수 작가가 공모전 심사를 본 뒤에 예심에서 본 작품을 도용했다고요. 작가 지망생들 카페 게시판에 올라온 글을 누가 캡

처해서 자기 블로그에 올려뒀더라고요. 원본 글은 지워지고 없었어요. 캡처본 확대해 보니까 5년 전 글이던데, 그 뒤로 비슷한 글이 안 올라온 걸 보면 사실이 아닐 수도 있어요."

"집 나온 녀석이 참 관심사도 다양하네. 아무튼 이 빵 다 먹고 나면 진짜 집에 가는 거다."

한 형사가 다짐을 받듯 힘주어 말했다.

"알았다고요. 그런데 브리오슈 두 개만 더 포장해 줄 수 있어요?"

"지갑 맡겨놨니?"

"나중에 돈 벌면 두 배로 갚을게요. 고정탄 아저씨한테 갖다주려고요. 어젯밤에 아저씨가 라면이랑 즉석밥을 사주셨거든요. 나도 아저씨한테 뭐라도 사주고 싶단 말이에요."

한 형사는 혀를 차다가 프린트 카페에서부터 내내 궁금했던 걸 물었다.

"그런데 오느릅, 샹지와 술을 마신 사람들 중에 범행 동기를 가진 사람이 있을지도 모른다고 추측한 이유가 뭐야?"

"단순해요. 샹지가 살해당했다고 가정하면 범인은 샹지가 혼자 마로니에로 걸어 나오는 장면이 CCTV에 찍히기 이전에 샹지에게 뭔가를 했어야 해요. 그러자면 어젯밤부터 새벽까지 샹지 근처에 있던 사람들 중 하나일 수밖에 없고요. 그리고…."

오느릅은 대본을 다시 들여다보며 이마가 빨개지도록 검지로 긁어댔다.

"이마 좀 그만 긁어. 가뜩이나 정신 사나운데."

한 형사가 야단하자 오느릅이 뚱한 얼굴로 대꾸했다.

"왜 그래요. 전두엽에서 실마리를 뽑아내는 나만의 탐정 의식 같은 거란 말이에요. 분명 이 연극에는 뭔가 있다니까요. 아침에 현수막에서 처음 봤을 때는 샹지의 마지막이랑 연극의 엔딩이 비슷해서 찜찜한 정도였는데, 대본에 대해 찔끔찔끔 알아갈수록 표면적인 이야기랑 다른 뭔가가 느껴져요. 그래서 말인데 형사님이 대본 좀 통째로 구해주시면 안 돼요?"

◀❙❙▶

서로 복귀한 한 형사는 컵라면을 먹은 뒤 쪽잠을 청했다. 행인과 시비 끝에 커터 칼을 휘두른 청소년 하나를 데려다 놓은 탓에 맘 놓고 잘 수 있는 환경은 아니었다. 커터 칼이 아니라 택배 뜯는 미니 당근칼이었다는 아이의 볼멘소리가 귀에 들어왔다. 담당 형사가 칼은 칼이라고 받아치는데 아이의 부모가 도착하여 한바탕 소동이 벌어졌다. 아버지는 이 쓸모없는 자식놈 콩밥 좀 먹여달라고 소리쳤고 어머니는 담당도 아닌 한 형사를 붙잡고서 남편 복

없는 사람은 아들 복도 없다며 신세 한탄을 늘어놓았다.

 샹지 사망 사건과 돼지불백집 허위신고 사건 보고서도 조금 늦긴 했지만 어쨌거나 팀장에게 올렸고 퇴근 시각도 한참이나 지난 터였다. 하지만 무심코 끼적여 놓은 메모가 한 형사의 퇴근을 가로막고 있었다.

　　목요일 새벽 5시 전후 사망 추정. 토요일 화장 가능성.

 젠장, 너무 앞서 나갔잖아. 한 형사는 '토요일 화장 가능성'이란 메모 위에 가로줄을 두 줄 그었다. 사실 한 형사가 전전긍긍할 이유는 아무것도 없었다. 샹지가 살해되었다는 증거는 없었고, 가출 청소년은 무사히 집으로 돌려보냈다. 그럼에도 한 형사는 차 키나 지갑을 두고 나온 사람처럼 자꾸만 허전한 느낌이 들었다. 분명 뭘 놓쳤는데 그게 뭔지 짚이지가 않았다.

 한 형사는 샹지의 술자리 동석자들과의 면담 기록에서 황지수 작가의 진술을 재독했다. 이어서 다른 사람들이 황지수와 관련하여 진술한 내용들도 다시 확인했다. 오느릅이 주고 간 대본도 수첩 옆에 펼쳐두었다. 한참을 수첩과 대본을 오가던 한 형사는 마침내 허전함의 실체를 알아냈다.

 결정적인 힌트는 대본이었다. 정확히는 오느릅이 이상하다고 한 샹지의 독백 부분이었다.

'원수의 심장을 찌르고 나면 너는 어디로 갈 것이냐, 라울! 이것은 처음부터 내가 만든 지옥이다!'

오느릅이 문제 제기를 했을 때만 해도 녀석을 적당히 달래서 집에 보낼 생각밖에 없었다. 그래서 복수라는 인생 목표가 사라진 라울의 허탈함에 대해서만 언급하고 넘어갔다. 하지만 다시 보니 그때 한 형사가 오독을 했었다. 마지막 문장의 주어를 '네가'로 읽은 것이다. 한지은은 라울이 앙투안에게 하는 말인 줄 알았다. 앙투안, 이건 처음부터 네가 만든 지옥이야! 하지만 독백에서 라울은 앙투안이 아니라 자신의 이름을 외쳤다.

라울, 이제 끝났어. 이제 지옥에서 벗어나도 돼.

앙투안, 이건 처음부터 네놈이 만든 지옥이야.

확실히 독백을 이 두 가지 유형 가운데 하나로 마무리하는 편이 자연스러웠다. 하지만 작가는 무슨 의도인지 그 두 가지 유형을 섞어놓았다. 한 형사는 연필꽂이에서 형광펜을 꺼내 '라울! 이것은 처음부터 내가 만든 지옥이다!' 부분에 색을 칠했다. 그러자 그 부분이 라울의 독백이 아니라 작가의 말로 읽혔다. 작가는 라울의 독백을 통해 라울을 원망하고 있었다.

한 형사를 괴롭혔던 허전함의 실체는 '원망'이었다.

샹지에게 개인적인 감정이 가장 좋지 않았을 황지수의 면담 기록 어디서도 원망이 느껴지지 않았다. 두 사람이 최근까지 사귀던 사이였지 않느냐고 물었을 때조차 황지수는 풍문을 언급하며 핵심을 피해 갔다. 면담 내내 감추고 있던 샹지에 대한 원망은 〈천사는 광장에서 죽는다〉 대본 속에 숨겨져 있었다.

  한 형사는 황지수의 전작들을 조사해 보았다. 꽤 다양한 장르를 소화해 왔지만 대부분 현대극이었다. 서양 중세를 배경으로 한 작품을 쓴 건 이번이 처음이었다. 황지수 자신에게도 새로운 시도였던 셈이다. 기원종 대표는 황지수 덕에 지금의 리을아트센터가 존재한다고 했다. 실제로 황지수의 작품들은 대부분 기원종이라는 제작자의 손을 거쳐 세상에 소개되었다. 그렇다면 중세 배경의 치정극인 이번 작품 또한 기원종에게 먼저 보여줬을 확률이 높았다. 그런 황지수가 극단리을의 대표 배우인 샹지의 캐스팅을 정말로 예상하지 못했을 리 없었다. 황지수는 라울의 역할이 샹지에게 돌아가리라는 걸 누구보다 잘 아는 사람이었다.

  '허전함'의 정체를 규명한 한 형사는 드디어 수첩을 덮고 늦은 퇴근을 했다.

  몇 시간 뒤 한 형사는 샹지의 시신이 발견되었던 벤치 앞에 서 있었다. 밤새 부정맥, 심장 제세동기 이식 수술 따위를 검색하며 자는 둥 마는 둥 하다가 날이 밝기 무섭게 마로니에 공원으로 달려온 것이었다. 한 형사 곁에는 샹지의 시신을 처음 발견했던 노숙인 고정탄이 서 있었다.

"역시 느릅이의 말처럼 샹지 배우님한테 무슨 일이 있었던 겁니까?"

"아뇨. 아직은 드러난 게 아무것도 없습니다. 장례식도 예정대로 진행되고 있고요."

"그럼 왜 여길 다시…."

"담당 형사로서 한 번 더 확인하고 싶어서요. 혹시 샹지가 죽던 새벽에 뭐 이상한 점 없었습니까? 평소와 달리 샹지 주변에 누가 얼쩡거렸다거나."

그러자 고정탄이 턱수염을 긁적이며 대답했다.

"이상하긴 했지요. 일단 가출 청소년이 나한테 와서 배가 너무 고프다고 말한 것도 처음이었고요. 그리고 또 평소 새벽과 달리 공원이 북적이는 느낌이었습니다. 예쁜 커플이 새벽까지 데이트를 하는 것도 실로 오랜만이었고요. 그전까지는, 아마 추워서 그랬겠지만, 새벽에는 샹지 배우님과 나 둘뿐이었거든요."

고정탄의 말이 끝나기 무섭게 공원 저편에서 쨍한 목소리가 울렸다.

"고정탄 아저씨!"

오느릅이 새벽의 마로니에 공원을 가로질러 달려왔다.

"어, 형사님도 와 계셨네요!"

한 형사는 새벽하늘을 향해 눈알을 굴리며 한숨을 쉬었다.

"너 집에 안 들어갔니? 옷이 왜 그대로야?"

"아주 안 들어간 건 아니에요. 엄마한테 말하고 세검정에 있는 고모네 집에서 잤어요."

"분명히 집에 간다고 나한테 약속했던 것 같은데?"

"탐정이 사건을 두고 어떻게 집에 들어가요. 그리고 고모가 언제든 놀러 오라고 했단 말이에요. 참고로 우리 고모는 엄마 아빠가 느릅나무 밑에서 첫 키스를 했을 때 달려와서 아빠의 뒤통수를 후려쳤던 분이에요."

오느릅도 잠을 설쳤는지 전날보다 한층 꼬질꼬질해 보였다.

세 사람은 근처의 24시간 콩나물 해장국집에서 같이 아침을 먹었다. 한 형사가 밥을 사주겠다는 말도 안 했는데 오느릅은 함박스테이크까지 추가로 시켰다. 그래도 3등분을 해서 한 형사와 고정탄에게도 나눠 주었다.

아침을 먹은 뒤 오느릅은 휴대폰을 두드리며 프린트 카페 쪽으로 사라졌다. 한 형사가 〈천사는 광장에서 죽는다〉 대본을 구해주지 않으니 자신이 어둠의 경로로라도 알아보겠다는 것이었다. 한 형사는 리을아트센터로 향했다. 기원종 대표를 호출하기에는 너무 이른 시간이라 아트센터 외부를 돌아볼 생각이었다. 한 형사는 고정탄이 쭈뼛거리며 따라오는 걸 알았지만 그냥 두었다.

한 형사는 마지막 술자리가 벌어졌던 소품실의 내부 구조를 복기해 보았다. 크기는 의상실의 두 배 정도였고, 출입문 맞은편과 남쪽 벽면에는 소품 보관용 철제 캐비닛이 들어차 있었다. 그리고 북쪽 벽면에는 가로 길이가 1미터쯤 되는 환기창이 있었다. 한 형사는 리을아트센터 외벽을 따라 돌았다. 건물 북쪽 외벽은 옆 건물의 남쪽 외벽과 1.5미터 정도 거리에서 마주 보는 구조였다.

"혹시 외부에서 누가 침입했을 가능성을 염두에 두신 건가요?"

고정탄이 슬며시 물어왔다.

"아뇨. 현재로선 외부의 침입 흔적 같은 건 없습니다."

샹지 혼자 잤던 것도 아니고 연서하도 함께 있었다. 누군가 남자 둘이 자는 방에 침입해서 둘 중 한 사람만 모종의 방식으로 해코지하고 달아났다는 설정은 너무 억지스러웠다. 그것보다는 차라리 연서하가 범인인 편이 더 자연스러울 터였다. 게다가 변함없는 사실은 샹지가 제 발로 마로니에로 걸어 나와서 죽음을 맞았다는 점이었다.

한 형사는 별 소득 없이 혜화경찰서로 향했다. 명의도용 사건의 피해자 진술을 받고, 디지털 포렌식계에 불법 촬영에 쓰인 것으로 추정되는 휴대폰을 넘기고, 가정폭력 가해자를 조사하는 틈틈이 한 형사는 황지수 작가에 대해 알아보았다. 수상 경력도 화려하고, 극단가의 스테디셀러 공연작들 중에도 황지수의 작품들이 더러 있었다. 큰 키와 화려한 외모 덕에 공연 예술계에선 셀럽으로도 유명했고, SNS 팔로워 수도 상당했다. OTT 오리지널 드라마의 주연을 확정 짓고 해외 진출을 노렸다고는 하지만 황지수는 샹지가 일방적으로 결별을 고할 만한 대상이 아니었다.

오느릅에게서 다시 연락이 온 건 그날 오후 3시, 한 형사가 늦은 점심을 먹고 커피를 마시고 있을 때였다. PC방과 서점을 오가느라 힘들었다며 한참이나 볼멘소리를 늘어놓던 오느릅은 메시지창으로 책의 일부를 촬영한 사진을 보내주었다. 황지수가 「플레이 앤드 커튼콜」이라는 잡지와 〈천사는 광장에서 죽는다〉의 엔딩에 대해 인터뷰한 내용이었다.

> 복수에 인생을 건 남자였죠. 그래서 복수를 마친 뒤 라울에겐 살아갈 동력이 남아 있지 않았던 거예요. 생의 마지막 날, 라울은 하녀에게 부탁하여 평소 마시던 피마자 차와 브리오슈 빵을 먹은 뒤 천사 광장에 가서 조용히 숨을 거둡니다. 더 이상 불을 밝힐 이유도 불을 밝힐 동력도 없을 때 촛불이 스스로 잦아드는 것과 같죠. 이번 작품은 엔딩의 반전은 없습니다. 사실 반전이 없기 때문에 저도 편안하게 작품 이야기를 할 수 있는 것이고요. 반전이 없는 대신

복수라는 생의 동력이 사라진 뒤, 한 남자가 겪게 되는 허탈함, 무의미함, 고독을 보실 수 있을 거예요. 이 연극의 관전 포인트라면 천사 광장에서 숨을 거두기 전 라울이 온몸으로 추는 격렬한 춤입니다. 처음엔 자기 배를 움켜쥐고 괴로운 듯 춤을 추다가 헛구역질을 하듯 움찔거리다가 나중에는 바닥을 기어요. 그러다가 천사 광장의 한적한 벤치로 가서 가쁜 숨을 몰아쉬다가 마침내 고요해지죠. 지난 인생의 고통을 응축한 죽음의 춤이랄까요.

한 형사가 인터뷰 내용을 다 읽어갈 즈음 전화기 저편에서 오느릅이 흥분된 소리로 물었다.

— 뭔가 이상하지 않아요?

— 그냥 죽기 직전 주인공의 괴로움을 춤으로 표현했다는 거잖아.

— 인생을 건 복수를 마쳤으면 후련해야 하는데, 이 장면만 놓고 보면 라울은 복수를 하기 전보다 더 고통스러워하는 것 같잖아요.

한 형사는 다시금 '원망'이란 단어를 곱씹을 수밖에 없었지만 오느릅에겐 말하지 않았다. 〈천사는 광장에서 죽는다〉는 라울에 대한 원망과 분노를 담고 있는 작품이었다. 원작자는 누구보다 라울이 죽기를 바라고 있었다.

— 혹시 말인데요, 샹지가 독살당했을 가능성은 없어요?

— 육안으로 봤을 때 독살의 징후는 없었어. 혀나 입술이 부풀지도 않았고 피부 변색이나 구토 흔적도 없었어. 물론 정확한 건 부검을 해야 알 수 있는 부분이야. 그리고 독극물을 마셨다면 리을아트센터에서 공원까지 걸어가지도 못했을 거야. CCTV에 찍힌 샹지 배우는 조금 휘청이긴 했지만 통증을 느끼는 사람 같진 않았어. 그런데 넌 갑자기 왜 독살 운운하는 거야?

— 나도 모르게 극본의 엔딩과 샹지의 죽음을 어떻게든 엮어보려고 했던 것 같아요. 리을아트센터 외벽에 걸린 현수막의 이미지가 너무 강렬해서 그랬나 봐요. 형사님 보기에 독살의 징후가 없었다면 이제부턴 나도 극본에만 집중하려고요. 아무래도 탐정이 필요한 사람은 현실의 샹지가 아니라 극본 속 라울인 것 같으니까. 그래서 말인데요, 형사님이 저 좀 도와주면 안 돼요? 고모한테 받은 용돈을 털어서 잡지까지 샀는데도 추리가 제자리에서 맴돌아요. 극본을 통째로 봐야 결론을 내리든지 말든지 할 텐데 정보들이 너무 찔끔찔끔이라 추리에 어려움이 많아요.

오느릅의 앓는 소리에 한 형사는 실소가 터졌다.

— 샹지 사건에서 관심이 떠난 건 반가운 소리다만 어째 이번

에는 극본에 과몰입한 것 같다, 너.

─ 샹지 사건은 타살 정황도 없다면서요. 이틀이나 지났는데 아무것도 안 나타났으면 없는 거겠죠. 하지만 라울 사건은 다르다고요. 이미 가설도 세워놨어요. 극본만 있으면 그 가설을 입증할 수 있어요.

오느릅의 전화를 끊은 뒤 한 형사는 반쯤 식은 종이 커피잔을 들었다. 최 형사가 단골 카페에서 사다 준 아메리카노였다. 종이 커피잔 홀더에는 카페의 이름인 '순이네'가 인쇄되어 있었다. 최 형사에 따르면 '순이네'는 1920년대 후반 종로 일대를 배경으로 한 임화의 서사시 〈네거리의 순이〉에서 따온 상호명이었다. 언젠가 지나는 말로 최 형사에게 네거리의 순이에게 무슨 일이 있었느냐고 물은 적이 있었다. 그때 최 형사는 자신도 전문을 본 적이 없어서 시에 나오는 네거리가 종로사거리라는 것까지만 안다고 했다. 그러면서 종로사거리는 혜화경찰서가 아니라 종로경찰서 관할이기 때문에 자신은 굳이 알아보지 않았다고 농을 보태었다. 결국 순이의 사연을 알고 싶으면 한 형사가 〈네거리의 순이〉 전문을 찾아보는 수밖에 없었다.

전문을….

한 형사는 수첩에 메모해 두었던 전화번호로 전화를 걸었다.

"여보세요, 황지수 씨 되시죠?"

금요일 저녁 7시.

샹지가 살아 있었다면 리을아트센터에서 〈천사는 광장에서 죽는다〉 초연의 막이 올랐을 시간이었다.

"오느릅 넌 처음부터 이 극본에 주목했으니까 극작가가 극본에 숨겨놓은 비밀을 밝혀내."

한 형사는 마로니에 공원에서 오느릅을 다시 만나, 〈천사는 광장에서 죽는다〉 극본이 담긴 봉투를 건네주었다.

"난 근처에서 약속이 있어서 가봐야 하니까 극본은 얌전히 읽고 밤에 돌려줘."

밤에 다시 보자는 인사를 하려는데 오느릅은 이미 극본에 정신이 팔려 있었다. 노숙인 고정탄이 일이 어떻게 돌아가는지 궁금하다는 얼굴로 오느릅과 한 형사를 갈마보고 있었지만 한 형사는 서둘러 공원을 빠져나갔다. 유족인 상인애와 만나기로 약속한 시간이 다 되어가는 탓이었다.

비공개 가족장이라 그런지 장례식장은 한산했다. 상인애와 그 남편이 상주로 자리를 지키고 있었고, 유어드림액터스 직원으로 보이는 사람이 드나들며 장례식과 관련된 일을 처리하고 있었다.

"아까 전화로는 말씀드리기 그래서 일단 오시라고 했지만 지혁이와 관련해서 이런저런 말이 나오는 건 싫습니다. 고생만 하다 떠났는데 가는 길이라도 곱게 보내주고 싶어요."

상인애는 샨지의 죽음에서 심장마비 외에 다른 가능성은 생각하지 않는 듯했다.

"샨지 배우님을 잘 보내드리려고 조사하는 것입니다. 배우님의 팬들도 그걸 바랄 것이고요."

한 형사는 고정탄을 떠올렸다. 고정탄은 샨지의 팬 중에 한 형사가 실제로 얼굴을 아는 유일한 사람이었다. 샨지의 팬이라면 누구나 고정탄처럼 이 죽음에 일말의 의혹도 남기지 않기를 바랄 터였다. 한 형사는 상인애에게 샨지와 황지수에 대해 물었다. 상인애도 두 사람이 꽤 오래 사귀던 사이였다는 걸 알고 있었다.

"황 작가는 이미 많은 걸 이룬 사람이지만 우리 샨지는 이제 시작해야 하는 입장이라, 어쩔 수가 없었다고 봅니다. 아무리 좋은 인연도 서로 시기가 안 맞으면 비껴가는 법이잖아요. 같은 업계에 있다 보니 결별 후에도 오가며 계속 마주치는 모양이더라고요."

"누님분 말씀처럼 황지수 씨는 공연 예술계에서 꽤 입지가 탄탄한 사람인데, 이번 결별로 샨지 씨가 부담을 느끼는 일은 없었습니까?"

"실은 저도 그게 걱정이었어요. 그래서 지혁이한테 너 진짜 그래도 되냐고 했더니 걱정 말라더라고요. 황 작가가 자기한테 뭘 어떻게 하진 못할 거라고요. 자기가 입을 닫고 살길 누구보다 바라는 사람이 황 작가일 거라고."

샹지가 입을 닫고 살길 바라는 사람…. 한 형사는 상인애의 말을 곱씹었다.

이어서 한 형사는 혹시라도 과거에 샹지와 심한 갈등을 빚은 사람이 있는지 물었다. 상인애는 동생은 평범하게 자랐고 커서는 연기밖에 몰랐던 사람이라고 했다. 하지만 눈빛에는 불쾌한 기색이 역력했다. 때마침 오느릅에게 전화가 와서 한 형사는 잠시 상인애의 시야에서 벗어날 수 있었다.

— 라울은 살해당한 거예요.

오느릅이 말했다. 녀석이 극본을 뒤적이는지 휴대폰 저편에서 종이 부스럭거리는 소리가 들렸다.

— 무슨 소리야 그게?

— 라울이 몹시 괴로워하며 춤을 추던 장면 기억나요? 황지수가 인터뷰에서 언급했던 엔딩이요. 그건 그냥 맘이 괴로워서 추는 춤이 아니었어요. 몸에 독이 퍼지면서 괴로워하는 장면이었어요.

— 극본에 독살 장면이 어디 있어? 앙투안을 죽인 다음 라울은 그냥 자기 집에서 늘 마시던 차를 마시고 천사 광장으로 나갔잖아.

오느릅에게 넘기기 전에 한 형사도 극본을 훑어본 터였다.

— 바로 그거예요. 집에서 평소대로 브리오슈와 피마자 차를 먹고 마셨던 게 문제였다고요. 검색해 봤더니 피마자 차는 피마자 잎을 말려서 끓이는 차예요. 각종 염증 질환과 기침에 효과가 있다고 알려져 있고요. 〈천사는 광장에서 죽는다〉의 시대 배경이 중세라는 걸 감안하면 피마자 차는 조금 의아한 설정이에요. 당시 하층민에겐 티타임이라는 개념이 없었고 귀족들은 피마자 차보다는 고급 허브티나 와인 같은 걸 마셨다고 나와 있거든요. 라울 같은 귀족이 피마자 차를 마셨다면 분명 약용으로 마신 걸 거예요. 라울이 기침을 달고 살았거나 종기 같은 염증성 질환을 앓고 있었을 가능성이 커요. 그리고 라울이 피마자 차를 약용으로 일상적으로 복용했다면 정원에 피마자를 키우고 있었을 거예요. 그건 곧 그 집 하녀가 피마자 잎뿐만 아니라 피마자 열매도 구할 수 있다는 뜻이고요. 지금 메시지로 파일 하나 보냈으니까 읽어보세요.

문자메시지 앱을 열어 오느릅이 보낸 파일을 확인했다. 피마자유에 대한 정보가 정리된 문서였다. 피마자 씨앗을 고온에 볶아서 기름을 추출하면 미용이나 약용으로 쓰이는 일반적인 피마자유를 얻을 수 있었다. 하지만 씨앗을 그대로 냉압착하여 기름을 추출하면 리신이라는 독성 물질이 제거되지 않은 채로 남아 있게 된다는 내용이었다. 리신은 소량만 섭취해도 목숨을 잃을 수 있는 강력한 독성 단백질이었다.

— 설마 라울이 리신에 중독되었다는 거야? 하지만 냉압착한 기름을 차에 섞으면 육안으로도 보일 텐데.

— 아뇨, 냉압착한 피마자유는 차가 아니라 브리오슈 빵에 들어 있었어요. 어제 우리도 같이 먹어봤잖아요. 브리오슈는 버터를 많이 넣어서 굉장히 기름진 빵이에요. 원래 기름지기 때문에 냉압착한 피마자유가 소량 더해져도 먹는 사람은 알아차리지 못할 수도 있어요. 어쩌면 피마자 씨앗을 곱게 빻아서 빵 반죽 단계에 넣었을 수도 있고요. 평소 몸이 약했던 라울이라면 소량의 리신만으로도 충분했을 거예요.

리신에 중독되면 처음에는 멀쩡했다가 점차 구토와 복통에 시달리게 된다. 그다음으로 발열과 경련, 혈변 증상으로 괴로워하다가 마침내 간과 신장 손상으로 죽음에 이른다. 한 형사는 라울이 죽기 전에 춤을 추는 장면을 극본에서 어떻게 묘사하는지 복기했다. 처음에 라울은 자기 배를 움켜쥐고 괴로운 듯 춤을 추었고⋯ 가쁜 숨을 몰아쉬다가 마침내⋯.

라울의 춤은 리신에 중독된 사람의 복통과 구토, 경련 증상을 표현한 것이었다.

― 그럼 하녀가 라울을 죽였다는 거야? 왜?

― 그래서 한 형사님께 극본 전문을 구해달라고 한 거예요. 라울이 10년 동안 추적해서 복수했던 친구의 원래 이름은 앙투안 르메트르였어요. 그리고 하녀 이름은 마리예요. 중간에 내레이션으로 앙투안의 가족이 뿔뿔이 흩어졌다고 설명하는 부분에서 앙투안의 여동생 이름이 언급돼요. 마리안 르메트르라고. 마리안은 마리라는 이름의 하녀로 라울 곁에서 일하고 있었던 거예요.

― 말이 안 되잖아. 앙투안이 라울의 약혼자를 죽이는 바람에 앙투안네 가족이 뿔뿔이 흩어진 걸 텐데, 마리안 르메트르가 자기 오빠를 죽이려는 사람 밑에서 하녀로 일한다고? 라울이 마리안의 얼굴을 모른다 쳐도 만에 하나 발각되면 그땐 무사하지 못할 거 아니야.

― 마리안은 자기 오빠가 라울의 약혼자를 죽였다는 걸 믿지 않았어요. 한 형사님도 극본을 봤다면 아시겠지만, 라울 드 생클레르와 약혼자 엘렌 보몽은 어느 파티장에서 라울의 옛 친구인 앙투안 르메트르를 만나요. 자기들만의 시간을 갖고 싶었던 세 사람은 파티장을 떠나서 라울 집안의 와인 저장고로 가요. 거기서 와인을 마시며 셋 다 잔뜩 취하죠. 그런데 라울이 그날따라 기침이 심해서 신선한 공기를 마시려고 잠

시 밖으로 나와요. 그때 사건이 벌어져요. 라울이 기침을 가라앉히고 와인 저장고로 돌아갔을 때 엘렌이 죽어 있었거든요. 엘렌의 상의가 찢어져 있고 그 곁에는 술에 취해 잠든 앙투안이 있었어요. 그 길로 라울은 치안관의 저택으로 말을 달려서 앙투안을 신고해요. 하지만 라울이 치안관 일행을 데리고 돌아왔을 때 앙투안은 이미 달아나고 없었죠.

오느릅의 말대로 엘렌 피살 사건은 철저히 라울의 입장에서 재구성된 것이었다.

— 마리안은 라울이 엘렌을 죽이고 오빠에게 누명을 씌웠을지도 모른다고 생각했던 거네.

— 맞아요. 〈천사는 광장에서 죽는다〉는 겉으로 보면 라울의 복수극이지만, 실은 엘렌 사건의 진범인 라울에 대한 마리의 복수극이었던 거죠.

설명을 마친 오느릅이 한결 홀가분해진 목소리로 말을 이었다.

— 한 형사님이 극본을 구해주신 덕에 미스터리를 풀었어요. 극본 전문이 없었다면 저한테 〈천사는 광장에서 죽는다〉는 미제 사건으로 남았을 거예요. 물론 황지수 작가가 왜 이런 이중적인 이야기를 썼는지는 모르겠지만요. 사실 황지수 작가가 샹지 배우보다 연하였다면 마리안일지도 모른다고 의심했을 거예요. 샹지는 라울이고, 황지수는 오빠의 원수를

갚기 위해 샹지에게 접근한 마리안이었다고요. 하지만 샹지는 독살이 아니라 심장마비로 죽었다고 하니까 저도 극본의 미스터리를 푸는 것으로 만족하려고요.

오느릅과 통화를 마친 한 형사는 허리에 손을 짚고 긴 한숨을 쉬었다. 극본의 미스터리를 풀고 홀가분해하는 오느릅이 부럽기까지 했다. 한 형사에겐 '마로니에 공원의 샹지 사건' 미스터리라는 과제가 남아 있었기 때문이다.

샹지의 장례식장으로 돌아온 한 형사는 상인애에게 물었다.

"혹시 황지수 작가 말고 샹지 배우님의 예전 여자 친구분께 무슨 변고가 생겼던 적이 있나요?"

"그건 왜 물으시죠? 혹시 우리 지혁이한테 무슨 일이 있었던 건가요?"

"의심 가는 부분이 있어서 몇 가지 짚고 넘어가려는 것입니다."

상인애는 잠시 샹지의 영정사진에 눈길을 주었다가 말했다.

"벌써 8년 전 일이에요. 지혁이랑 지혁이 여자 친구, 지혁이 친구 이렇게 셋이서 놀러 갔다가 지혁이 친구가 지혁이 여자 친구를 살해한 사건이 있었어요."

한 형사는 심장이 뛰었다. 극중 인물로만 알았던 앙투안이 현실에도 존재했던 것이다.

사건은 샹지가 잠시 술을 더 사 오겠다며 나간 틈에 벌어졌다고 했다. 현장 증거들이 명확했고, 샹지라는 목격자까지 있는 상황이라 유죄가 확정되었고, 범인인 친구는 15년 형을 받았다.

"그런데 몇 해 전에 그 친구가 감옥에서 자살을 한 모양이에요. 그 일로 지혁이도 많이 힘들어했어요."

"혹시 누님께서도 그 친구라는 사람을 만나본 적 있으세요?"

"지혁이 집에 반찬 가져다주러 갔다가 한 번 본 게 다예요. 어릴 적 친구면 모를까 지혁이가 어른 돼서 사귄 친구들까지 제가 다 알진 못하죠."

"그 친구에 대해 기억나는 건 또 없으세요? 직장이라거나 가족 관계라거나."

"아, 성이 소씨라는 건 알아요. 지혁이 통해서 안 건 아니고, 사건 있고 나서 뉴스에 잠깐 나왔었거든요. 소 모 씨가 어쩌고 하면서요."

한 형사는 다급히 수첩을 꺼내어 샹지 사건과 관련하여 면담을 진행했던 사람들의 명단을 확인했다.

그들 중에 소씨가 한 명 있었다.

◀▮▶

장례식장을 빠져나온 한 형사는 마로니에 공원으로 달려갔다.

마음이 급했다. 이제 좀 실마리가 풀려가는데 장례 절차를 미뤄달라는 한 형사의 부탁을 상인애가 거절했던 것이다. 화장을 미루라는 건 부검을 하겠다는 게 아니냐며 노여워했다. 유족들이 부검을 반대하는 경우는 생각보다 흔했다. 상인애를 설득하기 위해서라도 실제로 범행이 이루어졌다는 증거를 찾아야 했다. 그러자면 사건을 원점에서 되짚어보는 수밖에 없었다.

오느릅은 혜화역 앞 노점상에서 사 왔다며 고정탄과 닭꼬치를 나눠 먹고 있었다. 한 형사는 근처 카페에서 밀크티 세 잔을 사 오라고 오느릅을 심부름 보낸 뒤 고정탄과 따로 이야기를 나누었다.

"전에 샹지 배우가 죽던 새벽에 평소와 달리 공원이 북적였다고 하셨죠?"

"그랬습니다만."

"이 너른 공원에 고 선생님 외에는 대학생 커플과 오느릅 겨우 세 명밖에 없었다면 북적였다는 말은 너무 과장된 거 아닌가요?"

"아, 그 말씀이군요. 초여름부터는 마로니에 공원에서 밤을 새우는 사람들이 제법 있습니다만, 아직은 밤공기가 차기 때문에 자정이 지나면 공원이 쥐 죽은 듯 조용해요. 나도 한 군데 자리 잡고 나면 밤에는 잘 안 움직이는 편이고요. 그런데 그날은 그 커플이 먹을 걸 사 오는지 여러 번 왔다 갔다 하더라고요."

"그 부분 정확히 좀 말씀해 주실 수 있으세요? 여학생과 남학생

둘 다 왔다 갔다 했던 건가요?"

"아뇨, 남학생은 화장실에 한 번 다녀오는 게 다였고 여학생이 주로 왔다 갔다 했습니다."

"그날 밤 여학생이 혹시 리을아트센터 쪽으로 가던가요?"

"그건 아닙니다. 그쪽으로 갔다면 샹지가 늘 앉는 벤치를 지나가야 하는데 그건 못 봤으니까요. 오히려 저 반대편, 아르코예술극장 쪽으로 왔다 갔다 했습니다. 그쪽으로 가면 편의점이 있거든요. 뭘 사 오는 것 같긴 했습니다."

실제로 목격자 진술 당시 소연우 성민현 커플은 공원에서 샌드위치를 나눠 먹었다고 했다.

"그때가 몇 시쯤이었는지 혹시 기억하시겠어요?"

"2시는 족히 넘었을 때일 겁니다. 자정쯤에 오느릅 학생과 야식을 먹으러 다녀왔고 그러고도 한참 지나서니까요. 오느릅 학생이 예술극장 앞쪽 벤치에서 세상모르고 잠이 들었길래 외투를 벗어서 덮어줬더니 나는 썰렁해서 잠을 못 자겠더라고요. 그래서 학생들 오가는 거 구경하며 덩달아 밤을 새웠지요."

지도 앱으로 마로니에 공원과 대학로 일대를 살펴보던 한 형사는 고정탄에게 조심스레 물었다.

"혹시 고 선생님이 아주 절박한 이유로 새벽에 리을아트센터에 들어가야 할 일이 생긴다면 어떻게 하시겠어요? 정문 출입구는 안에서 잠긴 상황이고요. 또 정문 쪽에 CCTV가 설치되어 있다면 말이에요."

"제가 밤중에 리을아트센터에 들어갈 일이 뭐가 있겠습니까만, 샹지 배우가 호흡곤란에 빠졌는데 나 말고는 도와줄 사람이 없거나 그런 극단적인 상황을 가정하란 것이죠?"

한 형사가 고개를 끄덕이자 고정탄이 손으로 아르코예술극장 쪽을 가리키며 말을 이었다.

"저쪽으로 돌아서 리을아트센터 북쪽으로 가겠습니다. 거기 창문이 하나 있거든요. 그 창문을 어떻게든 열고 들어가야죠."

고정탄의 말이 끝나기 무섭게 한 형사는 아르코예술극장 쪽으로 내달렸다. 고정탄도 재게 따라붙었다. 샹지가 죽은 벤치는 예술가의 집 앞쪽에 있었다. 그곳에서 리을아트센터까지는 도보로 불과 2분 거리였다. 하지만 아르코예술극장을 지나 골목을 크게 돌아서 리을아트센터로 가면 뛰다시피 걸어도 5분은 넘게 소요되었다. 공원을 벗어나서 상가 골목을 따라가던 한 형사가 어느 식당 건물 앞에서 걸음을 멈추었다.

어제 강도 신고가 들어왔던 동숭동 돼지불백집이었다. 돼지불백집 바로 옆 건물이 리을아트센터였다. 리을아트센터 외벽을 조사할 때는 정반대 쪽에서 살펴봤기 때문에 옆 건물이 돼지불백집이라는 걸 알아보지 못했다. 두 건물은 1.5미터 폭의 좁은 골목을 사이에 두고 마주 보고 있었다. 하지만 두 건물 사이의 골목은 계단을 두 칸 내려가야 하는 구조여서, 거리보다 지대가 낮았다. 고정탄이 말한 리을아트센터의 북쪽 외벽 창문은 1층 창문임에도 불구하고 성인이 드나들기에는 다소 높은 곳에 있었다.

"저 창문을 열고 들어가겠단 말씀인가요?"

한 형사가 고정탄에게 물었다.

"저기 창틀로 먼저 올라선 다음 다리를 뻗어 리을아트센터 창문으로 넘어가면 되지 않겠습니까?"

고정탄이 돼지불백집 남쪽 외벽에 난 창문을 가리켰다.

한 형사는 급히 수첩을 꺼내어 강도 신고 관련 메모를 확인하다가 최 형사에게 전화를 걸었다. 어제 돼지불백집 허위신고 건은 파트너인 최 형사가 사실상 혼자 마무리했다. 그때 한 형사는 오느릅을 만나느라 프린트 카페와 베이커리 카페를 전전하고 있었다.

— 최 형사님, 동숭동 돼지불백집 강도 신고 말입니다. 신고자분이 강도 소리를 들은 게 몇 시라 그랬죠?

— 새벽 2시 반이요. 그런데 그건 왜요? 돼지불백집에 무슨 일 있습니까?

— 아뇨. 그냥 뭐 좀 알아보는 중입니다. 정리되면 바로 정보 공유하겠습니다. 어제 제가 자릴 뜨고 나서 신고자분한테 더

들은 말은 없습니까?

— 강도가 숨을 헐떡이는 소리랑 흐느끼는 소리를 들었다고 했어요. 그러면서 다시 생각해 보니까 강도가 아니라 귀신인 것 같다고 그러더라고요.

— 신고자분 숙소는 확인하셨어요?

— 그럼요. 남향으로 창문만 하나 있는 평범한 방이었습니다. 그런데 밖에서는 창문을 못 열게 돼 있더라고요. 거기 묵으시는 점원분들이 가늘고 긴 쇠막대를 창틀에 끼워둔 상태라.

최 형사와 통화를 마친 한 형사는 단발머리를 쓸어 넘기며 실소했다. 돼지불백집 강도 신고가 금요일 새벽 2시 30분경에 누군가가 리을아트센터를 드나드는 과정에서 생긴 소음 때문이었다면. 적어도 귀신보다는 설득력 있는 가설이었다.

소연우, 혹시 네가 앙투안의 동생 마리안이야?

한 형사는 리을아트센터 북쪽 창문에 시선을 붙박고서 입술을 깨물었다.

리을아트센터에서 아르코예술극장으로 가는 길에 설치된 CCTV에 소연우가 리을아트센터 북쪽 벽으로 접근하는 장면이 찍혔다면 문제는 간단히 해결될 터였다. 행인을 촬영할 수 있는 외부 CCTV는 두 대밖에 없었다. 한 대는 1층에 완구점이 있는 상가 건물에 달린 것이었는데 경비실을 따로 두지 않은 건물이라 이 시간에 협조 요청을 구하긴 어려웠다. 다른 한 대는 맞은편 상가건물 주차장 쪽 CCTV였는데 역시나 야간에는 무인 시스템으로 운영되고 있었다. 결국 CCTV로 소연우의 행적을 확인하는 일은 내일 오전까지 미룰 수밖에 없었다.

소연우가 마리안이 맞다 해도 여전히 해명되지 않는 부분들이 있었다.

황지수 작가는 샹지와 옛 친구의 사건을 어떻게 알고 극본을 썼는가. 그리고 소연우는 왜 샹지가 제3의 공간에 혼자 있을 때를 노리지 않고 샹지의 동료들에게 발각될 위험을 무릅쓰고서 리을 아트센터로 들어간 것인가. 또한 소연우가 살아 있는 샹지를 마로니에 공원으로 불러내어 죽게 만든 장치는 무엇이었을까.

그때였다.

"밀크티가 식은 건 내 책임이 아닙니다!"

오느릅이 밀크티 세 잔이 담긴 캐리어를 들고 나타났다. 한 형사는 녀석이 어떻게 알고 여기까지 찾아왔는지 굳이 물어보지 않았다. 남의 극본을 보고서 원작자가 숨겨놓은 다른 이야기까지 알아낸 녀석이었다. 아니나 다를까 녀석은 한 형사가 샹지의 죽음을 조사하고 있으며, 그 일로 자신과 상의할 게 있다는 것까지 알아차렸다.

"어디 가서 이야기를 좀 해야겠죠?"

오느릅의 말에 고정탄이 말했다.

"좀 쌀쌀하긴 하지만 이맘때 낙산공원 성곽길이 좋습니다. 산책객 중에 나를 꺼리는 분들이 더러 있어서 혼자서는 가기 힘든데 오늘은 나도 일행이 있으니 걸을 만하겠네요."

세 사람은 고정탄의 제안대로 낙산공원 성곽길로 향했다. 고정탄은 두 사람을 성곽길 중간쯤에 있는 정자 형태의 퍼걸러 아래 벤치로 데려갔다. 한 형사는 지금이라도 혜화경찰서로 달려가서 최 형사와 팀장에게 브리핑하는 게 맞지 않을까 고민이 되었다. 하지만 극본 속의 앙투안과 마리안이 실제로 존재한다고 말하면 팀장은 시간이 남아도냐고 할 게 뻔했다. 현재 한 형사가 동원할 수 있는 인력은 준가출 상태의 고등학생과 노숙인이 전부였다.

"앙투안과 마리안이 누군지 알아냈어."

한 형사는 자신이 가진 정보를 오느릅에게 공유했다. 극본에 대해서는 아는 바가 없는 고정탄은 잠자코 듣고 있었다.

"황지수는 소연우와 원래 아는 사이일 확률이 커요. 소연우의 오빠와 샹지 사이의 일도 알고요. 소연우는 황지수에게서 샹지가 잠들었다는 연락을 받고서 리을아트센터로 들어간 거예요."

"그게 이상하지 않아? 둘이서 샹지에게 뭔가를 하려고 했다면 다른 곳으로 샹지를 불러내는 편이 자연스럽잖아."

"극본대로 하려 했던 거 아닐까요? 어떤 방법을 써서 샹지 혼자 공원에 나가서 죽게 하려고요."

"샹지 혼자 공원에 나가 죽게 하는 방법이란 게 있다면 굳이 소연우를 불러들일 필요 없이 황지수 혼자 해도 돼."

"마리안인 소연우가 직접 응징하려 했던 것일 수도 있고요."

그러자 가만히 듣고 있던 고정탄이 끼어들었다.

"여자 혼자서는 하기 힘든 일이었을 수도 있지 않겠습니까. 어쨌거나 젊은 남자를 상대하는 일이잖소."

한 형사는 급히 수첩을 꺼내 보았다. 의상실에서 진행된 최율아와 황지수의 면담 기록 뒷장에 소품실의 구조에 대한 짧은 메모가 있었다.

남쪽 철제 캐비닛, 북쪽 바람창, 동쪽 철제 캐비닛, 먼지 자국.

한 형사는 볼펜을 꺼내어 먼지 자국에 동그라미를 쳤다. 그날 먼지를 보고 먼지 뭉치가 아니라 먼지 자국이라고 메모한 데에는 이유가 있었다. 먼지가 납작하게 눌린 형태의 자국으로 남아 있었기 때문이다. 그건 동쪽 벽의 철제 캐비닛을 옮긴 흔적이었다. 소품이 들어 있는 묵직한 철제 캐비닛이라면 여자 혼자서 옮기기는 힘들 터였다.

"철제 캐비닛을 옮기려 했던 거예요. 여자 둘이 그 새벽에 만난 이유요. 철제 캐비닛을 옮겨서 뭘 하려 했는지는 확실하지 않지만 그래도 수수께끼 하나는 풀렸네요. 고 선생님 덕입니다."

한 형사의 칭찬이 쑥스러운지 고정탄은 밀크티만 홀짝거렸다. 오느릅은 가방에 넣고 다니던 극본을 다시 꺼내어 엔딩 장면을 훑고 있었다.

"그렇다면 황지수와 소연우는 극본의 상황을 현실에 똑같이 옮기려 했던 건 아니네요. 황지수와 소연우가 엔딩에서 재현하려 한 건 독살이 아니라 공간 이동 같아요."

"공간 이동?"

한 형사가 되물었다.

"라울이 집에서 독을 먹고 공원까지 혼자 이동해서 죽은 것처럼 샹지도 리을아트센터 숙소에서 모종의 일을 당한 뒤 혼자 공원으로 이동해서 죽은 거죠."

그 순간 한 형사의 입에서 짧은 한숨이 새 나왔다.

지연 살인! 범인이 사망 원인만 제공하고 피해자가 다른 곳으로 이동하여 혼자 사망하게 하는 방식으로 자신의 알리바이를 확보하는 살해 방법이었다. 수영장이나 바다에서 물을 먹인 뒤 피해자가 귀가하여 자신의 집에서 '마른 익사'로 죽게 만드는 경우가 있었다. 범인 입장에서는 알리바이를 확보하고 우발성을 주장하기 유리했다. 그냥 물장난 좀 쳤다, 죽일 의도는 없었다고 주장하면 살인 계획의 확실한 증거가 나오지 않는 한 살인을 입증하기 쉽지 않았다.

"캐비닛을 이용한 지연 살인이었어. 샹지의 심장이 어떤 상태인지 아는 범인들이 무거운 캐비닛으로 잠든 샹지의 몸을 누른 거야."

"그런다고 사람이 죽어요?"

오느릅이 되물었다.

"압궤증후군이야. 지진 현장에서 무거운 구조물에 깔려 있던 사람들이 구조 당시에는 멀쩡했다가 병원으로 옮겨진 뒤 갑자기 사망하는 경우가 더러 있어. 묵직한 물체에 장시간 눌려 있던 신체가 갑자기 해방될 때, 손상된 근육에서 나온 독성 물질이 혈류를 타고 온몸으로 퍼져 급성신부전과 심장마비를 일으키는 거야. 더구나 샹지처럼 원래 심장이 약한 사람은 압궤증후군으로 인한 사망 위험도가 훨씬 높아. 심폐소생술을 시행한 구급대원이 아무것도 발견하지 못한 걸로 봐서 흉부가 아니라 하복부나 대퇴부 쪽에 압박이 가해졌을 거야."

"캐비닛에 범인들의 지문이 남았겠죠?"

"현장 증거들은 수색영장이 발부된 뒤에 과학수사대가 밝혀낼 몫이야."

한 형사는 밀크티를 털어 마시고 일어섰다.

"난 황지수를 조사해 봐야겠어. 두 분은 어디 가서 따뜻한 설렁탕이라도 좀 먹어요. 오느릅 넌 밥 다 먹고 나면 진짜로 집에 들어가고, 고 선생님은 다음에 또 뵙겠습니다."

한 형사는 오느릅에게 만 원짜리 두어 장을 쥐여주고는 낙산공원을 달려 내려왔다.

면담 당시 황지수는 한 형사에게 핵심을 못 짚는다며 핀잔을 주었다. 이제 한 형사가 이 범죄의 핵심을 건드릴 차례였다. 한 형사는 최근 통화 목록에서 황지수의 이름을 찾아내어 통화 버튼을 눌렀다.

◀❚▶

극본을 보여달라는 것으로 끝나지 않고 한 형사가 재차 연락하자 황지수 편에서도 낌새를 눈치챈 모양이었다.

— 형사님, 샹지가 죽은 게 심장마비 때문이 아니라고 생각하는 거죠? 그래서 샹지랑 마지막에 함께 있었던 사람들을 본격적으로 조사하는 것이고요.

— 솔직히 말씀드리면 저는 〈천사는 광장에서 죽는다〉의 원작자가 샹지의 죽음에 관여했을 것으로 보고 있습니다. 극본에 남들은 알기 어려운 샹지의 과거 사건과, 샹지의 죽음을 둘러싼 정황들이 들어 있거든요.

대답 대신 긴 침묵이 돌아왔다. 한 형사는 수첩을 뒤적였다. 사건 관련 메모를 다시 훑는 건 참고인이 입을 다물어버렸을 때 침묵을 버텨내는 한 형사만의 방법이었다. 샹지 사건 메모 마지막 장에는 오느릅의 말들이 기록되어 있었다.

황지수와 소연우는 원래 아는 사이???
황지수가 소연우 오빠와 샹지의 일도 알아???

문장 끄트머리 물음표들은 그 말에 동의하기 힘들어서 한 형사가 표시해 둔 것이었다. 황지수가 소연우와 원래 알던 사이이며, 소연우 오빠와 샹지의 일도 안다면, 샹지와 오랜 연인 사이였다는 게 말이 되지 않았다. 오느릅이 소연우의 공범으로 황지수를 지목한 건 두 가지 이유 때문일 터였다. 하나는 황지수가 샹지의 죽음을 예고한 〈천사는 광장에서 죽는다〉의 작가라는 사실이다. 그리고 다른 하나는 오느릅은 황지수와 샹지가 오랫동안 사귀던 사이라는 걸 모르기 때문이었다. 한 형사는 참고인들과 샹지의 관계를 오느릅에게 공유하지 않았다.

그렇다면 황지수가 소연우 오빠와 샹지 일을 알게 된 건, 샹지와 헤어진 뒤라고 설정하는 편이 자연스러웠다. 갑작스레 결별 통보를 받고 샹지에 대해 감정이 좋지 않은 황지수에게 소연우가 접근했을 수도 있었다. 하지만 그건 한 형사가 이미 확보한 정보들과 어긋나는 구석이 있었다. 한 형사는 기원종 대표와의 면담 기록을 다시 확인했다. 기원종 대표에 따르면 샨지와 황 작가가 헤어진 건 불과 몇 달 전의 일이었고, 황지수가 〈천사는 광장에서 죽는다〉 극본을 완성한 시점은 작년 초라고 했다.

대체 이게 뭐야! 그럼 황지수가 작년 초에는 적어도 소연우 오빠와 샨지의 일을 알고 있었다는 뜻이 된다. 하지만 극본은 샨지와 연인이던 시절에 쓸 수 있는 글이 아니었다. 극본은 오느릅이 분석한 대로 라울을 응징하고 싶은 마음을 담아 쓴 것이었다. 한 형사는 머릿속이 엉켜버린 것 같았다. 금방이라도 황지수가 '한 형사님, 이번에도 핵심을 못 짚으시네요!' 하고 야유할 것만 같았다.

이 모순을 해결할 방법이 하나 있긴 했다.

어제 베이커리 카페에서 오느릅이 지나는 말로 들려주었던 그 가십을 끌어오는 것. 정말로 황지수가 과거에 공모전 예심작을 도용했던 적이 있다면 〈천사는 광장에서 죽는다〉도 원작자가 따로 있을 가능성도 있었다. 그러면 황지수가 샨지와 연인이던 시절에 샨지를 저격하는 내용과 다름없는 작품을 완성했다 해도 이상할 게 없었다. 하지만 그렇게 되면 황지수는 이번 사건 외부로 밀려나고 만다. 자신이 도용한 작품의 실제 인물을 찾아내어 범죄까지 모의할 가능성은 극히 낮았다. 하지만 소연우에겐 분명 공범이 존재했다. 마로니에 공원에 있는 소연우에게 샹지가 잠들었다는 사실을 알려주고 함께 캐비닛을 옮겼을 누군가. 황지수기 아니라면 기원종, 최율아, 연서하 셋 중 하나란 뜻이 된다.

한 형사는 자신이 황지수에게 너무 빨리 전화를 걸었다는 걸 깨달았다. 하지만 이미 엎질러진 물이었고, 한 형사는 황지수에게 들어야 할 말이 있었다. 이토록 긴 침묵으로 덮으려 하는 어떤 말.

— 황 작가님, 〈천사는 광장에서 죽는다〉를 직접 쓰신 것 맞습니까?

— …그렇게 훅 치고 들어오다니, 형사님 너무하시네요, 정말….

황지수가 말끝을 흐리며 옅게 웃었다. 방어적이면서도 똑 부러지던 본래의 말투와는 사뭇 달랐다. 한 형사는 눈 질끈 감고 던져본 승부수가 먹혀들었다는 생각에 하마터면 소리를 지를 뻔했다.

— 누구한테 뭘 어디까지 들은 거죠?

황지수는 〈천사는 광장에서 죽는다〉의 원작자가 자신이 아니라는 사실을 인정하는 대신 정보의 출처를 묻고 있었다. 한 형사는 이번에는 상인애에게 들었던 말을 끌어왔다. 무얼 감추기 위해서 샹지가 입을 닫고 살길 바랐는지는 모르지만 어쨌거나 황 작가에게 숨겨야 하는 비밀이 있다는 것만큼은 사실이었다.

— 샹지 배우가 누나분에게 그랬다더군요. 황 작가는 자기가

입을 닫고 살길 바랄 거라고. 그런데 샹지가 알고 있던 황 작가님의 비밀이 뭔지 누나분은 이미 아시더라고요.

한 형사는 거짓말까지 보태서 황지수를 압박했다.

전화기 저편에서 나직한 한숨 소리가 들렸다. 그 한숨에 한 형사는 외려 용기가 났다. 첫 면담 당시 미동도 없이 꼿꼿한 자세를 유지했던 황지수가 이제 비로소 자세를 조금 흐트러뜨리는 것 같았다. 한 형사는 마지막으로 오느릅이나 상인애에게 들은 말이 아닌 자신의 진심으로 황지수를 설득했다.

— 샹지 배우님의 발인은 내일 아침 8시입니다. 화장장 예약 시간은 오전 10시고요. 우리에게도 유가족분에게도 고인이 된 샹지 배우님에게도 일을 바로잡을 시간이 많지 않다는 뜻입니다. 협조해 주세요, 황 작가님.

— 믿지 않으시겠지만 원작자가 누군지는 저도 몰라요. 작년 1월쯤 그 극본이 내 작업실로 배달됐거든요.

황지수는 담담하게 극본에 관한 진실을 털어놓았다.

— 서류봉투에 담긴 채, 발신자 정보도 없이요. 대신 대본 말미에 메모가 있었어요. 극작가 지망생인데 이 습작을 끝으로 전공을 바꾸게 되었다며 황지수 작가님이 이 대본을 살려주시면 좋겠다고요. 작가님 이름으로라도 이 작품이 세상에 나가는 걸 보고 싶다고 했어요. 반년 정도 기다렸지만 원작

자는 찾아오지 않았고, 기원종 대표님과 술자리에서 새 작품 이야기를 나누던 중 자연스레 그 작품 이야기가 나왔어요. 그 후론 형사님도 알다시피 제 작품으로 세상에 소개되었고요.

─ 사무실로 배달됐다는 대본을 지금도 가지고 계십니까?

─ 네, 작업실 책상 서랍에 보관하고 있어요. 필요하면 내일 날이 밝는 대로 가지고 갈게요.

◀❙❙▶

서류봉투에서 발신자에 대한 정보가 나와준다면 의외로 문제는 쉽게 해결될 수도 있었다. 하지만 만일의 사태를 대비해 두어야 했다. 황지수와의 긴 통화를 마친 한 형사는 마로니에 공원을 가로질러 샹지가 숨을 거두었던 벤치로 갔다.

샹지, 당신이 정말로 라울인지, 당신이 연인을 죽이고 앙투안을 무고한 사람인지는 묻지 않을게요. 하지만 이다음에 다시 당신의 벤치를 찾을 땐 진범이 누군지 꼭 알아서 올게요.

한 형사는 오느릅에게 문자메시지를 보냈다.

'누구 나랑 마리안의 공범 잡으러 갈 사람?'

황지수의 대본이 도착하면 최 형사와 팀장을 설득할 수 있을 터였다. 하지만 그때까지 기다리면 너무 늦을지도 몰랐다. 샹지의 발인 전에 범인을 찾아내야 했다. 그래야 상인애에게 장례 절차를 멈추고 부검을 요청하라고 설득할 수 있을 터였다.

30분쯤 뒤 한 형사는 24시간 영업하는 패스트푸드점에서 오느릅을 다시 만났다.

"집에 가라고 난리더니 진짜 집에 가려니까 다시 부른 이유가 뭐예요?"

"네 생각엔 뭘 거 같니?"

"예상과 달리 황지수가 소연우의 공범이 아니었던 거죠? 그건 황지수가 〈천사는 광장에서 죽는다〉의 원작자가 아닐 수도 있다는 뜻일 테고요."

한 형사는 실소가 나왔다. 자신이 황지수에게 거짓말까지 해가며 밝혀낸 사실을 오느릅은 닭튀김에서 뼈를 발라내는 중에 추리로 따라잡았다. 다행히 이 똘똘한 고딩 탐정과는 기싸움을 할 필요가 없었다. 한 형사는 참고인 면담 내용을 메모한 수첩을 오느릅에게 건네주었다.

"그래. 금요일 새벽에 소연우를 리올아트센터로 불러들인 사람은 샹지의 마지막 술자리 동석자인 기원종, 최율아, 연서하 셋 중 하나야. 여자 혼자 힘으로 캐비닛을 옮기기 힘드니까 소연우를 불렀을 거라는 추측만으로, 남은 세 사람 중 유일한 여성인 최율아를 범인으로 단정할 순 없어. 황지수가 극본의 원작자가 아니었던 것처럼 우리가 모르는 변수가 얼마든지 있을 수 있으니까."

메모를 확인한 오느릅이 물었다.

"소연우와 공범은 적어도 2시 이후에 캐비닛을 샹지의 몸 위로 옮겼겠네요. 연서하가 2시에 여자 친구와 통화를 했고, 그때 샹지는 입맛을 다시며 자고 있었으니까."

한 형사가 고개를 끄덕이자 오느릅이 다시 물었다.

"연서하 체격은 어때요?"

"170 후반대 키에 보통 체격이야. 하지만 체격만으로는 캐비닛을 혼자 옮길 수 있다, 없다 단정하기 힘들어."

"그럼 경우의 수는 두 가지로 나뉘네요. 연서하가 범인일 경우와 아닐 경우. 연서하가 범인일 경우는 소연우를 심문해서 알아내는 방법밖에 없어요."

"연서하가 범인이 아닐 경우는?"

"형사님의 면담 기록에서 빠진 부분을 점검하는 거죠. 최율아와 기원종이 잠자리에 든 시간은 다 본인들 진술뿐이에요. 기원종이 12시에 자기 방으로 올라갔다가 다시 내려왔는지, 최율아도 잠자리에 들었다가 다시 깨서 돌아다녔는지 모르는 거잖아요."

오느릅의 지적에 한 형사는 변명할 말이 없었다. 면담 때만 해도 샹지 사건을 살인 사건으로 인지하지 않았기 때문에 진술을 꼼꼼하게 교차 검증하지 않았던 터였다.

"어쨌든 너는 두 사람의 진술이 맞는지 연서하를 통해 확인하자는 거지?"

"네. 연서하에게 연락해서 2시가 다 돼갈 무렵에 음료수 같은 걸 주고 간 사람이 없는지 물어보세요."

"누가 연서하에게 수면제라도 먹였을 가능성이 있다는 거네. 그런데 2시가 다 돼갈 무렵이라고 시간대를 특정한 근거는 뭐야?"

"연서하의 새벽 2시 루틴이요. 연서하는 새벽 2시에 무조건 여자 친구와 통화를 해야만 하루 일과를 끝낼 수 있는 사람이잖아요. 알람을 설정해 둘 정도로 엄격한 루틴이면 주변 사람들도 알고 있을 가능성이 크죠. 그래서 범인한테는 연서하의 새벽 2시 루틴이 부담이 됐을 거예요. 수면제를 먹었다 하더라도 강박 때문에 그 시간에 깨어날 확률이 있으니까요. 그래서 아예 새벽 2시 이후로 범행 시간을 미루었을 거예요. 대신 여자 친구와 통화를 마친 연서하는 푹 재우고요."

한 형사는 수첩에 메모해 둔 연서하의 연락처로 전화를 걸었다. 2시 전후로 음료수를 주고 간 사람이 있느냐고 묻자 연서하가 놀란 목소리로 대답했다.

― 형사님이 그걸 어떻게 아세요? 여자 친구한테 전화가 왔을 때 최 매니저가 잠시 우리 방에 왔었어요. 내 휴대폰 알람 소

리가 의상실에까지 들리더라면서, 샹지 님 주무시게 조용히 좀 해달라고요. 그러면서 숙취 해소 음료 하나를 주더군요. 낮에 전화 인터뷰 일정도 잡혀 있고 해서 얼른 받아 마셨죠.

― 최율아 매니저가 숙취 해소 음료를 주고 갔단 거죠?

한 형사는 오느릅과 눈을 맞추며, 연서하에게 되물었다.

이어서 한 형사는 기원종과 황지수에게도 전화를 걸어 최율아에게 숙취 해소 음료를 받았느냐고 물었다. 그러자 기원종은 술자리를 정리하고 올라갈 무렵에, 황지수는 씻으러 가기 전에 숙취 해소 음료를 받았다고 대답했다. 최율아가 뚜껑까지 따서 건네는 바람에 황지수는 그 자리에서 먹었고 기원종은 올라가서 마시겠다며 숙소로 가져갔다고 했다. 통화를 마친 뒤 한 형사는 오느릅과 함께 리을아트센터로 달려갔다. 그리고 기원종에게서 식탁 구석에 놔두고 잊고 있었다던 숙취 해소 음료를 건네받을 수 있었다.

토요일 새벽 1시가 조금 넘은 시각.

한 형사는 소연우와 최율아의 범행을 증명할 유력한 증거물을 확보했다.

◀ǁ▶

장례 절차는 중단되었고 유족의 동의하에 샹지의 부검이 이루어졌다.

기원종 대표가 보관 중이던 숙취 해소 음료에서 수면제의 일종인 졸피뎀 성분이 검출되었다. 최율아에게 숙취 해소 음료를 받아 마신 연서하와 황지수를 상대로 혈액 검사를 실시했으나 반감기가 짧은 졸피뎀의 특성상 두 사람의 혈액에서는 수면제 성분이 검출되지 않았다. 상인애의 동의를 받아낸 지 이틀 뒤에 샹지의 부검이 실시되었고, 압궤 손상에 의한 급성신부전과 심장마비로 보인다는 국과수 부검의의 구두 소견이 나왔다. 아르코예술회관 뒤편 상가 지역 CCTV에도 소연우가 목요일 새벽에 두 차례에 걸쳐서 리을아트센터 쪽으로 접근하는 모습이 찍혀 있었다.

증거들을 제시하자 소연우와 최율아도 범행을 자백했다.

샹지 사건이 살인 사건으로 전환되면서 한 형사는 절차를 거쳐 샹지가 목격자 진술을 했던 과거의 사건 기록을 살펴볼 수 있었다. 8년 전 상지혁의 친구인 소연준이 상지혁의 여자 친구인 배인아를 살해한 사건이었다. 소연준은 술에 취해 아무것도 기억나지 않는다고 주장했지만 배인아의 얼굴과 귓불 등에서 소연준의 타액이 검출된 점, 배인아의 목에 분명한 손 압흔이 남아 있는 점, 소연준의 손톱에서 배인아의 상피세포가 발견된 점 등이 인정되었다. 배인아의 남자 친구였던 상지혁의 증언 또한 결정적인 유죄 판단의 근거가 되었다. 당시 상지혁은 술을 더 사 오려고 편의점에 다녀왔더니 여자 친구가 쓰러져 있고 그 옆에 상의를 탈의한 소연준이 누워 있었다고 증언했다.

　소연우는 한 형사의 추측대로 소연준의 동생이었고, 최율아는 소연준의 여자 친구였다. 한 형사는 샹지의 시신이 발견된 아침에 최율아가 흘린 눈물의 의미를 깨달았다. 그건 샹지가 아니라 감옥에서 죽은 남자 친구를 위한 눈물이었다. 어쩌면 황지수의 추측과 달리 최율아가 걸고 다닌다던 목걸이의 펜던트는 샹지와 최율아의 커플링이 아니라 죽은 소연준과 최율아의 커플링이었는지도 모른다. 소연우와 최율아 두 사람은 소연준이 감옥에서 억울함을 호소하는 유서를 남기고 자살한 뒤에 진범 샹지에게 복수하기로 결심했다고 했다. 배인아가 죽었을 당시 처음부터 샹지의 증언이 소연준의 유죄 판결에 결정적인 역할을 했던 건 아니었다. 사건 발생 초기에는 담당 형사는 샹지가 범인일 가능성도 어느 정도 열어두고 수사를 했었다고 했다. 하지만 여자 친구를 잃은 샹지의 눈물 어린 호소에 형사들도 설득당했고, 어느 순간부터 샹지는 철저히 목격자의 입장에만 서 있더라고 했다.

　소연우와 최율아가 처음부터 샹지를 죽이려고 했던 건 아니라고 했다.

　작년 1월에 황지수의 사무실로 〈천사는 광장에서 죽는다〉 원고를 보낸 사람은 소연우였다. 대학에서 문예창작을 전공하는 소연우는 샨지의 연인인 황지수의 특강을 따라다니다가, 황지수가 중세 시대를 배경으로 한 작품에 도전하고 싶어 한다는 걸 알게 되었다. 또한 공모전 예심작을 도용했다는 황지수의 과거 스캔들도 알고 있었다. 소연우는 샨지와 오빠의 이야기를 중세 치정극으로 완성하여 황지수에게 보냈고, 무려 1년 반을 기다린 끝에 황지수가 〈천사는 광장에서 죽는다〉를 작품화한다는 소식을 접할 수 있었다.

그사이 뉴욕에서 2년간의 유학 생활을 마치고 돌아온 최율아는 샨지가 유어드림액터스 측과 자주 접촉한다는 사실을 알고는 유어드림액터스 측의 신입 매니저 채용 공고에 지원했다. 샨지의 해외 진출을 모색하던 유어드림액터스 측은 영어가 능통한 최율아를 샨지의 매니저로 배정하여, 샨지와의 모든 업무를 영어로 진행하도록 지시했다. 물론 자신이 샨지 배우의 외국어 트레이닝까지 전담하겠다며 기획서를 만들어 일을 성사시킨 건 최율아였다.

〈천사는 광장에서 죽는다〉의 작품화 소식이 알려지고 한 달 뒤 샨지의 캐스팅이 확정되었다. 그때부터 두 사람은 샨지의 연락과 사죄를 기다렸다고 했다. 샨지라면 〈천사는 광장에서 죽는다〉가 자신과 소연준의 이야기라는 걸 모를 리가 없다고 생각했다. 그래서 샨지가 한 번쯤은 연락을 해올 거라 믿었다는 것이다. 하지만 초연을 앞둔 날까지 샨지에게선 어떤 연락도 없었고 두 사람은 마지막 계획을 실행에 옮겼다.

캐비닛을 이용한 것은, 샹지가 술을 마시면 기절한 것처럼 잠이 든다는 걸 알고 있던 최율아의 아이디어였다. 그리고 그날 새벽 4시 25분쯤 샹지를 깨워 오늘은 마로니에 공원으로 산책 안 나가냐고 물어본 것도 최율아였다. 샹지의 허벅지를 누르고 있던 캐비닛을 소연우와 함께 제자리에 돌려놓고, 소연우가 창문으로 빠져나간 걸 확인한 뒤에 샹지를 흔들어 깨운 것이었다. 돼지불백집 직원 강 모 씨가 강도는 두 번이고 세 번이고 다시 올 것 같다고 진술한 것도 그 때문이었다. 목요일 새벽, 강 모 씨는 소연우가 두 차례나 리을아트센터를 드나드는 소리를 강도의 기척으로 오인했던 것이다.

샹지 사건이 마무리된 주말, 낮 기온이 25도까지 올라간 봄날의 마로니에 공원에서 한 형사는 오느릅, 고정탄과 재회했다. 고정탄은 외투가 한 겹 얇아지고 텁수룩하던 턱수염도 조금 정돈된 상태였다. 한 형사의 소개로 근처 성당에서 운영하는 노숙자 인문학 프로그램에 참여하면서 동네에 밥 친구가 늘었다고 했다. 오느릅은 마지막으로 봤을 때와 똑같은 트레이닝 셋업 차림이었다. 또 무슨 사건을 파헤치는 중인지 단순히 취미로 읽는 것인지 셜록 홈스 추리소설 한 권을 옆구리에 끼고 있었다.

세 사람은 샹지가 앉았던 벤치에 프리지아 꽃다발을 놓았다.

프리지아에 작별 인사라는 꽃말이 있다는 고정탄의 의견을 반영한 것이었다.

"그런데 라울이 정말로 약혼자를 죽이고 앙투안에게 누명을 씌운 걸까요?"

오느릅은 행인들이 들을까 봐 샹지와 소연준, 소연우의 이름을 극중 이름으로 바꾸어 말했다.

"그건 나도 모르겠어. 마리안이 앙투안의 옥중 유서도 보여줬는데, 억울한 심정이 절절하게 담긴 것과는 별개로 라울이 진범이라는 증거는 없었거든."

실체적인 증거는 없었지, 한 형사는 생각했다. 하지만 샹지에겐 말로 상대방을 조종하는 능력이 있었다는, 황지수를 비롯한 샹지의 주변 인물들의 한결같은 증언이 있었다. 〈천사는 광장에서 죽는다〉 대본에서도 앙투안이 살인범으로 확정된 건 라울의 고통 어린 고발을 담당 치안관이 받아들이면서였다.

"저 세계의 마리안이 꾸민 라울의 죽음, 이 세계의 마리안이 계획한 라울의 죽음, 두 사건 다 얼마간의 우연이 필요했어요. 마리안이 브리오슈에 넣은 리신이 치사량에 못 미쳤을 가능성도 있고, 술에 취한 부정맥 환자를 철제 캐비닛으로 누른다고 반드시 압궤 증후군이 생긴다는 보장은 없으니까요. 하지만 저 세계의 라울도

이 세계의 라울도 죽음을 맞았다는 건, 우연이 살인자들의 편이었단 뜻일까요?"

오느릅이 물었지만 그 답이 무엇인지는 한 형사도 알지 못했다. 하지만 샹지의 죽음으로 연극 하나가 대학로에서 사라졌다는 것만은 확실했다. 〈천사는 광장에서 죽는다〉의 막은 영영 오르지 않을 것이다. 샹지와 공동 주연으로 '라울'을 맡았던 연서하는 첫 주연작을 잃었고, 최율아와 소연우는 샹지에게 진실을 듣지 못한 채로 공동정범으로 처벌을 받게 될 터였다. 그리고 샹지는 진실을 홀로 끌어안은 채 자신의 20대를 송두리째 바친 대학로에서 숨을 거두었다. 앙투안과 라울, 마리안이 퇴장한 뒤 그들의 사연은 수십 년째 대학로를 지켜온 고정탄의 기억 속에 퇴적될 것이다.

작별 인사는 고정탄이 맡았다.

"샹지 배우님, 이젠 편히 쉬세요. 이 자리는 먼지가 쌓이지 않게 제가 오며 가며 잘 살피겠습니다."

추모식을 마친 뒤 한 형사는 카페 '순이네'로 고정탄과 오느릅을 데려갔다. 어느덧 한 형사도 순이네의 단골이 된 터였다. 경상도에서 근무하다가 서울로 올라온 지도 5개월이 넘어가지만 한 형사는 여전히 서울이란 도시를 겉도는 기분이었다. 그래도 종로 거리만큼은 한 걸음 정도 발을 들인 것도 같았다. 다른 동네들은 과거를 걷어 내고 새 이야기를 쌓아 올린 느낌이라면 종로는 퇴적

층처럼 과거부터 오늘까지, 많은 사람들의 인생이 누적된 느낌이었다. 1920년대 순이의 인생에, 대학로에서 배우로 살다 떠난 샹지의 인생에, 갓 서울살이를 시작한 한 형사의 인생까지, 종로 거리에 쌓여가고 있었다.

  한 형사와 고정탄은 순이네의 대표 메뉴인 두유 커피를 주문했고, 오느릅은 메뉴판 맨 끄트머리에 있는 초코 쉐이크를 주문했다. 견출지에 손글씨로 써서 메뉴판에 추가한 것으로 보아, 순이네의 단골들이 가끔 데려오는 불청객을 위한 메뉴인 듯했다. 한 형사는 두유 커피를 마시며 처음으로 〈네거리의 순이〉 전문을 찾아서 읽어 내려갔다.

    …

    눈바람 찬 불쌍한 도시 종로 복판에 순이야.

    …

  오느릅 말대로 전문을 읽고 나니 '순이'라는 이름이 제목만 알고 있었을 때와는 다른 느낌으로 다가왔다. 시의 화자인 오라비가 순이를 부르는 말이 한 형사는 유독 슬프게 느껴졌다. 그 시절의 순이도, 지금의 한 형사도, 세상을 떠난 샹지도, 모두 꿈과 미래를 찾아 서울로 올라온 젊은 노동자들이었다. 한 형사의 눈길이 카페

창 너머 종로 거리를 향했다. 한 형사와 비슷한 나이로 보이는 행인들이 하나같이 바쁜 걸음으로 어디론가 밀려가고 또 밀려오고 있었다. 저들 중 누구는 이 도시에 안착하겠지만 누구는 조용히 도시를 떠날 것이다. 끝내 막을 올리지 못한 대학로의 어느 연극처럼….

네거리의 순이에게 감정이입을 하기에는 다소 어린 청소년은 아까부터 휴대폰으로 위키를 들여다보고 있었다.

샹지의 위키 페이지였다.

환하게 웃고 있는 샹지의 프로필 사진 아래 생몰년도와 추모 문구가 있었다.

샹지(본명 상지혁) (1995년 9월 ~ 2025년 4월)

대학로를 사랑했던 배우 샹지는 벚꽃이 진 4월의 마로니에 공원에서 영원히 잠이 들었다.

작가 인터뷰_김아직

1. 서울을 배경으로 한 앤솔러지에 참여하게 된 계기는 무엇인가요?

언젠가 정명섭 작가의 강연 뒤풀이에서 서울을 배경으로 한 미스터리가 화제에 오른 적이 있었습니다. 평소 현실 도시를 배경으로 한 미스터리를 좋아하는 편이라 몇 마디 거들었습니다. 아마도 뉴욕 배터리 파크에 갔을 때 저 멀리 보이는 자유의 여신상보다 그곳 선착장이 엘러리 퀸 《Y의 비극》에서 요크 해터의 시신이 떠밀려온 곳이라는 점이 더 흥미로웠다는 이야기였을 것입니다. 그로부터 얼마 뒤, 오팬하우스 사무실에서 서울 미스터리 앤솔러지 계약서에 사인을 하는 나 자신을 발견하게 되었습니다.

이전에도 실제 도시와 동네 이름을 작품에서 적극 사용하는 편이었습니다. 내 글을 읽은 독자들이 그 공간에 당도하였을 때, 소설 속 서사를 복기하며 잠시나마 즐거워하길 바라는 마음에서였습니다. 하물며 서울이라는 특별한 도시를 배경으로 미스터리를 쓸 기회를 생겼는데 하지 않을 이유가 없었습니다.

특정 도시를 배경으로 한 미스터리는 그 도시의 거리를 은폐된 사연과 혐의의 공간으로 재구성하고, 무심히 지나던 행인들을 참고인과 용의자로 소환하여 하나의 범죄 서사로 발화시키는 작업입니다. 오래전 할란 엘리슨이 이스트 52번가의 아파트 창문 너머로 매 맞는 개가 낑낑거리는 소리와 어느 여인의 비명을 들었던 것처럼 나도 서울의 속울림을 듣고 한 편의 미스터리를 완성하고 싶었습니다.

2. 서울이란 어떤 도시인가요?

대학 진학을 계기로 스무 살 때부터 서울에 살았고 성북동에서 시작해서, 명륜동, 아현동, 행당동, 삼전동, 흑석동으로 옮겨 다니며 자취를 했습니다. 성북동에 살 적엔 고향 친구들이 정말로 그 동네에 비둘기가 많냐고 물어봐서 성가셨고, 명륜동에 살 적에는 대학로에서 술 마시던 선배들로부터 갑자기 비가 오니 우산을 빌려달라, 아무개가 길에 쓰러져 잠들었으니 이불을 가져와 달라 같은 부탁을 받았고,

아현동에 살 적에는 '존재의 이유'라는 김밥집 단골이었고, 행당동에선 처음으로 피트니스센터에 등록했다가 러닝머신에서 미끄러져 망신을 당했고, 밤낮이 완전히 바뀌었던 삼전동 시절에는 밤중에 피시방에 가려고 선크림을 바르다가 친구에게 놀림을 당했고, 흑석동에선 트로트를 부르며 호객하는 동네 앵무새 친구가 있었습니다. 그렇게 자잘한 추억들로 잔뿌리를 내리며 살았던 곳이 서울입니다.

그럼에도 서울은 내가 이방인이라는 자각을 끝내 떨쳐낼 수 없던 도시기도 했습니다.

시골에서 태어난 탓에 어려서부터 '나중에 서울 가면'이라는 조건문이 익숙했습니다. 하지만 그 조건문에 이방인의 서사가 내포되어 있다는 사실은 서울에 올라오고 나서야 깨달았습니다. 학생으로, 직장인으로 서울에서 버티면서도 내 삶은 여전히 '서울 사람이 되면'이 아니라 '서울에 가면'이라는 조건문의 지배를 받고 있었습니다. 인턴 월급의 절반을 방세로 내던 시절에도 귀성 차표값은 아깝지 않았고, 무표정한 얼굴로 출퇴근을 반복하면서도 어디선가 남도 말투가 들리면 절로 귀가 솔깃해지곤 했으니, 나는 본체와 중심 뿌리를 여전히 지방에 둔 채로 잠시 서울에 머무는 중이었습니다.

서울 사람이 되진 못했어도 서울 거리에 깃든 이야기에는 늘 심장이 뛰었습니다. 신촌 세브란스 병원을 지날 때면 김승옥의 〈서울, 1964년 겨울〉이 떠올라 먹먹해지고, 종로 사거리를 지날 때는 임화의 시 〈네거리의 순이〉가 생각납니다. 나도 작가가 되어 서울을 배경으로 한 작품을 쓰게 되었으니 10여 년간 서울 곳곳에 잔뿌리를 내리며 살았던 시간이 헛되진 않았던 것 같습니다.

3. 〈천사는 마로니에 공원에서 죽는다〉를 쓰게 된 계기는 무엇인가요?

대학로는 서울에서 가장 좋아하는 거리입니다. 그중에서도 마로니에 공원은 요즘도 생각이 많아지는 날이면 혼자 찾곤 하는 곳입니다. 무언가를 성취한 사람도, 반대로 무언가를 크게 잃은 사람도, 마로니에 공원에 가면 그저 뜨내기일 뿐입니다. 공원은 사시사철 열린 공간이지만 누구에게도 뜨내기 이상의 지위를 허락하지 않습니다. 통로는 열어두되 포용하지 않는 그 공원은 오래전에 헤어진 연인의 재회 장소로도 어울리고, 명예퇴직을 앞둔 직장인이 시끄러운 속을 달래고 가는 장소로도 제격입니다. 하지만 미스터리 작가로서 나는 마로니에 공원이 뜨내기들의 기대를 배반하는, 살인 사건의 배경이 되길 바랐습니다.

평범한 살인은 아니었으면 했습니다. 새벽에 홀로 마로니에 공원에 도착하여 벤치에 앉아 쉬던 누군가의 죽음, 어찌 보면 평화롭기까지 한 풍경 이면에 도사린 살의에 대해 쓰고 싶었습니다. 그렇게 머릿속에 이미지가 그려지자, 소설의 첫 문장도 떠올랐습니다.

"벚꽃이 진 4월의 마로니에 공원에서 배우 ○○가 죽었다."
그다음부터는 소극장이 즐비한 동숭동 거리와 마로니에 공원이 알아서 이야기를 엮어나가는 느낌이었습니다. 살인 사건의 피해자이자 주인공은 대학로에서 활약하는 배우였고, 미스터리를 풀어나가는 장치는 그 배우가 출연하는 연극이었습니다.

도시의 실제 거리에 이야기를 깃들게 한다는 건 정말이지 근사한 작업입니다. 제 글을 읽은 누군가가 훗날 마로니에 공원을 찾으면 휠체어 그네 맞은편 육각 벤치를 샹지가 죽음을 맞았던 곳으로 기억해 주길 바랍니다. 또한 공원 근처 편의점은 탐정 오느릅과 노숙인 고정탄이 야식으로 컵라면을 먹었던 장소로, 아르코예술회관 앞길은 새벽녘 용의자의 이동 경로, 혜화경찰서는 한 형사의 근무지로 기억해 주셨으면 합니다.

4. 독자들이 이 작품에서 주목했으면 하는 지점이 있다면 무엇인가요?

첫 번째로 봐주셨으면 하는 것은 여고생 탐정 오느릅의 캐릭터입니다.

여성 청소년이 피해자로 등장하는 미스터리 작품을 볼 때마다 무력감을 느끼곤 합니다. 여성 청소년을 대상으로 한 범죄가 드물지 않다는 현실과는 별개로, 작품 내에서 잔혹한 범죄 피해자로 그려지는 여성 청소년들은 작가나 감독이 던져놓은 더미 같다는 인상을 받을 때가 있습니다. 독자를 이해시키기 쉽고, 활용도가 높은, 대상화된 더미.

그래서 언젠가 미스터리를 쓴다면 여성 청소년에게 피해자가 아닌 탐정 역할을 맡기고 싶었습니다. 범죄 혐의점이 없는 샹지의 죽음과 공연장 외벽의 현수막을 갈마보며 미심쩍은 유사성을 포착하는 것은 사건을 일로 대하는 경찰이 아니라 상상력과 의심의 결합체인 '촉'을 가진 여고생 탐정이었습니다. 가출 상태다 보니 몰골이 다소 꾀죄죄하지만 사건을 두고 절대 퇴근하지 않는 탐정의 기개를 가진 오느릅을 응원해 주셨으면 좋겠습니다.

두 번째로 주목해 주셨으면 하는 지점은 샹지의 죽음이라는 현실 사건과 라울의 죽음이라는 작품 내적 사건의 이중 구조입니다. 현실의 사건이 라울의 죽음을 이해하는 단서가 되고, 작품 속 라울의 죽음이 샹지 사건을 푸는 힌트가 됩니다. 연극과 소극장의 거리인 대학로의 분위기를 최대한 살리고자 설정한 장치이기도 하고, 생전의 샹지에게 압박감을 주기 위한 메타픽션이기도 합니다. 〈천사는 광장에서 죽는다〉라는 메타픽션을 접한 뒤, 샹지가 소연우에게 연락을 했더라면 비극을 막을 수 있었을지, 그 답은 나도 모르지만 독자들도 2020년대 서울의 마로니에 공원과 서양 중세를 배경으로 한 두 가지 이야기를 오가며 추리를 즐기셨길 빕니다.

(신촌에서) 사라진 여인

콜린 마샬

일러두기
외국어 대사는 기울임으로 처리하였으며, 대화로 이어지는 영어와 일본어는 한국어로 옮기고 다른 언어의 인사말은 원어로 표기했습니다.

그녀의 이름은 이지혜였다. 아니면 김지혜였을까?

우리는 비어론토에서 처음 만났다. 서양 분위기를 지나치게 모방한 바에는 자주 가지 않지만 외국인 친구들과 3차나 4차로 가끔 가곤 했다. 어차피 신촌에 살아서 늦게까지 밖에 있어도 상관은 없다. 그날 초저녁에는 여섯 명이었지만 시간이 흘러 나를 포함해서 세 명밖에 남지 않았다. 우리는 비어론토에 있는 두 팀 중에 하나였다. 다른 한 팀은 남자 둘, 여자 둘로 다 한국인이었다.

미국과 달리 한국에서는 서로 모르는 사람들끼리 쉽게 말을 걸지 않는다. 옛날에 알았던 한 미국인은 바에 가서 타인과 대화할 수 없는 데 질려서 결국 귀국했다. 생각해 보면 그는 한국말을 아예 못해서 어려웠을지도 모르겠다. 기본적인 한국어를 할 줄 알았다면 한국의 사회 규범을 조금 어겨도 큰 문제는 없었을 것이다. 만약 모르는 한국 사람에게 한국어로 말을 걸면 놀라워하거나 궁금해하며 이야기를 이어갈 가능성이 높다. 게다가 그 한국 사람이 몇 시간 동안 술을 마셨다면 가능성은 훨씬 더 높아진다.

"*저 여자들은 괜찮네.*"

에릭은 머리로 한국인들의 탁자 쪽을 가리키면서 영어로 말했다. 그들이 들었을까 봐 나는 순간 긴장했다. 타지에 사는 많은 외국인들과 마찬가지로 에릭은 자기 말로 하면 주변에 있는 사람들이 알아듣지 못할 거라고 과신한다. 내 경험에 비추어 보면 외국인끼리 하는 대화를 엿듣는 사람들이 많지 않지만, 한국어든 영어든 외국인과 한국인이 함께 이야기하는 것은 항상 주목을 끈다.

"헤이, 다트 주세요?"

피터는 한국인 일행에게 큰 소리로 말을 걸었다. 비어론토에 가면 그는 항상 다트를 하고 싶어 한다. 생각해 보니 나는 서울에서 다트를 할 수 있는 데에 가본 적이 별로 없다. 흔한 캐나다의 스포츠 바처럼 꾸며진 비어론토에는 옛날식 다트 기계가 설치되어 있다. 그래서 에드먼턴 출신인 피터는 금요일 밤이면 항상 이곳으로 온다.

한국인들은 피터의 말을 들은 후 자기들끼리 수군거렸다. 나는 그들이 제대로 알아들었는지 아니면 못 알아들었는지 확신이 가지 않았다. 피터는 한국에 살고 있는 흔한 외국인처럼 꼭 필요할 때만 한국어를 하지만 술에 취하면 한국어 말문이 열린다. 물론 서툴기 짝이 없지만 어쨌거나 상냥한 이들에겐 의미가 전달되기 마련이다.

어느새 우리는 다 같이 다트를 하게 되었다. 한 번에 네 명씩만 할 수 있어서 우리는 여덟 명이 두 명씩 네 팀으로 나뉘었다. 한국인 두 팀과 외국인 두 팀으로 나누는 것이 당연하겠지만 에릭은 자기가 보고 있었던 여자에게 합류해 달라고 애원했다. 그녀는 *"괜찮아요, 괜찮아요."* 라고 몇 번 사양했지만 결국에는 손을 들었다. 한국 남자들이 언짢아 보이진 않았지만 속으로는 어이없어할 게 뻔했다.

나는 지혜라는 다른 여자와 한 팀이 되었다. 늦은 시각의 어두운 바에서 파악하기는 어렵지만 꽤 예쁘다고 할 수 있었다. 하지만 가장 기억에 남은 점은, 외모와 별개로 외국인인 나에게 한국어로 말을 걸었다는 것이다.

"어디서 오셨어요?"

나는 그 말이 무슨 뜻인지 안다. 한국에 이사 온 이후 계속 똑같은 동네에만 살아서 예전에는 신촌 사람이라고 응답한 적이 몇 번 있었는데, 그때마다 상대방은 혼란스러워했다. 이후 매번 듣는 질문에 가끔은 바로 대답하지 않고 "제가 어느 나라 사람이라고 생각하세요?" 하고 역으로 물어본다. 영국이나 독일, 남아공처럼 다양한 나라가 짐작으로 나오지만 정답이 나온 적은 거의 없다. 그날 밤은 수작을 부릴 마음이 없어서 곧장 대답했다.

"미국에서 왔는데 한국에 산 지는 좀 오래됐어요."

"혹시 교수님이세요?"

처음으로 들은 그 질문이 내가 그 여자에게 호감이 생긴 이유였다. 반면에 영어 선생님이냐는 질문은 한국에 도착했을 때부터 지금까지 적어도 매주 한 번은 받고 있다. 나는 영어를 가르친 적이 없지만 에릭과 피터는 처음부터 영어를 가르치러 한국에 왔다. 일을 하러 온 외국인들이 대부분 그렇듯, 길어야 2년쯤 한국에 머물 거라고 생각했지만 2년은 5년이 되었고, 5년이 다시 10년이 되었다. 에릭과 피터는 마침내 다른 직업을 찾았지만 우리와 같이 비어론토에 온 제프는 지금도 영어를 가르치고 있다. 서울에서 조금 떨어진 대학교에서 일하는 그는 종종 매튜 매커너히가 〈멍하고 혼돈스러운〉에서 연기한 인물의 대사를 인용하곤 한다. "*나는 여기 여자들이 좋아. 내가 나이가 들어도 그녀들은 언제나 같은 연령대야.*"

"번역가예요."

"우와, 대단하시네요. 학교 다닐 때 영어를 제일 좋아해서 한동안 번역가가 꿈이었어요."

놀라울 만큼 흔한 이야기다. 내가 번역을 공부할 때 한국인 동료가 적지 않았지만 결국에는 대부분이 그만두었다. 영어 수업에서 좋은 성적을 받는다는 게 반드시 번역을 잘하는 것을 의미하지 않을뿐더러, 새삼 번역으로 돈을 벌기가 얼마나 어려운지 깨달았기 때문일 수도 있다.

"그럼 책 좋아하세요?"

"음, 글쎄요…." 진지한 대답을 듣지 못했지만 어차피 문학을 토론할 만한 상황이 아니어서 화제를 바꾸기로 마음먹었다. 하지만 모르는 사람과 대화할 때 어색하지 않은 주제를 찾기가 쉽진 않았다. 미국에서는 습관적으로 어떤 일을 하는지, 어디에 사는지를 물어보지만 한국에서는 그런 질문에 대답하기 싫어하는 사람을 종종 만난다. 나 역시 너무 개인적인 이야기는 하고 싶지 않지만, 사람들이 나에게 어디에서 왔냐고 물어볼 수 있으면 나 또한 사람들에게 어디에서 왔냐고 물어볼 수 있지 않은가.

"서울 출신이세요?"

그녀는 내가 전혀 모르는 곳일 거라며 충청남도에 있는 도시 이름을 댔고 나는 들어본 것 같다고 했다. 엄밀히 말해서 거짓말이 아니었다. 지금은 한국에 산 지 오래되었기 때문에 작은 마을이 아니라면 도시의 이름은 적어도 한 번은 듣거나 읽은 것 같다. 하지만 한국에 막 이사 왔을 때는 비슷하게 들리는 지명들 때문에 헷갈릴 때가 많았다. 청주와 충주. 광주광역시와 경기도 광주. 이와 더불어 그 당시 서울 지하철엔 신촌역과 그 반대편에 위치한 신천역도 있어서 한글을 잘 못 읽는 외국인과 만날 때면 때때로 어긋났다.

"저 친구들과 자주 놀러 가세요?"

그들이 무슨 사이인지 궁금해져서 다른 팀이 다트를 던지는 사이에 또 질문했다. 늦은 밤 서울에서 애매한 숫자인 서너 명의 혼성 일행을 보는 것은 비교적 흔한 편이다. 그들은 커플일까? 동료일까? 가족일까? 서양 사람들이었으면 파악하기 쉬웠을 테지만 한국 사람들은 그렇지도 않다.

그녀는 에릭이 호감을 보였던 다른 여자를 가리키면서 말했다. "아니요. 처음이에요. 오랜만에 본 고등학교 친구거든요."

그 친구가 던진 다트는 다트판의 바깥에 꽂혔다.

"고등학교 때도 다트를 저렇게 잘 못했어요?"

"모르겠어요. 정신이 없는가 봐요."

그녀는 웃었다. 그 웃음이 어쩐지 친숙하게 느껴졌다. 미국에서는 우리가 전에 어디에서 만난 적이 없냐는 질문이 진부한 작업 멘트로 알려져 있지만, 그때만큼은 정말 우리가 어디에서 만난 적이 있는 것 같다는 생각이 들었다. 그녀가 아는 사람을 닮았다기보다는, 보는 각도에 따라 전혀 다른 사람이 떠오르는 얼굴이었

(신촌에서) 사라진 여인

다. 그녀가 다트를 던지려고 일어났을 때 나는 옷차림에서 그 단서를 찾으려고 노력했다. 회색 치마와 검은색 앵클 부츠는 요즘 대부분의 여자가 따르는 유행과 다를 바가 없었다. 눈에 띌 만한 유일한 점은 미색 반소매 니트에 크게 새겨진, 불어로 주말을 뜻하는 'FIN DE SEMAINE'이라는 문구였다.

"프랑스에 가보셨어요?" 다트를 던져 15점을 받고 나서 탁자로 돌아가면서 물었다.

그녀는 "아니에요! 디자인이 예뻐서 충동 구매했어요."라고 손사래를 치며 대답했다.

프랑스와 관련된 경험이 없을 것이라고 짐작한 내 생각이 딱 들어맞았다. 그렇게 생각한 이유는 프랑스에서는 'fin de semaine' 대신에 모두가 'week-end'라고 말하기 때문이다. 프랑스에 갔을 때 모국어에 대한 자부심이 그렇게 크고 콧대가 높은 프랑스 사람들이 왜 주말을 가리키면서 굳이 영어 단어를 사용하는지 이해가 되지 않았다. 사실상 '카메라'로 사진을 찍고 '엘리베이터'를 타고 '와인'병을 '오픈'하는 한국 사람들도 비슷하다. 아이러니하게도 프랑스어든 한국어든 영어 단어를 끼워 넣으면 미국인인 내가 알아듣기 더 어려워진다.

그녀가 니트를 어디에서 충동 구매했는지 알 것 같았다. 며칠 전에 신촌역에 있는 옷가게에서 본 것이 기억 났다. 서울에 사는 처음 몇 년 동안엔 길거리에 보이는 여성 패션이 무척 빨리 변하는 것에 놀랐지만 시간이 갈수록 그 패턴을 알아차렸다. 한국 여자들이 어떤 옷을 갑자기 많이 입으면 지하철역에서 판매하는 옷인 경우가 흔하다. 인기를 끌어서 지하철역에서 판매하는지 지하철 역에서 판매해서 인기를 끄는지 그 누구도 알 수가 없다. 내가 어색해한다 해도 'FIN DE SEMAINE' 니트가 한국에서 유행하는 게 놀라운 일은 아닐 것이다. 다른 생각에 몰두하느라 보통 때도 뛰어나지 않은 다트 실력이 현저히 떨어졌다. 그래도 우리 팀의 점수는 에릭과 그가 좋아하는 여자보다는 높았다. 감각 없는 그녀가 던진 다트는 다트판의 주변에라도 가면 다행이었지만 에릭은 아무 상관 없는 모양이었다. 우리 팀 위는 피터와 안경을 안 쓴 한국 남자였고, 그들 위는 제프와 안경을 쓴 한국 남자였다. 왜인지 모르겠지만 우리보다 술을 빨리 마셔서 더 취한 제프가 한복판에 몇 번 명중시켰다. 결국 제프 팀이 큰 차이로 이겼다.

"*U.S.A.! U.S.A.! U.S.A.!*"

미국인인 제프뿐만 아니라 한 팀이었던 한국 남자도 같이 U.S.A.를 외치고 있었다. 감정에 휩쓸렸는지 아니면 미국병이라는 것에 걸렸는지는 도무지 알 수 없었다. 어쩌면 미국을 과하게 좋아하는 한국 사람들이 적지 않을지도 모른다. 나는 미국에 있을 때보다 한국에서 성조기 무늬 티셔츠를 더 많이 봤다. 독일에서 유학했을 때는 그렇지 않았다. 내가 미국에서 왔다는 것을 알고 나서도, 한국 사람들처럼 〈모던 패밀리〉를 얼마나 재미있게 봤는지, 제일 좋아하는 마룬 파이브 노래나 뉴저지주로 이민한 친척에 대해서 얘기하지 않았다. 오히려 독일 사람들은 미국을 악의 제국으로 상세히 지적했다. 〈모던 패밀리〉를 보고 마룬 파이브를 듣고 뉴저지에 사는 친척들이 있어도 그들은 그랬을 것이다.

한국말을 거의 할 수 없는 제프와 영어를 구사하지 못할 것 같은 그의 팀 동료는 기적적으로 잘 통했다. 그들은 승리를 축하하기 위해 엄청난 양의 맥주를 원샷으로 연달아 들이켰고 피터와 안경을 안 쓴 한국 남자는 재시합을 하자고 했다. 나는 피곤하기도 했고, 이튿날까지 번역본을 제출해야 해서 집으로 갈 생각이었다.

"카톡 추가해도 될까요? 번역에 대해서 좀 궁금해서요."

케이스가 반짝반짝 빛나는 휴대폰을 꺼낸 나의 다트 팀 동료가 말했다. 신촌의 늦은 밤들은 으레 이런 식으로 끝난다. 처음 만난 사람과 카톡을 서로서로 추가하긴 하지만 95퍼센트는 결코 연락하지 않고 몇 개월 지내다가 그 사람의 생일 알림이 와도 누군지도 기억하지 못하기 마련이다.

지혜라고 자신을 소개했던 이 여자가 예외가 될지는 몰랐다.

**

    나는 대학교를 졸업하자마자 한국에 왔다. 세계경제 위기가 가장 악화된 시점이어서 미국에서 직업을 찾을 시도조차 하지 못했다. 영어를 가르치러 한국에 간 선배가 몇 명 있다고 들어서 속는 셈 치고 한번 해볼까 싶었다. 인터넷에서 검색하니까 한국말을 한마디도 못해도 될 뿐만 아니라 학교들이 오히려 그런 원어민 영어 선생님들을 훨씬 더 선호한다는 것을 알게 되었다. 지금 돌이켜 보면 경솔한 선택처럼 들릴 수 있지만, 나는 일자리에 미리 지원하지 않고 일단 전혀 모르는 한국이라는 나라에 가서 대학교 때 알바로 모아둔 돈만으로 한동안 살아보기로 했다.

    결국에는 영어를 가르치지 않았다. 유학했던 함부르크시에서는 어디에서든지 영어를 구사할 수 있는 사람을 찾을 수 있었고 독일어에는 영어와 비슷한 단어들이 많아서 간판의 의미도 상대적으로 파악하기 쉬웠다. 서울은 정반대였다. 나는 이곳에 도착하자마자 한국어를 모르면 생활하기가 얼마나 힘든지 깨달았다. 인터넷에서 학생 비자를 내주는 어학당을 검색하고 제일 유명해 보이는 곳에 등록했다. 재미 교포인 부동산 중개인을 통해서 그 어학당이 있는 신촌이라는 동네에 원룸도 구했다. 돈을 최대한 아끼면 1년 동안 그런 식으로 한국에 살 수 있을 거라고 판단했다.

(신촌에서) 사라진 여인

어느 정도까지 자연스럽게 습득할 수 있었던 독일어와 달리 한국어는 열심히 공부해야 했다. 자연스레 한국어 단어 몇 개를 알게 해주는 태권도조차 해본 적이 없는 나에게는 모든 단어가 낯설게 들렸는데 중국인과 일본인인 동료들은 훨씬 빨리 배웠다. 한동안 왜 그런지 이해가 안 갔지만 선생님이 무언가를 설명하면서 칠판에 한자를 써서 불현듯 이유를 알아차렸다. 중국어나 일본어 원어민은 한자를 잘 알아서 한국어를 한자로 접근하는 것이 당연했다. 한국에 산 지 몇 주밖에 안 되었던 나는 한국어가 한자와 관련이 있는 것도 몰랐다. 한자 그 자체를 알긴 했다. 학창 시절에는 일본 롤플레잉 게임 중독자가 돼서 미국에서 출시되지 않은 게임을 하려고 일본어를 독학하기까지 했다. 줄거리는 언제나 선술집에서 시작하고 괴물과 마법사가 나오는 게임들은 유치해 보일 수 있지만 굉장히 수준급의 일본어 읽기 능력을 요한다. 그 당시 독학했던 약 5천 개의 일본식 한자를 한국어에도 적용할 수 있다는 것을 깨닫자 학습 속도가 급속히 빨라졌다. 1년 안에 대화뿐만 아니라 간단한 글도 번역할 수 있게 되었고 머지않은 미래에 번역의 암시장에 들어가게 되었다.

한국에는 영어 번역을 필요로 하는 사람들이 많지만 번역 비용을 제대로 지불하기 싫어하는 사람들이 대부분이다. 어학당에 다니는 동료 몇 명이 그런 한국 사람들의 PPT 발표나 대학원 논문을 영어로 번역하는 것으로 먹고살고 있었다. 정부에 신고하지 않는, 합법적이지 않은 일을 하는 친구가 나에게 자신의 일을 제안했고 나는 그때 발을 들였다. 초기에는 한국어 실력이 부족해서 5분마다 사전을 참고하느라 몇 페이지를 번역하는 데도 하루 종일이 걸렸다. 빠른 번역이 필요한 의뢰인들이 적지 않아서 진한 커피를 마시면서 밤새워 기계처럼 번역을 했다.

   하지만 지금은 번역이 지루할 정도 쉬워졌다. 소설이나 시가 아닌, 내가 받은 밋밋한 글은 별 생각 없어도 순식간에 영어로 옮길 수 있다. 그러나 나는 한국어를 아무리 잘 이해해도 한국 그 자체를 이해하진 못한다고 느낄 때가 빈번해졌다. 사실상 틀에 박힌 생활을 하는 지금의 나는 한국어를 아예 몰랐던 옛날이 그립다. 주변에서 들리는 목소리를 알아듣지 못하고 간판을 읽지 못했던 그때는 신촌에서 걸어 다니는 것조차 이국적인 모험처럼 느껴졌다. 문을 열기 전, 문 뒤에서 뭐가 나타날지 모르는 신비감과 더불어 나의 매일매일이 예상 밖의 기적 같은 선물이었다. 더 나아가 어떤 밤에라도 나의 삶을 바꿀 미인을 마주치게 될 가능성이 있다는 믿음도 자라났었다.

(신촌에서) 사라진 여인

**

'번역가님 안녕하세요! 시간 괜찮으시면 오늘 커피 한잔하실래요?'

메시지가 왔을 때 누가 보냈는지 몰랐다. 카톡명은 'ㅈㅎ'이고 상태 메시지는 아리송한 영어 'live, laugh, learn~'밖에 없었다. 외국 같아 보이는 계곡에서 찍은 필터 처리가 된 셀카 프로필 사진에 부분적으로만 나오는 여자의 얼굴은 낯설었다. 마침 거의 빈털터리여서 번역 의뢰인인 줄 알았던 나는 정말 다행이라고 생각했다. 의뢰인이 나에게 커피 한잔하자고 초대하는 것이 흔하지 않았지만 거절할 여유가 없었다.

'안녕하세요! 어디가 제일 편하세요?'

'글쎄요. 신촌 잘 아시니까 카페 추천해 주세요.'

어떻게 내가 신촌에 사는 것을 알까 싶었지만 그 정도는 지인의 지인을 통해서도 알 수 있었다. 어학당에 다닐 때 종종 갔던 비교적 고풍스런 카페에서 만나자고 했다. 책이 많은 원목 인테리어와 8층에서 보이는 풍경은 사업 얘기도 할 수 있는 분위기를 자아냈다.

'좋아요! 3시 어떠세요?'

건너편에 대학교가 있어 공부하는 학생으로 항상 가득 차 있는 곳이라 자리를 잡으러 약속 시간보다 10분 일찍 갔다. 만날 사람을 알아볼 수 없었지만 외국인이 거의 없는 곳이라 그녀가 나를 알아볼 수 있을 거라고 확신했다. 그것은 아이러니하게도 대부분의 외국인들이 경험하는, 보이지 않는 사람이면서 동시에 모두의 눈에 띄는 사람처럼 느껴지는 것의 장점이다. 커피를 주문하기 전에 잘 보이는 탁자를 찾으려는데 누군가 나를 불렀다.

"번역가님!"

구석에서 아이스 라테를 든 여자가 손을 흔들고 있었다. 첫눈에 20대 초반일 수도 있고 30대 후반일 수도 있을 거라고 생각했다. 한국인들이 외국인의 나이를 파악하기 어려운 것과 마찬가지로 나는 한국인의 나이를 가늠하기 어렵다. 나는 짧게 인사하고 카운터에 주문하러 가면서 그 여자가 아는 사람인지 기억해 내려고 노력했지만 결론에 도달하기도 전에 내 아메리카노가 나왔다.

"뭘 시키셨어요?" 내가 그녀의 맞은편에 앉으려고 할 때 그녀가 물어봤다.

"미국인이어서 아메리카노를 주문했죠."

엄밀히 말하자면 이 농담은 말도 안 된다. 왜냐하면 아메리카노가 이탈리아어로 미국식을 뜻하긴 하지만 미국에선 아메리카노를 거의 마시지 않기 때문이다. 나는 한국에 오기 전에 아메리카노의 존재도 알지 못했다. 솔직히 유학하기 전에는 커피를 한 방울도 마셔보지 않았지만 독일에서 현지인들과 잘 어울리기 위해 매일 아침 카푸치노 먹는 습관을 가지게 되었다. 그리고 한국에서 살아가면서 모두가 사랑하는 아메리카노로 바꾸게 되었다.

"재미있으시네요."

그녀가 웃었고 약간 친숙한 그 웃음 덕분에 상대방이 누군지 알아차렸다. 카톡명 'ㅈㅎ'는 바로 지난달인가 지지난 달에 비어론토에서 다트를 하면서 만났던 그 지혜였다. 카페의 바닥부터 천장까지 나 있는 창문으로 들어오는 빛을 받은 그녀는 같은 사람처럼 보이지 않았다. 푸른색 원피스와 누드 메이크업이 그 밤과 전혀 다른 모습을 자아냈다. 나는 오늘 일거리가 없을 거라는 것을 받아들이고 머뭇거리면서 대화를 시도했다.

"그런데… 아직도 번역에 관심이 있으신가 봐요."

"네, 어떻게 번역가가 되셨는지 물어보고 싶었어요."

내가 그 과정을 처음부터 끝까지 설명하는 동안 그녀는 귀를 기울였다. 특히 나를 말고는 한국 남자와 결혼한 베트남 여자들밖에 듣지 않는 고급 한국어 수업에 대한 이야기를 좋아했다. 그러나 내가 '원래'와 '개인 사정'이나 '억울하다' 같은 영어로 번역하기 어려운 단어를 언급했을 때 그녀는 관심이 떨어져 화제를 바꿨다.

"번역가의 삶은 외롭지 않아요?"

그렇게 개인적인 질문을 받고 나서야 이 만남이 데이트일까, 하는 생각이 처음으로 들었다. 미국에서는 여자가 가끔 남자에게 데이트 신청을 하지만 한국에서는 거의 예외 없이 남자가 먼저 데이트를 신청한다는 것을 잘 알고 있었다. 나는 마지막으로 데이트한 게 언제인지 기억나지 않았다.

　한국에 사는 처음 몇 년 동안 데이트를 시도했지만 거듭 거절이라는 고배를 맛보았다. 고등학교 때 거절당하는 경험에 익숙해져서 큰 상처를 받진 않았지만 한국에서는 항상 거절한 여자들이 다시 만났을 때 왜 데이트하자는 말을 또 하지 않았느냐고 따졌다. 결국 좋아하는 여자에게 두 번이나 거절을 당해야 된다는 것 같은 무언의 규칙들에 지쳐서 데이트를 그만둬 버렸다.

　나는 그녀의 질문에 응수했다. "가끔 외로울 때가 있는데 신촌에서는 지루할 틈이 없어요. 예를 들면 영화. 대학교가 많아서 극장들이 항상 재미있는 예술영화, 독립 영화, 옛날 영화, 외국영화를 상영하고 있어요."

　관심을 되찾은 그녀는 말했다. "그럼 다음에 재미있는 영화를 보러 가시면 꼭 같이 가요!"

**

'다음 주 앨프리드 히치콕 영화 보러 가실래요?'라는 메시지를 지혜에게 보냈지만 3일이 지나도 그녀는 대답하지 않고, 보지 않았음을 뜻하는 숫자 1은 여전히 떠 있었다. 그저께와 어제도 보이스톡을 걸어봤지만 받지 않았다.

굳이 따지자면 이상한 것이 아닐 수도 있다. 미국에서는 한두 번 만난 사람과 아무 설명 없이 연락을 끊는 '고스팅(ghosting)'이라는 단어가 따로 있을 만큼 흔한 일이었다. 그러나 내 경험에 비추어 보면 한국 여자들은 연락을 끊고 싶을 때 고스팅과 달리 감정을 더 많이 쏟아내는 방법을 쓴다.

게다가 이제 막 알게 된 지혜가 벌써 고스팅할 이유가 전혀 없었다. 카톡에서 나를 차단하지 않았고 상태 메시지나 프로필 사진을 바꾸지도 않았다. 그녀의 전 프로필 사진들을 훑어봤다. 바닷가나 오래된 분수나 고급 레스토랑처럼 해외 명소가 배경인 셀카뿐이었지만 사진마다 얼굴이 조금씩 달라 보여서 다 다른 여자라고 착각할 수도 있었다.

나는 친구들의 단톡방에 들어가 우리가 비어론토에서 다트를 같이했던 여자들을 기억하냐고 물어봤다. 첫 번째로 답장한 것은 피터였다.

피터: 아 프랑스어 니트를 입은 장발머리와 다트 젬병인 단발머리?

피터: 에릭, 단발머리와 집으로 같이 갔지?

에릭: 떠올리게 하지 마.

에릭: 3주 동안 우리 집에 머물렀는데 갑자기 내가 싫다면서 다시는 보고 싶지 않다고 외치고는 뛰쳐나가 버렸어.

에릭: 그렇게 길게 머물러도 되냐고 나한테 물어보지도 않았는데. 적어도 청소는 많이 해줬지.

제프: 난 방학이 끝날 때까지 태국에 있을 거야.

제프: 여기 태국에 놀러 오면 그 여자를 완전히 잊어버릴 거라고 장담해!

친구들이 도움이 안 된다는 것이 분명해져서 나는 머리를 식히려고 담배를 사러 나갔다. 신촌로터리를 건너서 신촌역 출구 바로 앞에 위치한 디저트 카페의 창문 너머로 외국인의 얼굴이 눈에 띄었다. 대부분의 사람들이 한국어를 하는 공간에서 영어가 들리면 무시할 수 없는 것처럼 나는 서울 길거리에서 외국인 얼굴이 보이면 누구인지 궁금증이 일어난다.

그는 중년 한국인의 눈에도 당연히 띄었을 만한, 리처드였다. 그는 80년대에 한국으로 와서 90년대에 유명해졌는데, 당시 한국말을 할 수 있는 서양인들이 극히 드물어서 말솜씨가 조금만 있고, 수긍할 수 있는 외모의 소유자면 TV에 출연할 기회가 다반사였다. 전성기에는 리처드가 예능 방송과 광고에 거의 매일 나올 정도였고, 이후엔 영어 문제집 브랜드도 출시해 성공시켰다.

하지만 월드컵 시기인 2000년대 초에 리처드는 명성을 잃었다. TV 인터뷰에서 기자가 한국에 대해서 제일 좋아하지 않는 점이 무엇이냐고 물어보니 그는 서울 지하철에서 떠밀고 밀어제치는 아줌마들이라고 대답했다. 그의 말투는 농담처럼 가벼웠지만 방송 직후에 네티즌들은 리처드를 매도하며 한국의 아줌마들을 옹호하는 악플을 달기 시작했다. 어쩌면 그 악플러도 아줌마들이 지하철에서 하는 행동에 대해 매일 불평하는 사람들일지도 모른다. 이후 TV에 나오거나 교재를 출판해 달라고 하는 요청은 없었지만 그는 한국을 떠나지 않았다. 그는 TV에 나오기 전에도 신촌에선 이미 유명 인사였는데, 그때부터 쭉 살고 있는 듯 여전히 신촌 여기저기에서 자주 보인다. 비어론토에서도 몇 번 마주친 적이 있어서 그가 지혜를 알 수도 있다는 것이 불현듯 생각났다.

카페에 들어가 커피를 마시면서 노트북을 바라보는 그에게 말을 걸었다. *"안녕하세요! 저 기억하세요?"* 30년 넘게 신촌에 살면서 셀 수 없을 만큼 많은 외국인들을 만난 리처드가 내가 누구인지 기억하기란 어려울 것이다. 그건 중요하지 않다.

"아… 네, 네, 안녕. 별일 없지?" 그가 애매하게 대답했지만 나는 휴대폰을 꺼내고 바로 본론으로 들어갔다.

"혹시 이 사진들에 나오는 여자를 비어론토에서 봤는지 궁금한데요."

리처드는 독서용 안경을 내려 쓰고 지혜의 프로필 사진들을 주의 깊게 봤다.

"귀엽네. 내 여자 친구의 친구를 닮았어. 아니, 예전 여자 친구의 친구. 한 번 다 같이 노래방에 갔었어. 아마 이름이 지연이지?"

같은 여자일 거라고 짐작한 나는 그녀에 대해서 아무거나 기억 나는 것이 있냐고 물어봤다.

"글쎄. 제대로 이야기할 기회가 없었는데…. 프랑스에서 유학했다고 한 것 같아. 그 당시 내 여자 친구가 유럽에 집착해서 그녀가 프랑스에서 살았던 걸 엄청 부러워했어."

"그러면 다른 사람인 것 같아요."

"아니, 아니. 얼굴이 똑같아. 그리고 이 프로필 사진들도 다 유럽에서 찍지 않았어?" 그때 리처드의 휴대폰이 울렸다. 어울리지 않게도 벨소리가 케이팝 걸그룹의 노래였다.

"잠깐만. 내 여자 친구야." 리처드는 볼 때마다 매번 다른 여자와 있어서 오랫동안 사귀는 편이 아니라고 느꼈다. 그는 80년대부터 이곳에 살았으면서도, 대학교를 졸업하고 한국에 짧게 몇 년

머무르며 긴 관계를 유지하지 않는 전형적인 외국인 같은 인상을 줬다. 나는 그가 위신을 잃은 이유가 아줌마에 대한 발언보다는 결혼하지 않았기 때문이라고 추측한다. 리처드가 왔을 때와는 한국인의 사고방식이 많이 달라져서 만약 그가 지금 한국에 왔더라면 아무 문제가 없었을 것이다. 대신 요즘이라면 아예 유명해지지 못했을지도 모르지만.

"*나도 보고 싶어. 곧 집에 가. 뽀뽀!*"

리처드는 계속 여자 친구와 얘기하고 있었다. 50대, 아니면 60대가 넘었을 미국인 아저씨가 애교 있는 말투를 쓰는 것이 어색했다. 지난 20년 동안 무슨 일을 하고 지냈을지 상상하기조차도 어려운 리처드는 이젠 어엿한 신촌 붙박이가 되어버렸다.

**

90년대의 신촌이 지금보다 훨씬 더 활기찼을 것이라는 생각이 길거리에서 담배를 피우는 동안 떠올랐다. 주변에는 어학당을 다녔을 때 교재를 샀던 서점이 남아 있지만 대략 네 가게 중 한 군데에 임대 문의 플래카드가 걸렸다. 처음 여기에 살았던 몇 년 동안 갔던 카페들도 다 사라졌다.

신촌은 여전히 대학생으로 가득 차 있지만 최근 들어 불경기를 겪고 있었다. 옆에 있는 이대 앞은 더 심한 불경기에 시달리고 있었다. 이화여대 극장에서 며칠 전에 시작된 앨프리드 히치콕 감독의 30년대 영화 회고전을 보러 갔을 때, 예전엔 젊은 여자의 메카였던 곳이 유령도시처럼 느껴졌다.

한국에 사는 외국인에게 가장 재미있게 느껴지는 전성기는 아쉽게도 자신이 오기 10년 전이다. 2000년대 말에 처음으로 영어를 가르치러 온 제프는 모든 것이 저렴했던 IMF 때가 최고라고 나에게 늘상 주장한다. 한 번 만난 적 있는 70년대에 선교사로 한국에 온 미국인의 말에 따르면 그 당시 모두가 그에게 60년대에 왔었더라면 좋았겠다고 말했다고 한다. 지금 한국에 오는 외국인들이 내가 왔던 시절을 놓쳐서 아쉽다고 느낄 거라는 데는 의심의 여지가 없다.

담배꽁초를 거리에 있는 공공 재떨이에 버렸다. 많은 사람들이 담배에 거부감을 느끼는 미국에 살았을 때는 담배를 단 한 번도 피우지 않았지만 흡연자가 꽤 많은 한국에 살면서 담배를 피우는 습관이 생겼다. 길거리에서 담배를 피우면 모르는 여자에게 말을 걸기 더 쉬워서 그런지 계속 피우고 있다. 건강에 좋지 않은 것을 너무나 잘 알고 있지만 흑백영화 '덕후'인 나에게 담배란 설명하기 어려운 고전적인 매력이 있기도 하다.

지혜의 소재 불명으로 혼란에 빠지는 바람에 하루 종일 먹는 것을 잊어버렸던 터라, 담배를 피우자 약간 어지러워졌다. '더 힐링 브레드'라는 가까운 비건 빵집에 들러서 무언가를 먹기로 했다. 비록 난 비건이 아니고, 한국에서 비건으로 어떻게 살 수 있는지도 모르지만 그곳의 빵을 좋아해서 자주 간다. 한국 체인점 빵집들과 달리 빵이 너무 달지 않고 치즈나 소시지가 들어 있지 않기 때문이다. 대체로 미국과 유럽 사람의 입맛에 맞아서 더 힐링 브레드에서는 다른 데보다 외국인을 보기 쉽다.

들어가자마자 언제나처럼 구석에 앉아 있는 이탈리아 사람 세 명과 눈인사를 나눴다. 그들은 매일 그 자리에서 수다를 떠는데, 아는 사이라고는 할 수 없지만 같은 빵집 단골로서 서로 모른 척 할 수 없다. 대화한 적도 없고 누군지도 모르지만 창문을 통해 신촌의 거리를 하루 종일 바라보고 있으니 그들이 지혜를 봤을 가능성이 있을 거라는 생각이 머리를 스쳤다. 빵을 고르기도 전에 지혜의 프로필 사진을 열면서 이탈리아 사람들에게 다가갔다.

"아, buòn giórno. 다름이 아니라 제가 사람을 찾고 있는데 혹시 이 사람 본 적이 있으세요?"

그들은 내가 보여주는 사진들을 살펴보고 나서 자기들끼리 이탈리아어로 활기치게 이야기하기 시작했다. 과도한 손동작이 이탈리아인임을 상기시켰다. 나는 이탈리아어를 못하지만 그들이 쏟아내는 단어를 알아내려고 노력하며 암시적인 손동작에서 단서를 얻었다. 그들 중에 서울대에서 공부하는 두 명이 지혜를 수업에서 만난 적이 있는 것 같다고 했다.

영어도 익숙한 이탈리아 사람이 나에게 말을 전달해 줬다. *"네, 그녀가 경제학을 전공하는 최우수 장학생이고 대기업에 취직할 예정이래요."*

"정말요?" 놀라워서 한 말이었지만 이탈리아 사람들은 그녀가 어느 대기업에 취직하냐는 질문으로 착각했다. 그 착각은 '삼성'과 '현대'라는 단어가 자꾸 나오는 논쟁을 이끌어냈다. 삼성과 현대 그 자체를 구별하기조차도 어려운 나는 지혜가 유명한 대기업에서 일할 서울대 출신 인재란 것에 놀라 입을 벌린 채로 멍하니 있었다. 대부분의 한국인도 뉴스에서만 볼 수 있는 그 상상 속의 존재란, 하물며 외국인들에게는 우리와 공존하지 않는, 다른 차원의 범접할 수 없는 별천지인 것처럼 느껴진다. 그러한 삶을 영위하는 사람이 수요일 밤에 신촌에 있는 캐나다 테마 바에서 값싼 맥주를 마시면서 다트를 할 리가 있을까 하는 의구심을 가지며 *"알려주셔서 감사합니다."* 짧게 말했다.

활발한 손짓과 논의를 멈추지 않는 이탈리아 사람들은 내 말을 듣지 못한 듯이 아무 반응이 없었다. 그 어느 때보다 나는 더 혼란에 빠졌다.

**

빵집에서 매번 먹는 사과빵을 사서 나와 집으로 향했다. 가는 길에 페쿼드 카페를 지나갔다. 오후 2시여서 밤과 정반대로 길거리가 고요했다. 평일 12시 반마다 아이스 아메리카노를 마시러 오는 회사원 무리가 다 떠난 페쿼드 카페도 텅텅 비어 있었다. 창문 너머로는 주인아주머니와 미레유밖에 보이지 않았다.

프랑스에서 온 미레유는 예전에 내가 들었던 번역 수업의 동료다. 미레유는 그 당시 신촌에 있는 창문도 없이 답답하고 비좁은 고시텔방에 머물고 있어서 공부하러 매일 페쿼드에 출근 도장을 찍듯이 갔는데, 카페 분위기가 번역 일에 안성맞춤이어서 여전히 자주 간다. 항상 번역에 집중하느라 밤에 놀러 다닌 일이 별로 없겠지만, 신촌에 산 지 오래된 편이라 지혜를 만난 적이 있는지 궁금해진 나는 페쿼드에 들어가서 미레유에게 서투른 불어로 인사했다.

"Salut Mireille. Ça va?"

"Ça va, et toi?"

인사가 끝나자마자 나는 친구를 찾고 있다고 말했다. 물론 두 번밖에 본 적 없어 성도 모르는 지혜를 친구라고 할 수 있을지는 모르겠지만, 우리 사이를 자세히 설명할 필요는 없을 듯했다. 미레유는 모든 프로필 사진을 훑어보더니 알아본 듯한 표정을 살짝 지었다.

미레유가 고개를 살며시 들며 말했다. *"캐서린인 것 같은데."*

"캐서린? 프랑스 교포야?"

"아니, 한국 태생이라던데 세례명이 따로 있어. 성당에서 가끔 봤어."

미레유는 흔한 프랑스 사람처럼 가톨릭 신자일 뿐만 아니라 독실하지 않은 프랑스 사람들보다 미사에도 더 자주 간다. 나는 지혜에게서 가톨릭 신자 같다는 인상을 받지 못했다고 말할 뻔했지만, 프랑스에 비해 그 수가 적은 한국에서는 가톨릭 신자가 어떤 인상인지 몰라서 입을 다물었다. 미국에서 본 한국인들은 교회에 자주 가는 편이어서 한국이 기독교의 나라일 것이라고 속으로 생각했었지만 실제로 한국의 종교는 예상과 달리 다양했다. 내가 이전에 한국인 가톨릭 신자를 만난 적이 있었는지 없었는지 잘 모르겠다.

"혹시 지혜… 아니 캐서린을 잘 알아?"

"얘기한 적은 몇 번밖에 없어. 그녀는 내가 번역가라고 들었다며 일에 대해서 가끔 질문했어. 번역에 대한 관심이 있다고 했는데 그렇게 깊지는 않은 것 같았어."

비평가로부터 호평을 받은 문학 작품을 이미 스무 권 정도 번역한 미레유처럼 진정한 번역가가 또 있을까? 이어서 잡담을 하면서 그다음 주 그녀가 문학상을 받으러 프랑스에 돌아가야 된다는 말을 들었다. "*Bon voyage.*"라고 작별 인사를 하면서 나도 이제 일하러 가야 된다고 말했다. 그녀의 수상에 의기소침해진 나는 요즘 무엇을 번역하고 있냐는 후속 질문을 회피하고 싶어서 성급히 자리를 떴다. 일이 전혀 없는 것은 아니었다. 운 좋게 그날 아침 절실히 필요했던 번역 의뢰를 받게 되었다. 미레유처럼 유명한 시집이나 소설을 번역하는 건 아니고, 문학적 가치와 대중의 인지도로부터 멀리 떨어진 보험 회사 설립자의 자서전 주문이었다. 내 의지로는 전혀 읽을 리가 없는 책이지만 월말까지 옮기면 8개월의 월세에 해당하는 번역비를 받을 수 있었다. 집에 돌아가자마자 보기 시작했는데, 전형적인 성공담의 형식을 빌려 저자가 자기 만족을 넋두리처럼 하며 끊임없이 '특별하지 않고 평범한 사람'으로서 자신의 이미지를 부각시키려 억지로 강조해서 생각보다 더 지루했다.

   그런 측면에서 보험 회사 설립자의 자서전은 내가 읽었던 많은 한국 책들과 공통점이 있었다. 소설이든 비소설이든 주인공이 거의 '일반인'이어서 한국이 일반이라는 개념에 집착한다는 생각이 떠오를 때가 있다. 일반인이 되고 싶다면 언제나 대표적인 것을 선호해야 한다. 한국에선 영어로 번역하기 어려운 '대표'라는 단어가 자주 들린다. 본능적으로 식당에서 대표 메뉴만 주문하고 대표 브랜드의 상품을 사고 해외 여행할 때도 대표 관광지만을 방문하는 사람들이 적지 않다. 어찌 보면 대표적인 사람이 되는 것이 그들의 인생 목표일까?

   마음을 지혜가 아닌 다른 데로 돌리려고 재미없는 그 책을 밖이 어두워졌을 때까지 읽었다. 그러나 냉장고에 남아 있던 여러 반찬으로 저녁 식사를 해결하면서 그녀에 대한 궁금증이 다시 생긴 나는 그날 얻은 정보를 정리해 보고 싶은 충동이 일어났다. 리처드의 말에 따르면 지혜가 프랑스에서 유학했다고 하고 이탈리아 사람들의 말에 따르면 대기업에 취직할 서울대 출신 취준생이라고 하고 미레유의 말에 따르면 캐서린이란 가톨릭 신자라고 한다.

   앞뒤가 서로 맞지 않는 이야기들이 직접 만났던 지혜의 이미지와 상충되어서 나는 해답을 찾기 위해 신촌 거리에 다시 나갔다.

* *

   이미 오래전에 신촌의 전성기가 지났다 해도 내가 자랐던 미국 소도시보다는 훨씬 더 활기차다. 우리 동네는 단독 주택밖에 없어서 운전할 수 없으면 아무 곳에도 갈 수 없었는데, 아직 초창기 인터넷에서도 할 것이 별로 없었던 90년대 초에는 정말 따분한 삶이었다. 초등학교 때 내 유일한 즐거움은 주말에 밤새워 TV를 보는 것이었다.

그 당시 심야 재방송 프로그램 중에 가장 내 관심을 끌었던 것은 에피소드마다 앨프리드 히치콕 감독이 다른 추리나 공포 이야기를 소개하는 〈히치콕 극장〉이었다. 50년대와 60년대에 촬영된 한물간 작품이었지만 어린 나에게는 대체로 무섭고 충격적이었다. 히치콕의 영화를 한 편도 보지 못했던 나에게는 히치콕이 재치 있는 통통한 영국 아저씨로 보였지만 나중에 〈이창〉과 〈싸이코〉 그리고 〈새〉 같은 그의 유명한 작품을 비디오 가게에서 빌리고 나서야 왜 '서스펜스의 대가'로 알려져 있는지를 알게 되었다.

서스펜스와 단순한 놀람 사이의 차이점을 설명하면서 하치콕은 그만의 이론을 펼쳤다. 인물들이 대화하는 장면에서 숨겨져 있던 폭탄이 갑자기 터지면 시청자들은 놀랄 것이다. 반면 시청자들이 폭탄이 있는 것을 미리 알면, 장면을 보면서 폭탄이 언제 터질지 몰라 긴장을 느낀다. 그 느낌이 놀람과는 다른 서스펜스임을 히치콕은 일깨워 줬다. 다시 말해서 서스펜스는 시청자들이 인물들보다 정보를 더 많이 아는 상황이며, 추리는 인물들이 시청자들보다 더 많이 아는 상황이라고 했다. 그가 시청자들과 인물들 모두 애매하게 사실을 알고 있는 장르도 언급한 적이 있었을까? 내 생각엔 그 장르가 아마 '현실'일 것이다.

**

 불금이 아닌 목요일 밤이지만 놀러 나온 대학생들이 어디에서나 보였다. 이런 분위기는 대학교를 졸업한 지 10년이 넘은 내가 스스로를 늙은 것처럼 느끼게 만들 수도 있지만, 나는 원래 현지인들과 거리감이 많은 외국인이라 나이 차이에는 민감하지 않은 편이다. 밤에 신촌을 걸어 다니면 가끔씩 한국인 대학생의 삶이 어떤지 궁금해진다. 몇 년 동안 수능을 보기 위해 밤낮없이 공부하다가, 여유로운 신세계 같은 대학교에 들어가면 갑자기 얻은 자유에 방종하기 쉽겠다고 늘 상상한다.

 유행과 무관해서 대학생들이 잘 안 가는 비어론토로 향했다. 매주 목요일 바텐더로 일하는 주인인 캐머런이 지혜를 아는지 물어보고 싶었다. 여전히 초저녁이어서 사람이 몇 명밖에 없었고 아무도 다트를 하지 않았다. 맥주를 들고 TV에서 상영되는 하키 경기를 보고 있던 캐머런이 나에게 인사했다.

"안녕하세요. 오랜만이에요."

"안녕하세요. 오랜만이죠. 요즘 가게는 어때요?"

"별로예요. 뭐 마실래요?"

 그가 마시는 맥주와 같은 걸로 주문했다. 내가 모르는 캐나다 맥주만 팔아서 어떤 브랜드를 마셔도 상관없었다. 캐머런은 한

10년 전에 영어를 가르쳐서 번 돈으로 정통 캐나다 술집인 비어론토를 개업했다. 바를 운영하는 것이 초등학교에서 일하는 것보다 훨씬 더 힘들지만 그는 행맨을 한 번 더 해야 되었다면 돌아버렸을 것이라고 했다. 웃긴 것은 시골 도시인 사스카툰에서 자랐던 그는 토론토에 한 번도 가본 적이 없지만 어쨌든 캐나다 피를 물려받은 캐나다 사람이므로 한국인들은 신경 쓰지 않았다.

맥주를 주문한 후 나는 지혜의 프로필 사진을 열고 그에게 물어봤다. *"잠깐만요. 이 여자를 한두 달 전에 여기서 만났어요. 혹시 누군지 아세요?"*

하키 경기에서 눈을 뗀 그는 한동안 생각하더니 *"아, 그 여자네!"* 라고 말했다. 그는 자신의 휴대폰을 꺼내 앨범으로 가서 사진 하나를 찾아 보여주었다. 그 사진에는 길거리에서 여러 언어로 인쇄된 전단지를 나눠 주고 있는 두 명의 여자가 있었다. 그 여자들 뒤에 '영생의 비결을 알고 싶습니까?'라는 문구가 쓰인 현수막이 걸려 있었다.

"무슨 교회를 홍보하는 사람이에요?"

*"그냥 교회가 아니라 사이비예요. 옛날부터 종종 신촌로터리 근처에서 사람을 모집하려고 나타나요. 지나갈 때마다 꼭 말을 걸어서 진짜 짜증나게 해요! 그 여자가 여기에 왔을 때 낯이 익었는데, 며칠 후에 그 사이비인 걸 알아차리고 바로 사진을 찍었어요. 못 알

아보겠어요?" 나는 사진을 또 뚫어져라 쳐다봤다. 한 여자는 아주 머니였고 비교적 젊은 다른 한 여자는 지혜라고 하기에도, 그렇지 않다고 하기에도 애매했다. 마스크를 쓰고 있어서 확실히 알 수가 없었다. 어디에선가 그 사이비 교인을 본 적이 있는 것 같지만, 내 생각에 그들은 1호선에서 예수님에 대해서 소리 지르거나 명동에서 확성기로 종말의 시간에 대해서 설교하는 할아버지들과 다를 바 없었다. 대부분의 서울 사람들은 무시하지만, 그런 이들에게 피해 받은 외국인들이 많고, 캐머런처럼 대도시에서 자라지 않았으면 더욱더 그랬다. 길거리에서 다가와 말을 거는 예쁜 여자와 이야기를 나누면, 결국 종교 모임에 가기 마련이고 서울살이를 하는 모든 외국인 남자가 쓰라린 경험으로 배워야 하는 것이다.

"*안 돼, 안 돼, 안 돼!*"

TV를 돌아본 캐머런이 외쳤다. 그의 하키 팀과 마찬가지로 나는 난관에 부딪힌 것 같았다. 이 상황은 내가 제일 좋아하는 한국어 표현 중에 하나인 '앞뒤가 맞지 않다'로 설명할 수밖에 없었다. 지혜에 대해서 더 알아내면 알아낼수록 일이 더 꼬였다. 사고방식을 바꿔야만 이해할 수 있었고 그래서 캐나다 맥주가 아닌 더 센 일본 위스키가 필요했다.

**

1차인 비어론토를 마치고 2차로 텐노지 블루스에 갔다. 일본식 바로, 일본어를 하는 직원들만 고용하는 곳이다. 실제 영어를 하는 나라 사람들로 가득 찬 이태원 바와 달리 텐노지 블루스는 일본인 손님이 아니라 일본에 관심이 많은 한국인 젊은이들을 대상으로 한다. 대부분의 외국인과 마찬가지로 나는 한국에 오기 전에 한국인들이 다 일본을 싫어할 거라고 생각했지만 여기에서 일본 문화에 대한 호감이 소멸되지 않았다는 것을 단숨에 알아차릴 수 있었다. 일본 음식을 비롯해서 일본 만화와 일본 여행을 사랑하는 한국 사람들조차도 일본 정부를 싫어한다고 주장하긴 한다. 심지어 나는 그 말을 한국 사람이 일본어로 한 것을 들은 적도 몇 번 있다.

바의 문앞까지 일본 가수 아란 토모코의 80년대 노래 〈미드나이트 프리텐더스〉가 흘러나왔다. "어서 오세요!" 내가 들어가자 직원들이 한꺼번에 외쳤다. 그들 중 몇 명은 감출 수 없는 한국 억양으로 인사했다. 서울에 사는 일본 사람들이야 많겠지만 신촌 바에서 알바로 일할 마음이 있는 일본 사람들이 그렇게 많지 않아서 그런지 진정한 일본 분위기를 만들기는 어렵다. 원래 일본인들만 뽑고 싶어 했던 텐노지 블루스의 주인은 결국 일본어를 할 수 있는 한국인들에 만족해야 했다. 일본 문화에 로망을 가져서 일본어를 배운 한국 사람은, 한국 문화에 로망을 갖고 한국에 온 일본 사람보다 더 일본 문화에 맞추려 노력하니 오히려 다행인 것 같다. 주인의 이름은 카즈야다. 일본에서 태어나고 자란, 일본어로 '자이니치'로 불리는 재일 교포다. 부모님도 일본에서 태어나서 카즈야는 한국 이름이 따로 없을 뿐만 아니라 어릴 때 '안뇬구하세오'나 '키무치' 같은 한국어 단어밖에 배우지 못했다. 서울에 산 지 오래되었지만 여전히 한국어에 익숙하지 않아서 우리는 주로 내가 옛날에 독학했던 일본어로 얘기한다.

"카즈야 안녕하세요!"

"안녕하세요! 웬일이에요? 야구 시즌도 아닌데요."

내가 처음 텐노지 블루스를 찾았던 이유는 야구 때문이었다. 한국에 사는 처음 몇 년 동안은 비자 종류를 바꾸려고 종종 출국해야 해서 매번 비행하기 쉬운 일본 오사카시에 갔다 왔다. 첫 번째로 갔을 때, 어릴 때부터 야구팬인 나는 본능적으로 오사카 야구 팀인 한신 타이거즈 경기를 보러 갔다. 그곳에서 경험했던 미국의 어느 팀보다 열정적인 팬 문화가 인상적이어서 그때부터 쭉 타이거즈를 응원하고 있다. 서울에서 타이거즈 경기를 보여주는 바가 있나 검색해 보니 이곳, 텐노지 블루스가 나왔다.

나는 산토리 하이볼을 주문하고 나서 지혜의 사진을 꺼냈다.

"혹시 이 사람 여기에 온 적이 있나요?"

프로필 사진 두세 장을 본 카즈야는 머리를 끄덕였다. "아, 네, 에미코네요."

그가 착각한 것 같았다. "아, 아니요. 한국 사람이에요!"

"그래요, 한국 사람 맞아요. 사실 여기서 한동안 일했어요. 본명이 기억이 안 나는데 우리는 에미코라고 불렀어요." 일본인이 아닌 알바생도 일본식 별명을 사용해야 된다는 텐노지 블루스의 규칙이 있다. 내 하이볼을 만든 20대 남자 바텐더는 누가 봐도 한국인이었지만 명찰에는 '지로'라고 써 있었다.

"지혜… 아니 에미코가 어떤 사람이었어요?"

"열심히 일했어요. 쉽지 않은 삶을 살면서도. BMW가 뭔지 아세요?"

"독일 고급 자동차 브랜드 맞죠?" 생각해 보니 미국에 비하면 한국에는 BMW 차가 거의 없다고 해도 될 만큼 드문 것 같다. 내가 사는 오피스텔 건물의 주차 타워에는 'BMW 주차 절대 금지'라는 팻말도 붙어 있었다. 처음 봤을 때는 미국에서처럼 허영심 많은 BMW 운전자들에 대한 선입견 때문인 줄 알았지만, 나중에 한국 사람들에게 주차된 BMW 차가 갑자기 폭발할 가능성이 있다는 소식을 들어서 진짜 이유를 알게 되었다.

"아니요, BMW라는 대학교들 말이에요. 한국 학생들이 다 가고 싶어 하는 *SKY* 대학교를 아시죠?" 카즈야는 말하면서 SKY의 Y가 상징하는 연세대학교 쪽으로 손짓을 했다. *"BMW는 SKY의 정반대인 한국의 최하위 대학교들이에요. 에미코는 그 대학교들 중에 하나를 졸업했지만 꿈을 포기하지 않았어요. 일본어를 되게 잘해서 그 어느 누구도 한국 대학교로 차별할 수 없는 일본에 가서 통역가가 되려고 노력하고 있었고요. 여기 아르바이트를 그만두면서는 관광 가이드로 일하겠다고 했었어요. 그러고 나서 연락이 온 적은 없는데 아마 성공했을 거예요. 그런데, 어떻게 에미코를 아세요?"*

"그냥… 연락이 끊어진 지인이에요."

카즈야가 다른 일을 처리하러 간 사이 나는 지혜가 대학교에 대해서 언급했는지 기억해 보려고 애썼다. 나는 미국에서든 한국에서든 타인에게 어느 대학교를 다녔냐고 물어본 적이 한 번도 없다. 반대로 한국인들은 서로서로 어느 대학교를 나왔는지뿐만 아니라 고등학교와 중학교 그리고 초등학교까지 습관적으로 물어보는 것 같다. 순위를 너무 과하게 인식하는 한국 사회에서는 낮은 순위의 대학교를 졸업한 사람은 무슨 일이 있어도 그 사실을 숨기려고 할지도 모른다.

지혜는 일본어를 한 번도 언급한 적이 없다. 비어론토에서 다트를 던지면서 학교 다닐 때 영어를 제일 좋아했다고 말했지만 영어에 큰 관심이 없는 한국 사람들도 그렇게 말하곤 한다. 카즈야의 말 때문일 수도 있지만 지혜의 모습을 떠올려 보면 일본 사람 같은 분위기가 없지 않았다고 생각하게 되었다. 모든 면에서 지극히 평범했던 그녀가, 실은 미묘하게 이국적인 버릇과 태도로 내 시선을 끈 것은 아닐까?

  텐노지 블루스는 일본다운 분위기보다도 독한 칵테일을 파는 것으로 신촌에서 널리 알려져 있다. 야구 시즌이 아니어서 타이거즈 경기 없이 두 번째 산토리 하이볼을 음미하며 생각에 잠겼다. 술을 두세 잔을 마셔야 모국이 아닌 다른 나라에 살고 있는 현실을 느끼게 된다. 왜 한국에 사냐는 질문을 받으면 그냥 해외에 한번 살아보고 싶었다는 것보다 더 나은 대답을 찾을 수 없다. 신기하게도 한국에 온 지 오래되어서인지 요즘 들어서는 해외에 사는 것처럼 느껴지지 않는다. 오히려 점점 덜 방문하는 미국 낯선 나라처럼 보인다.

  휴대폰을 꺼내 미국의 SNS를 확인했다. 화면을 내리자 10년 넘게 만나지 못한 옛날 친구와 지인의 삶의 흔적이 나타났다. 보수가 좋은 직업을 가진 사람도 있었고, 대학원생으로 근근이 살아가는 것처럼 보이는 이들도 있었다. 몇몇은 결혼해서 아이를 두었고, 또 몇몇은 벌써 이혼하고 돌싱이 되어 나이트클럽에서 찍은 셀카를 올렸다. 물론 고향을 떠나지도 않은 고등학교 동창도 몇 명 있다. 나는 한국에서 영어를 가르치고 귀국한 사람들이 해외에 산 적이 없는 듯이 다른 사람들과 비슷한 방식으로 생활하고 있다는 인상을 받았다.

카톡을 열고 내가 3일 전에 지혜에게 마지막으로 보낸 메시지 옆에 떠 있는 숫자 1을 보면서 경찰에 알려야 하지 않을까 하는 생각이 들었다. 그런데 이름은 알지만 성과 나이 그리고 거주지 무엇 하나도 모르는 사람에 대한 실종 신고가 받아들여질까? 게다가 합법적이지 않다고 할 수 있는 번역 일로 먹고사는 내가 경찰의 관심을 끄는 것은 결코 좋은 생각이 아니다.

만약 내가 미국에 있었다면 이 상황에 어떻게 대처했을까? 미국 영화와 드라마에서 사람이 사라진 지 3일이 지나야만 실종 신고를 할 수 있다는 이야기가 자주 나온다. 이런 할리우드의 진부한 속설은 역시 사실이 아니다. 다만 빨리 신고한다고 해도 훨씬 더 심각한 사건을 담당하는 미국 경찰이 무엇을 해줄 수 있을지는 의문이다. 어쨌거나 이런 가정은 별 도움이 되지 않았다. 미국에서 벌어질 수 있는 여성과의 무수한 문제들 중에서 이런 상황은 거의 드물기 때문이다.

**

맥거핀이라는 개념이 널리 알려진 것은 히치콕의 영향이다. 그는 맥거핀을 설명하기 위해 기차에 탄 두 남자의 이야기를 하곤 했다. 한 남자는 다른 남자의 큰 짐을 가리키며 그것이 무엇이냐고 물어본다.

"맥거핀이에요." 다른 남자는 대답한다.
"맥거핀이 뭔가요?"
"스코틀랜드 고산지대에서 사자를 잡는 도구예요."
"스코틀랜드 고산지대에는 사자가 없는데요."
"그럼 그건 맥거핀이 아니에요."

히치콕의 말에 따르면 맥거핀은 아무것도 아니다. 다르게 말하자면 맥거핀이 무엇인지는 상관없다. 그 이유는 맥거핀의 유일한 기능이 인물의 행동에 동기를 부여하고 줄거리를 시작하는 도화선이기 때문이다. 〈오명〉의 와인병에 들어 있는 우라늄이나 〈북북서로 진로를 돌려라〉의 마이크로필름 그리고 〈싸이코〉의 훔친 돈과 같은 맥거핀은 인물들에게 지극히 중요함에도 불구하고 인물들 외에 관객들에게는 의미가 없다.

히치콕의 영화 몇 편을 보고 나면 그의 영화뿐만 아니라 다른 작품에서도 무엇이 맥거핀인지 알아내기 쉽다. 주로 보물을 비롯하여 기계나 서류, 비밀 정보 같은 것이지만 어떤 이야기에서는 사람일 수도 있다. 성격이 독특한 인물은 맥거핀이 될 가능성이 희박하다. 이상적으로 보면 맥거핀의 역할을 할 수 있는 인물은 관객들이 파악할 수 있는 특징이 거의 드러나지 않는다.

**

"뭐 해, 형?"

목소리가 뒤에서 들려왔다. 언어는 영어인데 완전히 한국 억양도 아니고, 그렇다고 완벽히 원어민의 억양도 아니었다. 돌아보고 나서 댄인 것을 알아차렸다. 적어도 1년 동안 못 봤지만 SNS 덕분에 이 동네의 디지털 홍보회사에 취직한 것을 알게 되었다. 야근하면서 잠깐 담배를 피우러 나온 듯했다. 우리는 그가 외국인을 위해 열었던 한국어 연습 모임에서 처음 만났다. 그때 갔던 미국식 펍은 폐업한 지 오래되어서 이젠 어디 있었는지조차 정확히 기억이 나지 않는다.

댄은 나에게 처음으로 자신을 소개하면서 *"저는 시카고 사람이에요."* 로 말문을 열었다. 나중에 알고 보니 두현이라는 본명을 가진 그는 시카고에서 기차로 1시간 떨어진 스코키라는 소도시에서 삼촌의 가족과 살면서 초등학교 6학년만 다니고 나머지 시간은 한국에서 보냈다. 댄은 한국어 연습 모임에서 자기 자신을 다른 한국인들과는 차별하여 설명하곤 했다. 그 후에도 나는 다른 한국 사람들에게서 비슷한 말을 들은 적이 많다. 한국에 살면서 다른 외국인들에게도 비슷한 불평을 자주 듣는다. 마주치는 사람마다 비슷한 이야기만 하다 보니, 늘 같은 사람을 만나는 듯한 기분이 든다는 것이다. 그럼에도 불구하고 댄은 대부분의 한국인과 다르다는 것이 어떤 측면에서 보면 사실인 것 같다. 나는 그 모임에서 짧은 기간 동안 여자 한두 명을 알게 되었지만, 참여했던 한국인 남자 중에 친구라고 부를 수 있는 사람은 댄이 전부였다.

댄이 근무 시간에 대해서 투덜거리는 걸 시작으로 서로의 근황에 대한 이야기를 나눈 뒤, 나는 얼마 전에 비어론토에서 만났고 홀연히 사라진 여자를 찾기 위해 노력하고 있다고 장황하게 늘어놓았다. 다른 사람들에게 그녀를 아냐고 물어봤을 때 그들이 하는 제각각의 이야기는 믿을 법하지만 다 합치면 앞뒤가 맞지 않는다고도 덧붙였다. 댄은 한참 동안 담배를 물고 조용히 생각한 다음 *"So you have problems with the woman."* 이라고 말했다.

그의 언어 선택이 단숨에 내 관심을 끌었다. 한국어가 유창한 외국인에게도 '은'과 '는' 아니면 '이'와 '가' 같은 조사를 올바르게 붙이기가 어려운 것처럼 영어를 잘하는 한국인도 관사를 자주 헷갈린다. 만약 댄이 'the woman' 말고 'a woman'이라고 말했다면 문법적으로 무난하게 들렸을 것이다. 왜냐하면 'the woman'이 뜻하는 것은 나에게는 없는 여자 친구나 아내이지만 'a woman'이 가리키는 것은 셀 수 없이 많은 여자 중 단순히 한 명이기 때문이다. 지혜처럼.

생각해 보면 'the woman'은 더 넓은 의미를 포함하기도 한다. 어떤 맥락에서 특징된 여자가 아닌 여자라는 보편적인 개념을 가리킨다면, 그 말은 모든 여자를 지칭한다고도 할 수 있다. 덧없이 시선을 주고받고 다시는 보지도 않을 타인에게 해당되며, 오랫동안 사귄 여자 친구에게도 해당될 수 있다. 3일 전에 바에서 대수롭지 않게 만났던 'a woman'에게 문자 메시지를 보냈고 오늘 아침부터 행방을 쫓으려고 노력해 왔지만 찾으면 찾을수록 나를 사로잡은 것은 잘 알지 못하는 'a woman'보다 정확하게 알아내기 힘든 'the woman'이 아닌가 싶었다. 드물긴 하지만 원어민보다 비원어민이 상황을 더 통찰력 있게 묘사하는 순간이 있곤 한다.

* *

사실상 나는 여자들 덕분에 한국말을 배웠다고 할 수 있다. 어학당에서 수업을 가르치는 선생님들 대부분이 여자이긴 하지만 거기에서 배웠던 것은 문법이나 기술적인 규칙에 불과했다. 그렇다고 내가 한국에 와서 사귄 여자 친구에게서 많이 배운 것도 아니다. 영어를 가르치러 와서 한국어 몇 마디로 살아가는 외국 남자들도 거의 예외 없이 연애할 수 있다. 하지만 나는 한국에 온 지 얼마 안 되었을 때는 여자 친구도 없었고 친구라고 부를 만한 사람조차 별로 없어서 그러한 규칙의 유일한 예외처럼 느껴졌다.

그 시기쯤 우연히 '룸13'에 가기 시작했다. 초반에 몇 번 스쳐 지나갔을 때는 어떤 곳인지 몰랐다. 그저 바처럼 생겼다. 낮에 영업하지 않고 밤에 열고 적어도 새벽 4시나 5시까지 불이 켜져 있었다. 한국 생활에 적응하기 어렵거나 내 인생이 어느 방향으로 가는지 전혀 모르겠어서 잠을 제대로 못 이루던 때라 한번 가보면 어떨까 싶었다. 룸13의 입구 바로 안쪽에 서 있던 잘 차려 입은 아주머니는 나를 보자 약간 당황한 표정으로 반응했다. 여전히 미국 바 같은 곳이라고 생각한 나는 혼자라고 당당히 말했다.

"잠시만 기다리세요." 예상 밖의 위기가 발생한 듯이 아주머니가 신속하게 안으로 들어가서 한 5분 후에 돌아왔다. "이쪽으로 오세요."라고 말한 뒤 어두운 복도를 지나 탁자 하나와 의자 두 개가 있는 작은 방으로 나를 데려갔다. 그러고는 내가 앉아도 되냐고 물어보기도 전에 메뉴판을 가리키면서 무엇을 마시겠냐고 물어봤다.

비싼 칵테일밖에 없는 목록에서 제일 저렴한 것을 고르자 아주머니는 방에서 나갔다. 과연 여기가 어디일까 하는 의문이 그제야 들었다. 창문도 없고 흐릿한 불빛의 방에서 나는 터무니없는 가격의 칵테일을 마시면 곧바로 떠나야겠다고 마음먹었다. 그러나 칵테일을 받자마자 다른 사람이 따라 들어왔다.

"실례합니다." 숨이 막힐 만큼 딱 붙는 원피스를 입고 비틀거리지 않는 게 어려운 굽 높은 구두를 신은 젊은 여자였다. 처음엔 평범한 종업원인 줄 알았던 그녀가 앉아도 되냐고 나에게 물어봤다.

나는 "앉으세요."라고 말하면서도 뭔가 잘못되었다고 생각했다. 사창가를 원했던 것이 전혀 아니었다. 하지만 외국인이 다른 나라에서 생활하는 도중 생기기 쉬운 오해일 수도 있었다. 그때는 한국어 실력과 한국에 대한 경험이 이러한 상황을 파악하기에 부족해서, 이해한 척 그러라고 할 수밖에 없었다.

"어머! 한국말 너무 잘하시네요!" 여자는 맞은편에 앉으면서 놀랍다는 듯 말했다.

그저 한국말 한 마디만 했던 나는 앞으로 어떻게 대응해야 할지 알 수 없었다. 매일 한국말을 잘한다는 칭찬을 받지만 내 억양과 문법이 서투른 것은 이미 잘 알고 있었다. 내 실력이 뛰어난 것이 아니라 한국어를 배워볼 관심이 있는 외국인들이 별로 없어서 비교적 사람들의 기대치가 낮은 것이었다. 나중에 알게 되었지만 한국말을 더 유창하게 구사하면 구사할수록 칭찬을 덜 받게 되었다.

어떻게 말을 이어야 할지 모르는 어색한 순간이 길어지자 결국 그녀가 입을 열었다. "칵테일 사주세요."

다른 선택이 없어서 나는 수긍했다. 그녀는 탄산음료처럼 보이는 밝은 분홍색 칵테일을 골랐고 한 모금 마시며 질문을 이어갔다. "선생님으로 일하세요?"

나는 머릿속에서 영어를 한국어로 겨우겨우 번역해 가르치고 있는 것이 아니라 배우고 있다고 가까스로 말했다. 그녀는 외국인이 한국어를 배우고 싶은 이유가 무엇인지 상상도 안 되는 듯 보였지만 시간이 흐를수록 받아들이게 된 것 같았다. 초급 어휘밖에 몰라서 간단한 질문밖에 할 수 없었지만 어차피 더 깊은 말할 거리가 어울리지 않는 상황이었다. 우리의 대화는 주로 이렇게 흘러갔다. "제일 좋아하시는 가수가 누구세요?" (비였다.) "드라마를 자주 보세요?" (최근에 〈신사의 품격〉을 재미있게 봤다.) "개나 고양이를 키우세요?" (하얀 몰티즈가 한 마리 있었다.) "미국에 가본 적이 있으세요?" (한 번도 없지만 옛날부터 뉴저지주에 있는 포트리라는 도시에 사는 사촌을 방문하고 싶었고 그곳이 뉴욕에 가까운지 궁금했다.)

이런 식으로 질문을 주고받으며 한 45분 동안 이야기가 지속되었다. 그녀가 다른 것을 마시겠냐고 물어봤을 때 나는 내일 수업이 있어서 이만 계산하겠다고 대답했다. 그 말을 내뱉으며 어학당에서 스무 명과 함께 공부하는 것보다 훨씬 더 유용한 수업이 방금 전 이 방에서 끝난 일대일 대화라는 것을 알아차렸다. 도발적인 옷을 입은 그 여자는 어울리지 않게도 과외 선생님과 비슷한 역할을 해주었다. 천천히 내 질문들에 대답했고 나의 수준에 맞는 말로 반문했다. 어떻게 보면 만취한 아저씨가 알아들을 수 있게 말하는 것과 한국어 초보 외국인이 알아들을 수 있게 말하는 것은 일맥상통한다.

교육적인 가치를 고려하면 칵테일 두 잔 값은 적당하다고 느껴졌다. 그 일이 있은 후 잠이 오지 않을 때마다 한동안 대화 연습을 하러 룸13으로 갔다. 항상 그 작은 방으로 안내되었지만 만나는 여자는 거의 매번 달랐다. 술을 마시면서 처음으로 만난 여자와 이야기할 수 있게 해주는 것이 룸13의 콘셉트다. 나와 한국인 단골과의 유일한 차이점은 내가 언어 연습을 하러 간다는 것이었다. 어릴 때부터 학교 교육과 안 맞았던 나에게는 전통적인 교육 방식보다 더 효율적이었다. 게다가 조용한 미국 교외에서 자랐던 나는 룸13에 가는 걸 동양의 암흑가로 내려가는 것처럼 상상하는 것을 즐겼다.

물론 룸13에서 만났던 여자들을 비교하면 더 많이 가르쳐준 사람도 있고 덜 가르쳐준 사람도 있었다. 어떤 여자들은 내가 한 질문들에 몇 마디로 대답했고 어떤 여자들은 인생 이야기를 길게 늘어놓았다. 또 어떤 여자들은 외국인과 대화하는 경험이 신기하다며 재미있어 했고 어떤 여자들은 답답하다며 불편해했다. 심지어 어떤 여자들은 지방에서 올라온 지 얼마 안 되어 나보다도 서울에 대해 잘 몰랐고 어떤 여자들은 서울 출신이라 이 도시에 능통했다. 덕분에 나는 룸13에 가는 횟수가 많아질수록 한국말에 조금 더 익숙해질 뿐만 아니라 서울도 깊이 알게 되었다.

지혜를 찾아 헤매던 그 밤에 오랫동안 가지 않았던 룸13이 다시 떠올랐다. 어느 시점부터 편하게 잠들 수 있고 한국말 실력이 많이 늘어서 갈 변명거리를 찾을 수 없었다. 그래도 늦은 밤에 불이 켜진 룸13을 종종 지나갈 때면 그 방에서 들었던 이야기를 회상할 수 있었다. 텐노지 블루스에서 두 번째 하이볼을 끝내면서 그곳이 여전히 옛날과 같은지 궁금해졌다. 어쩌면 술의 힘일 수도 있지만 지금 거기서 일하고 있는 여자가 어디선가 지혜를 마주치진 않았을까 하는 공상을 하게 되었다.

**

히치콕의 영화들은 서스펜스를 불러일으키는 것으로 유명하다. 그다음으로 평론가들이 자주 언급하는 것은 인상적인 여성 인물들이다. 영국에서 만든 초기 작품들에서는 여성 인물들이 다른 영화에 비해서 특별히 중요하지 않지만 할리우드로 와서는 속이고 훔치고 매료시키고 배신하고 살해당하고 가끔 살인하기도 하는 여성들이 등장했다. 영웅도 아니고 악당도 아닌 여자들은 줄거리의 필수 불가결한 요소가 되었다. 히치콕의 명작인 〈현기증〉에서 킴 노박이 연기한 매들린과 주디라는 이중의 자아가 왔다 갔다 하는 인물처럼 하나의 캐릭터로 다양한 모습을 보여줄 수도 있었다. 물론 어떤 영화에서는 먼지처럼 사라져 버렸지만.

**

   룸13 여기저기에 있던 빨간색과 녹색 조명이 언젠가 없어졌다. 무거운 원목 가구는 요즘 유행하는 미니멀리즘이라고 할 수 있는 유럽식 스칸디나비아 디자인을 모방한 의자와 탁자로 교체되었다. 잘 차려 입은 아주머니는 여느 때와 마찬가지로 안쪽에 서 있었지만 나를 알아본 티가 나지 않아서 그때와 같은 아주머니인지 확실하지 않았다. 사람들은 한국인들의 얼굴이 비슷해서 구별하기 어렵다고 하지만 실제로는 그렇지 않다. 얼굴은 다양한 반면 옷을 입는 스타일이 그렇게 개성 있지 않아서 착각하는 일이 비일비재한 것이다.

   알아봤든 알아보지 못했든 그 아주머니는 작은 방으로 나를 안내했다. 나에게는 과분한 진토닉을 시키고 기다렸다. 룸13에 돌아가자 마치 졸업한 지 몇 년이 지나도 과거를 세세히 기억하는 것 같은 익숙한 느낌이 들면서도 동시에 낯선 고등학교에 간 것처럼 느껴지기도 했다. 조금 지나자 옛날 그 여자들보다 화장이

옅고 조금 더 수수한 원피스를 입은 아주 젊어 보이는 여자가 들어왔다. 처음 왔을 때 이야기했던 여자는 나보다 한두 살이 더 많은 20대 중반이었는데 지금 이 여자는 나보다 거의 열 살이 어린 20대 중반이었다. 이제 와서 생각해 보니 제프가 자주 말하는 것처럼 내가 나이가 들어도 그녀들은 언제나 같은 연령대다.

"*좋은 저녁이에요. 반가워요.*" 그녀는 영어로 인사를 건넸다.

"한국말 하셔도 돼요."

"어머! 한국말 되게 잘하시네요. 어디서 배우셨어요?"

나는 룸13에서 했던 100시간의 회화 실습을 말하는 대신에 가까운 어학당을 다녔다고 대답했다.

"영어 가르치세요? 저는 학교에서 영어 수업을 좋아했어요. 항상 행맨을 이겼거든요."

원래 영어를 가르치러 한국에 왔지만 결국에는 번역가가 돼버렸다고 설명하면서 휴대폰을 꺼내 지혜의 카톡 프로필을 열었다. "혹시 이 사람을 신촌 어디선가 본 적 있으세요?"

그녀는 지혜의 사진들을 살펴봤다. "부인이세요?"

"아니요, 아직 결혼 안 했어요." 룸13의 고객들 중에 유부남이 많을지도 모른다.

"그럼 여친이세요?"

"여친도 없어요. 그냥 친구, 아니 지인이에요. 갑자기 연락 끊겨서 걱정이 돼서요."

그녀는 슬며시 미소를 지었다. "그런 여자도 있긴 하죠."

"이름이 지혜예요. 낯익어 보이나요?"

그녀는 잠깐 망설이다가 대답했다. "아니요. 모르는 사람이에요. 죄송합니다."

나는 망했다고 생각했다. 아주머니에게 다른 여자를 요청할까 싶었지만 그녀는 푸른색 칵테일을 한 모금 더 마시고 말을 이었다.

"완전히 다른 얼굴인데 무언가가 우리 언니를 떠오르게 해요. 언니는 저보다 다섯 살이 많은데 10년 일찍 서울로 올라왔어요."

"어디 출신이세요?"

"대구요. 사실 언니가 서울로 올라왔을 때 연락이 끊어졌어요. 언니는 어릴 때부터 엄마 아빠랑 매일 싸웠어요. 열일곱 살이 되던 해에 곧 짐을 싸서 서울행 버스를 타겠다고 하더니 정말 어느 날 밤 훌쩍 집을 떠나버렸어요. 저는 계속 '가지 마, 가지 마.'라고 외쳤지만 언니는 내 말을 듣지 않았죠. 언니는 그럴 수밖에 없다고 했어요."

"언니는 지금 서울에 살고 있어요?"

"어떻게 되었는지 잘 모르겠어요. 인터넷에서 서울에 사는 친구를 사귀었다고, 그 친구한테 동거해도 된다는 허락을 받았다고 했어요. 그 친구의 집이 대학교 근처라고 말한 적이 있긴 한데, 그래도 이런 대도시에서 찾는 것은 가망이 없어 보이죠."

"부모님께서도 찾아보셨나요?"

"우리 집은 그럴 처지가 아니에요. 아빠는 술과 도박에 빠지셨고 외박도 잦았어요. 언니는 열 살 때부터 아빠한테 자주 말대꾸를 했어요. 엄마가 그런 아빠의 행동을 그냥 받아들이는 것도 못마땅해했고요. 그 후 몇 년을 더 견디다 그런 생활에 진저리가 났는지 가출한 거죠."

"여전히 언니에게서 아무 연락이 없어요?"

"전혀 없어요. 얼마 전에 아빠가 돌아가셔서 그 뒤에 서울로 올라왔어요. 돈을 벌어 엄마에게 보내드리고, 어쩌면 언니를 만나게 될 수도 있다고 생각했어요. 그래서 대학교가 제일 많은 여기 신촌에 왔어요. 일자리도 많아서 살 만해요. 가끔 언니처럼 생긴 사람을 봤다고 생각해서 다가갈 때가 있지만 예외 없이 언니가 아니에요."

그녀가 했던 이야기는 룸13 같은 바에서 고객과 나누기에 너무 개인적이었다. 하지만 나는 내가 보통의 고객들과 다르다는 사실을 잘 알고 있었다. 내가 멋있다거나 내게 호감이 있어서 그녀가 속마음을 털어놓는 것이 아니다. 내가 한국인이 아니어서 거리낌이 없이 그 어떤 것도 말할 수 있는 것이다. 어떻게 보면 한국에서 외국인들은 제대로 된 사회의 구성원으로 여겨지지 않기 때문이다. 그 상황을 견딜 수 없어서 귀국할 수밖에 없는 외국인들도 있긴 하지만 내 생각에는 그 사실을 받아들이면 오히려 장점이 될 수 있다. 물론 그럼에도 불구하고 한국에서 외국인으로 사는 게 불편할 때가 있다.

   양해를 구하고 담배를 피우러 뒷문으로 나갔다. 골목길에 서서 카톡을 보며 왜 지혜를 찾을까라고 자문해 보았다. 사랑하지 않는 것은 말할 것도 없지만 겨우 아는 사이였다. 그녀를 모르기 때문에 호기심이 발동했을까? 더 정확히 말해 그녀에게서 친근한 점도 있으면서 낯선 점도 있기 때문이었을까? 서로 모순될 뿐만 아니라 내가 만났던 지혜와 관련이 전혀 없을 법한 이야기들을 들은 만큼 호기심은 점점 더 커졌다.

   이 도시도 마찬가지인 것 같다. 서양에서 온 지 얼마 안 된 외국인들은 여느 선진국 대도시들과 그다지 다르게 보이지 않는 서울에 이국적인 면이 별로 없다고 생각하기 쉽지만, 머지않아 그 모든 것이 모국에서 알았던 것과 미묘하게 다르다고 깨닫는다. 그 때문에 느끼는 헷갈림과 혼란은 한국 사회를 오래 경험하고 한국어를 유창하게 구사해도 사라지지 않는다. 이방인으로서 한국을 온전히 이해할 수 없다면, 한국어를 배우는 일을 번거로워하는 외국인들의 태도도 어느 정도 이해될 만하다. 나는 모국도 아니고 조상의 나라도 아닌 이곳, 한국에서 도대체 무엇을 찾고 있는 걸까?

  10년 전 외국에 체류하고 있던 젊은 미국인으로서 나는 그 질문에 대해서 굳이 생각할 필요가 없었다. 한국어 공부에 몰두하느라 다른 걱정은 생기지도 않았다. 연달아 두 번째 담배에 불을 붙이면서 어두운 골목길 건너편에 있는 헌책방을 바라봤다. 한국에 산 지 몇 개월이 지났을 때부터 종종 갔던 책방이다. 한국에 도착한 후 한글로 된 책밖에 읽지 않았던 터라 태어나서 처음으로 영어로 쓰인 소설을 읽고 싶은 욕망이 생겼다. 내용은 상관없었기 때문에《파리대왕》이나《이선 프롬》같은 학교에서 재미없게 읽었던 책도 괜찮았다. 지하에 위치한 헌책방에 내려가 들어가자 바닥에서 천장까지 마구잡이로 쌓인 책들에 둘러싸였다. 주인 할아버지에게 영어 책이 있냐고 물어보자 그는 가게의 뒤쪽을 희미하게 손짓했다. 거기에서는 영어뿐만 아니라 한국어를 제외한 세계의 모든 언어의 책들이 섞여 있었다. 카를 마르크스의《자본론》독일어 원본과 베트남어 교과서 그리고《일리아드》의 포르투갈어 번역본은 모두 한 선반에 꽂혀 있었다. 한동안 둘러보고 나서 내 눈은 니코스 카잔차키스의《최후의 유혹》에 멈추었다.

  옛날 영화 '덕후'인 나는 카잔차키스가 60년대에 나온 영화〈그리스인 조르바〉의 원작 소설을 썼던 것을 알고 있었다. 그 당시에 몰랐던 것은《그리스인 조르바》를 사랑하는 한국 사람들이 상당히 많다는 것이다. 어쩌면 그런 한국 사람이 카잔차키스의 다른 문학 작품을 영어로 도전하려고 했지만 결국 그 책이 헌책방에 파묻혀 버린 게 아닐까 하는 인상을 주었다. 엄밀히 말하자면 원래 영어 소설이 아니었고, 그리스어에서 영어로 번역된 소설이지만 내 기대감을 충분히 만족시켰다. 두꺼운 그 책을 사서 며칠 안에 열심히 완독했지만 지금 생각해 보면 내용이 거의 떠오르지 않는다. 유일하게 기억할 수 있는 구절은 이것이다. "이 세계에는 여자가 한 명밖에 존재하지 않는다. 그 여자는 무수한 다른 얼굴이 있다. 한 여자가 떨어지고 다음의 여자가 생긴다."

반박하기 어려운 카잔차키스의 그 주장을 곱씹어볼 때 뒷문이 열리는 소리가 들렸다. 아까 맞은편에 앉아 있던 여자였다. 흰색 롱패딩을 입어서 얼핏 귀신처럼 보였다.

"기다리게 해서 죄송합니다. 요즘 마음이 조금 복잡해요." 나는 사과했다.

"아니에요. 혹시 담배 빌려도 될까요?"

담배를 건네주고 불을 붙여주었다. 한국에 사는 처음 몇 달 동안은 한국 여자들이 담배를 피우지 않는 줄 알았지만 나중에야 남자와 달리 이런 골목길처럼 잘 보이지 않은 곳에서만 담배를 피우는 것을 알게 되었다. 말없이 1, 2분이 지난 후에 그녀는 휴대폰을 꺼내면서 침묵을 깼다.

(신촌에서) 사라진 여인

"원래 안 되는데…."

규칙을 어긴다는 뜻인 그 말도 내가 좋아하는 한국어 표현 중에 하나였다. 영어로는 '원래 안 되는데.'와 딱 맞아떨어지는 말이 딱히 없다. 어학원을 다니던 시절, 초등학교 때 미국에서 1년 정도 살았던 여자와 짧게 사귀었다. 그녀가 다녔던 학교 주변에는 오후 5시까지 영업하는 사탕 가게가 있었다고 했다. 매주 금요일 3시 반에 그 가게에 가곤 했지만 한 번은 수업 후 과제를 해야 해서 정확히 5시에 가게 되었는데, 창문 너머로 그녀의 눈을 본 주인아주머니는 문을 잠가버렸다. 그녀는 그런 일이 한국에서는 절대 일어나지 않을 것이라고 자주 말했다. 좋건 나쁘건 미국에서는 원래 안 되는 것은 어쨌거나 안 되는 법이다.

"…카톡 추가할까요?"

예전에 룸13에서 일하던 종업원 중에는 이런 요청을 한 여자가 한 명도 없었다. 왠지 모르게 거절할 수 없게 느껴졌다. 십중팔구 결코 나에게 연락하지 않을 것이다. 아니면 나중에 언니를 본 적이 있냐고 물어보고 싶은 건지도 모른다. 그렇지 않다면 카톡 친구 중에 외국인이 있으면 재미있겠다고 생각했을 수도 있다. 물론 그녀가 나를 좋아할 가능성이 전혀 없는 것은 아니었다. 바에서 밤새 모르는 남자와 칵테일을 마시면서 돈을 버는 여자와 결혼해 김포나 수원 같은 도시로 이사 가서 아이를 몇 명 낳는 미래를 잠시 상상하자 웃을 수밖에 없었다.

"뭐가 그렇게 웃겨요?"

"아니요, 아무것도."

이 여자를 만나서 얻을 것이 무엇인지는 기다려보면 알게 될 것이었다. 밋밋한 서류 번역이나 신촌 극장의 옛날 영화 회고전도, 그리고 가끔 가는 비어론토의 반값 맥주 수요일도 여느 때와 다를 게 없을 것이다. 생일이 몇 번 더 지나가고, 임대 계약서를 몇 번 더 연장해도 나는 여전히 신촌에 있을지 모른다.

그녀의 이름은 박서연이었다. 아니면 박서현이었을까?

작가 인터뷰_콜린 마샬

1. 서울을 배경으로 한 앤솔러지에 참여하게 된 계기는 무엇인가요?

전문적으로 글을 쓴 지 거의 20년이 되었는데, 〈〈신촌에서〉 사라진 여인〉은 처음으로 쓴 소설이에요. 원래 에세이만 써 왔는데, 정명섭 작가가 이 앤솔러지에 참여해 달라고 요청했어요. 물론 모국어가 아닌 한국어로 쓰는 건 쉽지 않았지만, 그게 오히려 낯선 장르에 도전하는 데 도움이 되었는지도 몰라요. 다른 언어를 사용하면 다른 성격이 생길 수 있다는 현상과도 연결되어 있겠죠.

2. 서울이란 어떤 도시인가요?

한국에 이사 오기 전에 4년 동안 로스앤젤레스에 살았어요. 로스앤젤레스가 세계에서 가장 흥미로운 도시 중 하나라고 생각하지만, 몇 년을 살다 보니 대부분의 동네를 어느 정도 이해했다고 할 수 있었죠. 로스앤젤레스와 달리, 산 지 10년이 넘은 서울은 여전히 수박 겉핥기 식으로만 아는 것처럼 느껴져요. 전혀 몰랐던 동네들을 자주 발견하고 있고, 제가 사는 동네의 미처 몰랐던 특징들도 계속해서 알게 되고요. 한국 사회와 마찬가지로 서울도 늘 변화하고 있어서 완벽하게 아는 것은 불가능할지도 몰라요.

3. 〈(신촌에서) 사라진 여인〉을 쓰게 된 계기는 무엇인가요?

정명섭 작가의 요청을 처음 받았을 때는 망설였지만, 주인공을 외국인으로 설정하고 제가 오랫동안 살아온 신촌을 배경으로 써보라고 권유하자 시도해 보고 싶은 마음이 들었어요. 주요 대학이 있는 신촌 같은 동네여서 존재할 수 있는 '외국인 공동체'를 소재로 삼는 것은 한국 문학에서는 흔치 않은 이야기라 좋은 기회로 보였고요. 또 주인공의 여자 친구가 갑자기 실종된다는 설정을 줄거리 요소로 제안해 줘서 〈사라진 여인〉 같은 다른 앨프리드 히치콕 영화들이 자연스럽게 떠올랐어요. 소설을 쓰면서, 에세이와 마찬가지로 허구 작품에서도 서로 관련이 없어 보이는 여러 요소들을 결합할 수 있다는 사실을 깨달았어요.

4. 독자들이 이 작품에서 주목했으면 하는 지점이 있다면 무엇인가요?

처음부터 〈(신촌에서) 사라진 여인〉을 유머러스하게 쓰고 싶었지만, 서양인의 유머 감각과 한국인의 유머 감각이 크게 달라서 그것이 독자들에게 잘 전달될 수 있을지 궁금해요. 또 소설을 쓰면서 실제로 신촌에 있거나 신촌에 있었던 장소들에서 영감을 받아 배경을 만들었어요. 신촌을 잘 아는 독자들이라면 그 장소들이 어디인지 알아볼 수 있을까 싶어요.

5. 오랜 시간 한국에서 살아가고 있는 외국인이라는 점이 주인공과 같은데, 다른 공통점이 있으신가요?

일단 주인공이 저 자신이 아니라는 점을 강조해야 할 것 같아요. 우리는 둘 다 한국에 살고 있는 미국인이지만, 저는 번역가도 아니고 담배를 피우지도 않으며, 영어를 가르치러 한국에 온 것도 아니에요. 앨프리드 히치콕의 모든 영화를 보긴 했지만, 히치콕보다 더 즐겨 보는 감독들도 많아요. 몇 년 전에 신촌을 떠났고 지금은 결혼해 가정을 이루었어요. 다만 제가 아는, 한국에 거주한 적이 있는 다른 서양인들의 다양한 경험과 생각을 소설에 조금씩 담기도 했어요. 그래서 주인공의 경험들은 대부분 사실에 기초했다고 할 수 있어요.

6. 가장 좋아하는 추리소설이 무엇인가요?

사실 저는 추리뿐만 아니라 전통적인 장르 문학 전반에도 관심이 적어서, 추리소설을 쓰기 위해 그 장르의 형식을 재해석하고 해학적으로 접근해야 했어요. 가장 좋아하는 추리 소설인 아베 코보의 《불타버린 지도》에서 약간의 영감을 받았어요. 그 소설에서 주인공인 탐정은 초반엔 사라진 여자를 찾으려 하지만, 결국 자기 정체성을 잃게 되고, 〈(신촌에서) 사라진 여인〉의 주인공의 상황도 크게 다르지 않아요. 그의 경험과 시선은 결국 '이미 정해진 끝이 처음으로 되돌아오는' 소설 형식에 맞춰 정해져 있어요. 토마스 베른하르트의 견해와 마찬가지로, 제 생각에는 소설이라는 매체에서 줄거리와 사건은 인물의 생각을 드러내 주는 요소라고 봐요.

7. 혹시 장편소설을 쓸 생각이 있으신가요?

앤솔러지에 참여한 경험 덕분에 장편소설로 발전시킬 수 있는 개념이 머릿속에서 형태를 갖추기 시작했어요. 〈(신촌에서) 사라진 여인〉처럼 주인공이 한국에 사는 미국인이고,

작품 속에서 여러 언어가 섞일 거예요. 어떤 면에서는 일본 소설가 미즈무라 미나에가 일본어와 영어로 쓴 《사소설 From Left to Right》을 본떠, 미국적인 '로드 무비' 같은 이야기를 쓸 수 있으면 좋겠어요.

그날, 서울에서는 무슨 일이

초판 1쇄 인쇄 2025년 12월 1일
초판 1쇄 발행 2025년 12월 15일

지은이	정명섭, 최하나, 김아직, 콜린 마샬
총괄	김명래
책임편집	김혜정
디자인	zincbook
책임마케팅	최혜령, 박지수, 도우리, 양지환
마케팅	콘텐츠 IP 사업본부
해외사업	한승빈, 박고은
경영지원	백선희, 권영환, 이기경, 최민선
제작	제이오
펴낸이	서현동
펴낸곳	㈜오팬하우스
출판등록	2024년 5월 16일 제2024-000141호
주소	서울특별시 강남구 테헤란로 419, 11층 (삼성동, 강남파이낸스플라자)
이메일	info@ofh.co.kr

ⓒ정명섭, 최하나, 김아직, 콜린 마샬 2025
ISBN 979-11-7577-060-7 (03810)

한끼는 ㈜오팬하우스의 출판브랜드입니다.

- 이 책은 저작권법에 따라 보호받는 저작물이므로 무단전재와 무단복제를 금지하며, 이 책 내용의 전부 또는 일부를 이용하려면 반드시 저작권자와 ㈜오팬하우스의 서면동의를 받아야 합니다.
- 책값은 뒤표지에 표시되어 있습니다.
- 잘못된 책은 구입하신 서점에서 바꿔드립니다.